KB164575

우연 제작자들

The Coincidence Makers

우연 제작자들

요아브 블룸
장편소설

강동혁 옮김

푸른숲

THE COINCIDENCE MAKERS
Copyright © 2011 by Yoav Blum
All rights reserved.

Korean translation copyright © 2020 by PRUNSOOP PUBLISHING CO., LTD.
Korean translation rights arranged with Jane Rotrosen Agency LLC through EYA (Eric Yang Agency).

이 책의 한국어판 저작권은 EYA (Eric Yang Agency)를 통해
Jane Rotrosen Agency LLC와 독점 계약한 (주)도서출판 푸른숲에 있습니다.
신 저작권법에 의하여 한국 내에서 보호를 받는 저작물이므로
무단 전재 및 복제를 금합니다.

이 책은 허구의 창작물이다.

이 소설에 등장하는 모든 인물과 단체, 사건들은

작가적 상상력의 산물이거나 허구적으로 활용됐다.

일러두기

1. 모든 주는 옮긴이의 것입니다.
2. 이 책은 Ira Moskowitz가 히브리어를 영어로 번역한 원고를 저본으로 삼아 우리말로 옮겼습니다.

English translation copyright © 2018 by Ira Moskowitz

"신은 우주를 가지고 주사위 놀이를 하지 않는다."

알베르트 아인슈타인

"아인슈타인, 신이 주사위로 뭘 하든 이래라저래라 하지 마세요."

닐스 보어

차례

《우연학 개론》 1부에서 발췌

시간의 선을 보라.

물론, 그 선은 환상일 뿐이다. 시간은 공간이지 선이 아니다.

그러나 편의상 시간을 선으로 보도록 하자.

그 선을 지켜보라. 그 선상의 모든 사건이 어떻게 원인이자 결과로 작용하는지 살펴보라. 그 시작점을 찾아보라.

물론 그런 시도는 성공하지 못할 것이다.

모든 현재에는 과거가 있다.

아마 이것이 우연 제작자가 마주하게 될 가장 주요한 문제일 것이다. (가장 눈에 띄는 문제는 아닐지라도.)

그러므로 이론과 실제, 공식과 통계를 공부하기 전에, 우연을 제작하기 전에, 아주 간단한 연습부터 시작하자.

다시 시간의 선을 보라.

알맞은 지점을 찾아 손가락으로 짚고, 그냥 이렇게 결정하는 것이다. "여기가 시작점이야."

1

늘 그렇듯 여기서도 타이밍이 모든 것을 좌우했다.

자기가 사는 아파트의 방 남쪽 벽에 페인트를 250번째로 칠하기 다섯 시간 전, 가이는 작은 카페에 앉아 신중하고도 계산된 방식으로 커피를 홀짝이고 있었다.

그의 몸은 뒤로 약간 젖혀진 채 수년간의 수련을 통해 얻은 침착함을 보여주려는 듯 의자 등받이에 기대어 있었고, 작은 커피 잔은 아주 귀한 조개껍데기라도 되는 양 그의 손에 부드럽게 쥐여 있었다. 가이는 곁눈으로 계산대 위에 걸려 있는 커다란 시계의 초침을 좇았다. 늘 벌어지는 일이지만, 이번에도 작전 실행 직전의 마지막 순간에 느껴지는 호흡과 심장 박동이 답답할 만큼 심하게 의식됐다. 그 소리가 가끔은 1초, 1초 흘러가는 째깍째깍 소리를 묻어버렸다.

카페의 자리는 반쯤 차 있었다.

가이는 사람들을 둘러보면서, 머릿속으로는 허공에 걸려 있는, 그 사람들을 서로 연결해주는 가느다랗고 보이지 않는 관계들의 거미줄을 다시 살폈다.

가이의 맞은편, 카페 저쪽 끝에 앉아 있는 사람은 얼굴이 둥근 열 몇 살짜리 소녀였다. 창턱에 머리를 기댄 그 애의 머릿속으로는 10대 감성을 전공한 마케팅의 연금술사들이 만들어낸 음악이 가느다란 이어폰 선을 통해 밀려들고 있었다. 감긴 두 눈과 편안한 표정, 그 모든 것에서 평온함이 뿜어져 나왔다. 가이는 그 평온함이 진짜인지 판단할 만큼 그 애를 잘 알지 못했다. 이 순간 그 애는 변수가 아니었다. 그녀는 이 일과 상관없을 것이다. 그저 배경의 소음일 뿐.

그 소녀의 맞은편 탁자에는 첫 번째나 두 번째 데이트에 나선 불안정한 커플이 앉아 있었다. 그들은 우호적인 대화라고 해야 할지, 배우자라는 자리를 놓고 벌어진 취업 면접이라고 해야 할지 모를 것을 헤쳐나가고 있었다. 아니면, 너무 길게 눈을 맞췄다가는 지나치게 관심 있어 하는 것처럼 보일까 봐 미소와 곁눈질로 위장하고 벌이는 고요한 말장난 전쟁이라고 해야 할까. 사실, 이 커플은 불안해하며 알맹이 없이 빙빙 돌기만 하는 모든 선부른 관계의 예시라고 할 만했다. 아무리 막아보려 애써도 세상은 그런 커플로 가득했다.

조금 뒤쪽 구석 자리에서는 한 사관생도가 빽빽한 손 글씨로 뒤덮인 종이들을 탁자에 잔뜩 흩어놓고 앉아, 마음에서 옛사랑의 얼굴을 지우느라 바빴다. 그는 공부에 집중하는 척하고 공상에 잠긴 채 커다란 코코아 잔을 바라보고 있었다. 가이는 그 생도의 이름, 과거 병력, 감정의 역사, 마음속 생각, 꿈, 사소한 두려움을 알고 있었다. 그 모든 것을 어딘가에 정리해두었다……. 모든 가능성을 짐작하고, 원인과 결과의 복잡한 통계에 따라 그 가능성들을 배열하기 위해 필요한 모든 것을.

마지막으로, 지친 눈의 웨이트리스 두 명이—그들은 어떻게든 계속 미소 지으며 서 있었다—닫힌 주방 문 근처에서 조용히 대화에 열중해 있었다. 아니, 한 명이 말하고 다른 사람은 미리 정해진 '경청하는 사람의 규칙'에 따라 간혹 고개를 끄덕이는 등의 신호를 보내며 귀를 기울이고 있었다고 해야 할지도 모르겠다. 가이가 보기에 그녀는 완전히 다른 것을 생각하고 있는 것 같았지만 말이다.

가이는 그 웨이트리스의 과거도 알고 있었다. 어쨌든, 알고 있는 것이었으면 좋겠다고 생각했다.

그는 커피 잔을 내려놓고 머릿속으로 초를 셌다.

계산대 위의 시계에 따르면, 지금은 오후 4시 17분 전이었다.

그는 카페에 있는 모든 사람의 시계가 약간씩 다른 시간을 가리키고 있으리라는 걸 알고 있었다. 30초쯤이야 느리든 빠르든 별문제가 아니었다.

어쨌거나 사람들은 서로 다른 장소에서 살아갈 뿐만이 아니라, 서로 다른 시간 속을 살아가고 있기도 했다. 어떤 면에서는 모두들 각자가 만든 시간의 거품 속에서 움직인다고 할 수도 있었다. 전에 대장이 말했듯, 인위적인 우연성을 느끼지 못하게 하면서 이런 시간들을 한데 모으는 것도 가이가 해야 할 일 중 하나였다.

정작 가이에게는 손목시계가 없었다. 어쩌다 보니, 그는 손목시계를 단 한 번도 찬 적이 없었다. 시간을 너무 의식하고 있다 보니 오히려 시계가 필요 없었다.

가이는 임무를 실행하기 직전이면 뼛속까지 스며드는 듯한 이 따뜻한 감각을 언제나 즐겨왔다. 손가락 하나를 뻗어 이 땅을, 아니, 하늘을 찌르기 일보 직전일 때 느껴지는 감각. 자신이 1초 전까지만 해도 완전히 다른 방향으로 움직이던 대상들을 일상적이고 익숙한 경로에서 벗어나게 만들리라는 것을 아는 데서 오는 느낌. 그는 위대하고도 복잡한 풍경화를 그리는 사람이었다. 단, 그 그림을 그리는 데는 붓도 물감도 필요 없을 뿐이었다. 단지 커다란 만화경을 정확하게, 약간만 돌리면 됐다.

내가 존재하지 않았더라면 누군가가 나를 발명했어야만 할 거라고, 그는 여러 번 생각했다. 사람들은 그를 발명하지 않고는 견딜 수 없었을 것이다.

그런 움직임은 하루에도 수십억 번이나 일어나 서로 반응하고, 연쇄 작용을 일으키고, 가능한 미래들로 이루어진 비극적-희극적 춤을 추며 서로를 흔들어댔다. 사건의 주인공이 이런 움직임을 알아채는 경우는 없었다. 그러나 가이는 단 한 번의 간명한 판단으로 이제 막 일어나려는 변화를 알아본 다음 그 변화를 일으켰다. 우아하게, 조용하게, 비밀스럽게. 이런 변화가 드러나더라도 그 변화의 배후에 누군가 존재한다는 사실을 믿을 사람은 아무도 없었다. 그래도 가이는 임무 직전이면 약간 몸을 떨었다.

"첫째." 그들이 처음 활동을 시작했을 때 대장은 말했다. "너희들은 비밀 요원이다. 다른 요원들은 요원으로서 비밀스럽게 활동하는 것이지만, 너희들은 일단 비밀로 존재하며 어느 한도 내에서만 요원으로 활동하는 것이다."

가이는 숨을 깊이 들이쉬었고, 모든 것이 시작되기 시작했다.

재생 목록의 노래 한 곡이 끝나고 다른 노래가 흐르자 그의 맞은편 탁자에 앉아 있던 10대 소녀가 약간 움직였다. 그 애는 창턱에 기댔던 머리 위치를 약간 바꾸고, 눈을 뜨더니 밖을 내다봤다.

생도가 고개를 흔들었다.

그때까지도 서로를 재보던 커플은, 이 세상에 다른 방식의 웃음은 존재하지도 않는다는 듯 당황한 사람처럼 씩 웃었다.

초침은 이미 4분의 1바퀴를 돈 뒤였다.

가이가 숨을 내쉬었다.

그는 주머니에서 지갑을 꺼냈다.

정확히 그 시간에 맞춰서, 주방에서 누군가를 부르는 짧고 짜증스러운 목소리에 웨이트리스 중 한 명이 주방으로 들어갔다.

그는 테이블에 계산서를 올려놓았다.

생도가 서류를 챙기기 시작했다. 여전히 생각에 잠겨 있는 느릿느릿한 동작이었다.

초침이 2분의 1 지점에 이르렀다.

가이는 아직 반쯤 차 있는 커피 잔을, 탁자 가장자리에서 정확히 1.9센티미터 떨어진 곳에 돈과 함께 내려놓았다. 초침이 42에 이르렀을 때, 그는 일어나서 주방 바깥에 서 있던 웨이트리스에게 손짓했다. "고맙습니다."와 "안녕히 계세요."라는 뜻을 모두 전달하는 동작이었다.

웨이트리스도 그에게 마주 손짓을 하더니 테이블로 다가오기 시작했다.

초침이 4분의 3 지점을 지날 때, 가이는 햇빛 가득한 거리로 나가 카페 손님들의 시야에서 벗어났다.

셋, 둘, 하나…….

구석에 있던 귀여운 사관생도가 자리를 뜰 준비를 했다.

원래 그 테이블은 줄리 담당이지만, 지금은 줄리가 주방에 들어가 있었으므로 대신 맡아야 할 것 같았다. 나쁠 것 없었다. 셜리는 생도가 마음에 들었다. 그녀는 귀여운 젊은 남자들을 좋아했다. 사실, 귀여운 사관생도라니 최고의 조합이었다.

셜리는 고개를 저었다.

안 돼! 그런 생각 좀 그만하라고! 남자들이 '귀엽'다느니, '매력적'이라느니, 그만하면 됐잖아. 네가 무슨 의무감이라도 느끼는 것처럼 사방에 뿌려대는 다른 형용사들도 마찬가지고.

겪어봤잖아. 다 해봤잖아. 시도했다가 같은 결론을 확인했고, 덤벼봤다가 결국 무너져 내렸어. 이젠 알 만큼 알잖아. 충분히 배웠잖아. 다 끝났어. 넌 지금 쉬-는-시-간이야.

눈빛이 우울해 보이는 다른 젊은 남자가 자리를 뜨면서 그녀에게 손짓했다.

셜리가 아는 사람이었다. 매주 한 번씩, 조용히 찾아오는 사람을 아는 사람이라고 할 수 있을지 모르겠지만. 그는 보통 커피를 남은 한 방울까지 다 마시고, 오지 않을 점쟁이에게 찻잎점이라도 봐달라고 하려는 듯 잔 밑바닥에 진흙 비슷한 침전물만을 남겨놓았다. 그리고 돈은 점잖게 접어 잔으로 눌러놓았다. 그 남자가 카페를 나섰다. 셜리가 보기에는 걸음걸이가 긴장돼 보였다. 셜리는 그 남자의 테이블로 걸어가면서 사관생도 쪽을 기웃거리지 않으려고 신경을 썼다.

어쨌거나 그녀는 고작 인간일 뿐이었고, 마지막 연애가 끝난 뒤 이미 1년이 통째로 흐른 뒤였다. 어느 정도는 인간의 온기가 아직 필요하다고 느껴지는 것도 당연한 일이었다. 셜리는 혼자 사는 것이 또 다른 방식으로 함께 사는 것이라는 생각에 아직도 익숙해지지 않았다. 강해지고 솔직해져야 한다는, 눈밭의 늑대나 사막의 표범이나 뭐 그런 것처럼 외롭고도 아름다운 존재가 되어야 한다는 생각에도. 소녀 취향 영화나 달달한 팝송, 피상적이기만 한 책들이 그녀의 머릿속에 낭만적 환상이라는 견고한 요새를 잘도 세워놓았으니까.

하지만 괜찮겠지.

괜찮을 거야.

그녀는 생각에 정신이 팔린 채 손을 뻗었다.

등 뒤에서 작은 소리가 들리기에 고개를 돌렸다. 혼자 노래를 흥얼거리는, 이어폰 낀 여자애가 낸 소리였다.

다시 고개를 돌리기도 전에 셜리는 실수했다는 걸 깨달았다.

셜리의 두뇌는 이제 발생한 사건들을 인지하고, 예측했다. 원자시계처럼 정확하게, 하지만 늘 1,000분의 1초쯤 늦게.

그 순간, 셜리의 손이 커피 잔을 잡는 대신 살짝 건드렸다.

그 순간, 어떤 이유에서인지 테이블 가장자리에 너무 가깝게 놓여 있던 커피 잔이 균형을 잃었다.

그 순간, 셜리는 떨어지는 커피 잔을 잡으려고 다른 손을 뻗었다. 셜리가 커피 잔을 놓치고 커피 잔이 바닥에 떨어져 박살 난 그 순간, 그녀는 낙담해 날카롭게 소리쳤다.

그리고 그 순간, 그곳에는 사관생도가—그러니까, 흥미로운 구석이라고는 하나도 없는 젊은 남자가—있었고, 그는 셜리의 비명을 듣고 고개를 들다가 엉뚱한 방향으로 손을 움직이는 바람에 뜻하지 않게 종이에 코코아를 쏟았다.

그리고 그 순간, 브루노가 주방에서 나오고 있었다.

제기랄.

❦

"가끔은 냉혈한이 될 필요가 있다." 대장은 그렇게 말하곤 했다. "그럴 때가 있다. 필요한 일이다. 본관은 사실 그 점을 즐겼지만, 꼭 사디스트가 아니더라도 이해는 할 수 있을 것이다. 원칙은 꽤 간단하니까."

가이는 발걸음을 헤아리며 거리를 걷다가, 결국은 용기를 내 돌아서 멀찍이서 그 모습을 지켜보았다. 지금쯤 커피 잔은 이미 떨어졌을 것이다. 모든 일이 잘 돌아가는지 알아보기 위해, 확인하기 위해 한 번, 그냥 빠르게 한 번 돌아보고 싶었을 뿐이다. 이건 유치한 짓이 아니었다. 건강한 호기심이었다. 어차피 아무도 알아차리지 못할 것이다. 그는 거리 반대편에 있었다. 이 정도는 괜찮았다.

그런 다음, 가이는 수도관을 터뜨리러 갈 생각이었다.

셜리는 생도가 빽빽한 글자로 뒤덮인 종이들을 살려보려고 두 팔을 휘저으며 욕하는 모습을 보았다.

그녀는 서둘러 허리를 숙이고 깨진 커피 잔 조각을 주워 모으다가 탁자에 머리를 부딪쳤다. "제기랄 넘버 2네."

그녀는 애써 손을 베지 않고 커다란 조각을 모았다. 신발에 작은 커피 얼룩들이 튀어 있었다. 생기다 만 기린의 반점 같았다.

빨래하면 커피 얼룩이 빠지나? 이 신발이 빨아도 되는 신발이긴 한가?

셜리는 조용히 모든 것을, 모든 사람을 욕했다. 카페에서 셜리에게 이런 일이 일어난 것도 이번이 세 번째였다. 브루노는 세 번째에 무슨 일이 일어나게 될지 아주 확실히 말해두었다.

"놔둬." 조용한 목소리가 들렸다.

브루노가 그녀 옆에 쪼그리고 앉아 있었다. 화가 나서 얼굴이 벌겋게 달아오른 채였다.

"죄송해요." 셜리가 말했다. "정말로요. 그게…… 그게, 일부러 그런 건 아니었어요. 아주 잠깐 딴 생각을 해서요. 정말이에요."

"이게 세 번째야." 브루노는 화가 나서 웅얼거렸다. 그는 손님들 앞에서 소리치는 걸 싫어했다. "처음에는 괜찮다고 했었지. 두 번째에는 경고했었고."

"브루노, 미안해요." 그녀가 말했다.

브루노가 그녀를 노려봤다.

아. 실수.

브루노는 친근하게 이름으로 불리는 것을 싫어했다. 셜리는 보통 그런 실수를 하지 않았다. 오늘은 대체 뭐가 잘못된 걸까?

"놔둬." 그가 한 마디 한 마디에 힘을 주어 조용히 말했다.

"유니폼 반납하고, 오늘 받은 팁 챙겨서 나가. 이제 출근 안 해도 돼." 브루노는 셜리에게 한 마디 말할 기회도 주지 않고 일어서서 다시 주방으로 들어갔다.

그 순간 가이는 뛰고 있었다.

아직도 할 일이 많았다. 모든 것을 미리 준비할 수는 없었다. 어떤 일은 마지막 순간에 실행해야 하고, 어떤 일은 최소한 제대로 진행되고 있는지 확인해야만 했다.

커피 잔이 떨어지게 놔두고, 그 자리에 가만히 앉아 연달아 일어나는 사건을 지켜보는 경지에는 아직 이르지 못했다. 가이는 여전히 실시간으로 여러 사건에 조금씩 압박을 가해야 했다.

자료 대부분을 다시 복사해야 할 것이다.

웨이트리스 한 명이—바닥에서 찻잔 조각을 모으고 있는, 울음을 터뜨리기 일보 직전인 것처럼 보이는 웨이트리스 말고 다른 웨이트리스가—키친타월을 들고 다가와 아직 서류에 스며들지 않은 코코아를 닦아내도록 도와줬다. 그들은 조용히 테이블 위를 치웠다. 생도의 자료 대부분이 거기에 그대로 있었다. "이건 버리셔도 돼요." 그가 웨이트리스에게 말했다. "그냥 다시 복사하면 되거든요."

"어떡해요." 그녀는 그렇게 말하고, 안쓰럽다는 듯 입을 꾹 다물었다.

"계산서 좀 주세요." 생도가 말했다. "가봐야 할 것 같아요."

웨이트리스는 고개를 끄덕이고 돌아섰다. 사관생도는 훅 끼치는 그녀의 향수 냄새를 맡았다. 그의 머릿속에서 작고 오래된 경고음이 조용히 울려 퍼졌다. 새런의 향수였다.

그에게는 그 향기가 터무니없을 만큼 필요했다.

생도는 눈을 깜빡이고, 아직 젖지 않은 서류를 계속 가방에 쑤셔 넣었다. 그때, 테이블을 반짝반짝하게 닦아놓은 웨이트리스가 그에게 계산서를 내밀었다.

생도는 실수로 그녀의 향기를 맡게 될까 봐 그녀가 다가왔을 때 거의 무의식적으로 숨을 참고 있었다.

그녀가 멀어졌을 때, 생도는 계산서에서 눈을 들어 커피 잔을 엎은 두 번째 웨이트리스가 평상복을 입고 카페를 떠나는 모습을 바라보았다.

가이는 버스 정류장에 앉아 작은 공책을 펼쳤다.

셜리의 눈에는 띄지 않는 곳이었지만, 만일을 대비해 공책을 읽는 척하는 중이었다.

그는 자신이 제작했던 최초의 우연을 계획해둔 페이지를 펼쳤다. 그것은 신발 공장에 다니는 어떤 직원이 일자리를 잃게 만드는 임무였다. 그 사람은 자기가 가진 음악적 재능을 전혀 알아채지 못하던 훌륭한 작곡가였다. 첫 번째 단계에서 가이는 그가 해고당하는 상황을 만들어야 했다. 두 번째로는 뭔가 작곡해볼 생각이 들도록 그를 음악에 노출시켜야 했다.

왕초보 우연 제작자인 가이에게는 꽤 어려운 임무였다. 꿈꿔왔던 것보다는 덜 신나기도 했다.

가이는 그 시절에 자신이 꽤 허세에 가득 차 있었다는 걸 떠올렸다. 그는 자신의 계획 능력을 훨씬 넘어서는 일들을 해내려고 했다. 공책을 읽어보니, 유난히 깡충거리는 염소 한 마리와 독감 예방주사, 신발 공장 전체를 마비시켰던 정전 사태를 활용했던 게 기억났다.

물론, 그 계획은 실패했다. 가이가 직원들의 출근 시간을 잘못 계산하는 바람에 신발 공장에서는 다른 사람을 해고했다.

그 시절의 가이는, 각각의 사람이 더 큰 그림 속에서 맺고 있는 관계를 들여다보지 못하고 하나의 사람만을 염두에 두었다. 그는 자신이 맡은 작곡가가 사는 동네의 목요일 아침 교통 체증 패턴에 충분한 주의를 기울이지 않았다. 그래서 표적이 도착해 있을 것으로 생각한 시간에 공장에는 다른 사람이 나와 있었다.

가이가 실행하려 했던 작전 전체가 공책의 네 페이지에 간략하게 그려져 있었다. 겨우 네 페이지라니! 제기랄, 대체 난 내가 얼마나 잘났다고 생각한 걸까?

다섯 달 뒤, 다른 사람이 그 작곡가를 해고하는 임무를 맡아 처리했다. 그는 가이가 실수로 해고한 사람을 결원이 생긴 자리로 돌려놓는 데도 성공했다. 가이는 그 해결사가 누군지 전혀 몰랐다. 자신의 실수 때문에 몇 곡의 음악이 작곡되지 못하리라는 것만 알았을 뿐이다.

가이가 저지른 모든 실수가 이런 식으로 교정되는 것은 아니었다. 두 번째 기회가 늘 있는 것은 아니었으니까.

길 건너편에서, 그는 커피 잔을 엎은 웨이트리스가 버스 정류장에 도착하는 모습을 보았다.

그 순간에는 온 세상이 인도를 걸어가는 그녀의 걸음 한 박자 한 박자를 중심으로 돌아가는 것처럼 보였다. 그녀의 걸음, 팔이 옷에 스칠 때마다 작게 나는 '슥' 소리, 그리고 등을 간지럽히는 블라우스 상표의 느낌. 짜증이 나면 그녀는 별로 중요하지 않은 세세한 것들에 집중하곤 했다.

셜리는 이 사실을 얼마 전에야 알게 됐다.

이상하긴 하지만, 지금 짜증이 나는 이유는 해고당했기 때문이 아니었다. 그 해고가 상상한 것과는 다른 방식으로 이루어졌다는 느낌 때문이었다. 그냥 그렇게, 순식간에 모든 것이 달라진다니? 인생이 이런 식으로 돌아가서는 안 됐다. 좋은 소식이든 나쁜 소식이든, 인생이란 잔잔한 물결처럼 그 소식을 전달해야 한다. 인생이 연못에 돌을 던져놓고, 고요한 수면을 어지럽히는 동그라미들을 가리키며 심술궂게 미소 지어서는 안 되는 것이다. 방금 일어난 일이 마치 모퉁이를 돌자마자 잘 알지도 못하는 사람과 정면으로 맞부딪친 것처럼 느껴지는 이유는 뭘까?

아까 비가 내려서인지, 지금은 밝고 따뜻한 햇볕이 거리를 흠뻑 적시고 있는데도 공기에서 뭔가 신선한 냄새가 났다. 작은 갈색 개울이 거리 가장자리를 따라 하수도로 흘러가고 있었기에, 무례한 버스가 지나가면서 셜리의 신발을 다시 적셨다.

버스는 이미 떠난 뒤였다. 그럼 그렇지. 재수 없는 날, 그런 날이다.

심각한 부상을 입는다거나 하는 일만 없으면 그걸로 충분했다. 그렇게 오늘만 지나면 내일은 더 나아질 것이다. 내일은 피해 정도를 평가하고, 기본 무장을 꼼꼼히 살펴보고, 어떻게, 어디로 나아가야 할지에 관한 합리적인 결정을 내릴 시간이 생길 것이다.

셜리는 신경이 과민해진 자신을 꾸짖었다. 그래, 잘렸다. 그게 뭐 별일이라고. 그게 무슨 손자들이나 정신과 의사에게 이야기해줄, 인격 형성에 지대한 영향을 끼치는 경험이라도 되나? 그냥 끔찍한 하루였을 뿐이다. 이런 날이야 익숙하잖아. 오랜 친구 같은 하루 아냐? 유난 떨지 마, 제발.

셜리는 택시를 잡으려고 손을 뻗었다. 다음 버스가 올 때까지 한 시간은 더 걸릴 수도 있었다. 그냥 택시를 타고 집에 가서 오랫동안 샤워를 하고, 잠자리에 들어 내일이 올 때까지 푹 자는 게 나을 것이다. 내일이 되고 보는 거다. 어딘가에 일자리가 있을지. 다음 달 월세는 어떻게 해결할지. 신발은 어떻게 세탁하면 되는지. 내일 알아보면 된다.

가이는 걱정됐다. 셜리는 충분히 낙담한 것처럼 보이지 않았다. 그는 중상中上 수준의 낙담을 예상했었다.

하긴, 셜리가 그렇게까지 낙담하지 않았다는 건 좋은 일일지도 몰랐다. 그러면 새로운 생각에도 계속 마음을 열어놓을 테니까.

슬픔이라는 양념이 조금 뿌려진 가벼운 낙담을 느끼면, 셜리가 기댈 만한 사람을 찾고 싶어 할 가능성이 컸다.

사람을 멀리하고 싶다는 마음만 부추기게 될지도 모르지만.

그 가능성을 염두에 뒀어야 하는 건데. 가이는 생각했다. 이런 바보가 있나. 미리, 정확하게 저 여자의 낙담 정도를 계산했어야 했어. 선택에 영향을 끼치는 모든 사안에 관해서는 오류 가능성을 최소화해야 한다고. 그게 첫 번째 수업 내용이잖아. 뭐, 사실 첫 번째는 아니지만.

굳이 따지자면 다섯 번째에 가깝겠지.

열 번째일지도 모르고. 사실 잘 기억나지도 않아.

아무튼, 저 여자가 충분히 낙담한 것 같지는 않은걸.

"무슨 일이에요?" 그가 물었다.

인도를 건던 행인이 멈춰 섰다. "네?"

"무슨 일이냐고요?" 그가 다시 물었다. "차들이 왜 다 서 있는 거죠?"

"수도관이 터졌어요." 남자가 말했다. "거리가 폐쇄됐어요."

"아, 그렇군요. 감사합니다."

그는 그곳을 우회해 차를 몰기로 했다. 여기에서 우회전한 다음 왼쪽으로 핸들을 꺾고, 이 도로와 나란하게 차를 몰아서…… 아니, 그쪽에는 진입로가 없었다. 어쩌면 우회전을 두 번 한 다음, 그 일방통행로를 따라 왼쪽으로 꺾어야 할지도 몰랐다. 아니, 거기가 일방통행로가 아니라 막다른 길이었던가? 섀런은 언제나 그를 놀려댔다. "시내 주행도 못하는데 장교 훈련은 어떻게 끝까지 받은 거야?"

"도시에서 운전하는 건 좀 달라." 그는 그렇게 말하곤 했다.

"그게 더 쉽지." 그녀는 그렇게 말하곤 했다.

"훈련받을 때는 네가 없었잖아." 그는 그렇게 말하곤 했다. "너 때문에 집중력이 완전히 깨진다고."

그러면 섀런은 특유의 미소를 짓고 고개를 약간 기울였다. 조금 삐딱한 모나리자의 미소.

"아니, 진짜야." 그는 그렇게 말하곤 했다. "지도에, 도로에,

도표에, 표지판에. 그게 전부 뒤섞인다니까. 지금 이 순간, 세상에 존재하는 장소는 두 곳밖에 없어. 네 곁, 그리고 네 곁이 아닌 곳. 그런데 영화관까지 가는 길을 어떻게 기억하라는 거야? 말해봐."

그러면 섀런은 몸을 약간 숙이고 귀엣말을 했다. "좌회전한 다음 골목 끝에서 우회전, 그다음 회전교차로에서 직진입니다, 대장."

그래, 종이 몇 장이 좀 젖었다—그래서 뭐? 그깟 일로 하루를 망치지는 않을 것이다……. 그게 오늘이든 아니든 간에.

절대로, 단 하루도.

그는 집으로 가서 엉망진창이 된 서류를 어둠침침한 방구석에 던져놓고, 찾을 수 있는 것 중 가장 멍청한 코미디를 내려받은 다음—대학생이나 노이로제 걸린 영국인들, 말이 엄청나게 빠른 에스파냐 여자들이 나오는 그런 코미디면 되겠지—맥주와 땅콩을 챙겨 앉아서 아무 죄책감도 느끼지 않고 즐길 생각이었다.

그런 다음에는 바닷가에 가야지. 그것도 가능한 일이었다.

아무튼, 맥주가 중요한 요소였다. 여기에 끼워주지 않으면 맥주가 모욕감을 느낄 것이다. 맥주를 건드리면 안 된다. 이건 그가 어렵사리 배운 교훈이었다.

그는 고개를 뒤로 젖히고 크게 웃음을 터뜨렸다. 공부와 관련된 일을 미룰 때마다 기분이 좋아졌다. 살아 있는 기분이 들었다. 그는 이 '공간'을 무척 좋아했다. 행복한, 기분 좋은 공간. 의무 너머로 삶을 바라볼 수 있게 해주는 공간. 그리로 자신을 흘려보내야만 할 것 같은 공간.

언젠가는 선불교 수행자가 될 거야. 그는 그렇게 생각했다. 사람들을 차에 태우고, 삶을 되찾을 때까지 웃음을 터뜨리게 해줄 거야.

하지만 그때까지는 친절하게 구는 것으로 만족할 것이다. 할머니들을 도와주고, 히치하이커들이 손을 들면 태워주고, 꽃을 사서 길거리의 아무 젊은 여자에게나 주는 것이다. 그는 다시 기쁨의 웃음을 터뜨리고 있었다.

사람들은 같은 일에도 다르게 반응했다.

저마다 가진 약점도 달랐다. 가이는 사전 조사를 하다가 사관생도의 약점을 발견했다.

그중 가이가 특별히 걱정할 만한 약점은 없었지만, 시내에서 길 찾는 일을 어려워한다는 점만은 예외였다.

그래서 그는 전날 저녁 생도가 군대 다큐멘터리를 보도록 조치해두었다. 가이는 텔레비전 프로그램 편성을 바꾸어 사람들의 생각에 영향을 끼치는 기법을 아주 좋아했다. 비교적 쉬운 데다가, 은근히 도박하는 재미도 느껴졌다. 이제 가이는 더 이상 그보다 큰 도박은 감히 벌이지 못했다.

그 다큐멘터리를 다 보고 나면, 생도가 카페를 나선 다음 어디로 차를 몰고 갈지 자문할 때 "좌회전, 우회전, 좌회전."과 비슷한 어떤 말이 떠오를 것이다. 어쨌거나, 다른 길은 폐쇄돼 있을 터였고.

◆

너무 오랜 시간이 지났다. 셜리는 택시를 잡지 못했다. 그녀는 느릿하게 다시 팔을 들어올리며, 그 주에 새로운 일자리를 구할 가능성을 계산해보았다.

그럴 가능성이 전혀 없다는 결론에 이른 바로 그 순간, 작은 파란색 자동차가 옆에 서더니 창문이 열렸다.

생각에 정신이 팔려 있던 그녀는 목적지에 관한 짧은 대화를 나누고 차에 올랐다. 문을 닫은 직후, 셜리는 그 차가 택시가 아니라는 것을 깨달았다. 본의 아니게 히치하이킹을 해버린 듯했다. 지금 곁에는 카페에서 봤던 사관생도가, 그녀가 자기에게 손짓했다고 확신하며 앉아 있었다…….

그는 기어를 넣으며 셜리에게 미소 짓고 운전하기 시작했다.

그리고 이미 그의 차를 타고 움직이기 시작했으니, 셜리는 쥐구멍에 들어가려 해도 그럴 수가 없었다.

그녀는 귀여웠고, 조용하기도 했다. 그가 보기에는 위험한 조합이었다.

넌 여자만 보면 연애를 상상하지 않고 못 배기는구나. 그는 자신을 꾸짖었다. 이젠 네 인생을 살라고, 친구.

하지만 정말이지, 바닷가에 가서 맥주라도 한잔한다면…….

그는 진심으로 노력했다. 그 점은 인정해야 했다.

셜리가 조용히, 거의 1분을 입 다물고 있은 후에야 그가 졌다는 듯 입을 열었다.

"사장님이 많이 소리 지른 건 아니었으면 좋겠네요." 그가 살짝 미소 지으며 말을 건넸다.

"네, 딱히 소리 지르는 사람은 아니에요. 기분이 나쁘면 그냥 힘을 줘서 말할 뿐이죠."

"힘을 주다뇨?"

"한 마디, 한 마디마다요. 이빨로 자갈을 갈듯이."

"이번엔 얼마나 힘을 줬어요?"

"해고하던데요." 그녀는 어깨를 으쓱했다.

걱정이 깃든 곁눈질. "정말요?"

"정말요." 그렇게 날카롭고 퉁명스럽게 "정말요."라는 말이 나온 건 처음이었다. 이 대화는 이걸로 끝이겠네요, 친구, 셜리는 그렇게 생각했다. 이 정도면 이해하셨으면 좋겠어요.

이런 면도 셜리의 성격이었다. 잡담을 하다가 상대를 괴롭히고 싶어 하는 성격. 질문과 뻔한 대답이라는, 통용되는 연속성을 깨고 부적절한 단어나 문장을 뱉고 싶어 하는 성격. 그런 부적절한 말은 모든 사람을 침묵시키고, 그들이 불편해 몸을 뒤틀며 이런 생각을 하게 만든다. '그렇구나. 이 여자는 정-말-로 얘기를 하고 싶지 않은가 봐.'

일 얘기는 하지 마. 아무 말도 하지 마. 운전이나 해. 내가 여기 탄 건 우연이야. 그냥 운전이나 하라고.

"어, 음…… 유감이에요."

"난 그쪽 서류가 유감이에요. 보니까 다 젖었던데요."

"별것 아니에요. 그냥 다시 복사하면 돼요." 이젠 그가 어깨를 으쓱할 차례였다.

"그렇군요."

"정말 아무것도 아니에요."

"알았어요. 뭐 그럼, 유감이 아니네요." 셜리는 혼자 미소 지었다.

"어, 네."

"난 댄이에요."

"전 셜리요."

"우리 사촌 중에도 셜리라는 애가 있는데."

뭐 어쩌라고? "정말요? 와."

"그러니까요."

가이는 다시 숫자를 세며 숨을 쉬었다. 그는 이렇게 하는 것이 초를 헤아리는 것보다 효과적이라는 걸 알고 있었다. 하지만 호흡이 불규칙할 때는 이 방법을 쓰기가 곤란했다.

그는 가방에서 휴대폰을 꺼내고는 잠시 기다렸다.

조금 더.

이번 통화는 '보험'이라고 할 수 있겠지?

그는 전화를 걸었다.

"사시는 거리 바로 앞 모퉁이에 내려드릴게요. 괜찮죠? 그게, 저 길로 들어가면 일방통행로가 나올 것 같아서요."

"그럼요. 좋아요." 셜리는 잠깐 지어지는 미소를 굳이 참지 않았다.

"아파트가 바닷가에서 가깝네요?"

"네, 꽤 가까워요." 한 걸음 앞으로.

"바닷가에는 자주 가세요?" 그가 도전해보았다.

"가끔요. 많이는 안 가고요." 두 걸음 뒤로.

"난 가끔 가요. 머리 비우는 데 진짜 좋거든요."

"사실은, 아예 안 가요. 파도 소리를 들으면 집중이 안 돼서요."

"머리 비우는 데 집중할 필요는 없죠."

"그러시군요."

셜리가 미소 지었다. 괜찮은 미소였다. 그러니까, 보통 미소는 괜찮은 행동이니까. 아닌가?

"오늘 저녁에 바닷가에 갈까 했는데. 같이 갈래요?"

"저기요……."

"진짜, 그렇게 대단한 일은 아니에요. 내가 맥주를 가져갈 테니까 간식으로 먹고 싶은 걸 가지고 오세요. 그냥 앉아서 얘기나 하자고요. 진심이에요."

"별로 그러고 싶지가 않네요."

"평소라면 나도 우리 둘이 얘기가 좀 통할 때까지 기다렸을 거예요. 당연하죠. 온갖 시시한 명언을 늘어놓으면서 그쪽 환심을 사려고 했을 겁니다. 난 별로 급한 성격이 아니에요. 하지만 잠시 후면 목적지에 도착하게 되니까……."

"생각 없어요."

"무슨 생각이 없어요?"

"연애 생각요."

"아예?"

"아예."

"무슨 수녀 같은 거예요?"

"그보다는 파업에 가깝죠."

"왜요?"

“복잡해요.”

“파업한 지는 얼마나 됐어요?”

“이런 얘기를 할 필요가 있는지 모르겠……. 이게 무슨 소리죠?”

“그쪽 가방에서 나는 소리 같은데요.”

“아, 휴대폰이네요. 제기랄.” 찾고, 더듬고, 뒤지고. “여보세요?”

“여보세요.”

“네?”

“도나 휴대폰이죠?”

“아닌데요.” 셜리는 짜증이 나서 눈썹이 저절로 치켜 올라가는 것이 느껴졌다.

“여보세요?”

“아뇨, 아니라고요. 도나 아니에요.”

“도나니?”

“도나라는 사람 없어요. 잘못 거셨다고요.”

“여보세요?”

“잘못 걸었다고요! 잘못 걸었어요!” 그녀가 소리쳤다.

셜리는 전화를 끊고 휴대폰을 자동차 바닥, 자기 발 근처에 놓여 있던 가방에 던졌다. “하아! 정말 미칠 것 같은 날이네요.”

가이는 휴대폰을 다시 주머니에 넣었다.

됐다, 이제는 잘되기를 바라면서 집으로 돌아가는 것밖에 할 수 있는 일이 없었다.

가서 벽에 페인트칠을 해야지.

"네, 다 왔어요."

"고마워요."

"그럼, 앞으로 카페에서 볼 일은 없는 건가요?"

"네, 해고당했으니까요."

"그쪽이 파업을 그만둘 가능성도 없고요?"

"네."

"저 미친 사람 아니에요. 진짜로요. 최고의 전문가들한테 검사도 받았습니다."

"알아요."

눈썹을 치켜 올린 채 짓는 마지막 미소. "0.001퍼센트의 확률도 없을까요? 휴대폰 번호 안 줄 거예요?"

이 남자, 한참 전에 포기했어야 하는 것 아닌가.

"아뇨, 사양할게요."

나 얼른 가고 싶어.

방금 완료한 임무에 관한 크고 자세한 다이어그램이 벽에 그려져 있었다. 가운데에 '셜리'라고 적힌 원이 하나 있고, 두 번째 원에는 '댄'이 적혀 있었으며, 그 둘에서 뻗어나가는 선이 수없이 많이 그려져 있었다.

그 옆의 기나긴 목록에는 성격 특징, 장래 희망, 욕망 등이 쓰여 있었다.

그리고 파란색 선(수행할 행동), 빨간색 선(위험 요소), 점선(발생할지도 모르는 사건), 검은 선(고려해야 하는 연관성)으로 연결된 원도 엄청나게 많았다. 각 원 안에는 작게, 머뭇거리는 듯한 선으로 메모가 적혀 있었다—'브루노', '줄리아', '수도관', '65번 버스'. 겉보기에는 아무 관련성이 없는 〈기본적 소양과 꿈—다큐멘터리 영화〉와 '케이블 회사 기술자 데이비드', '데이비드의 아내 모니크' 등 수십 개의 다른 요소들도 있었다. 왼쪽 아래 구석은 계산을 위한 공간이었다. 바닥으로 떨어지는 커피 잔에 충분히 이목이 쏠릴 만한 커피의 양, 줄리아의 향수병에 남아 있어야 하는 향수의 양, 수도관의 시간당 유량, 버스가 운행 중 마주칠 물웅덩이의 바람직한 깊이, 여자아이들이 흥얼거리기 좋아하는 노래 등등.

그 외에도 수백 가지의 다른 세부 사항들이 다양한 색깔의 작은 글자로 적혀 있는 목록이 있었다—에어컨 기술자, 펠리컨 얘기, 최소 아홉 개 은행의 고유번호, 아일랜드 맥주의 성분, 3개국의 텔레비전 편성표, 여러 언어에서 "행운을 빌어."라고 말하는 방식, 표준시간대, 페루와 염소젖 사이에 있을 수 있는 연결 고리. 단 하나의 목표점으로 이어질 수도 있는 모든 가능성과 하위 가능성, 맥락과 생각, 또 그 조합 사이를 오가며 선들이 뻗어 있었다.

확실히, 공책에 적어가며 일하는 수준은 오래전에 넘어섰다.

"여보세요."

"여보세요."

"댄, 맞죠?"

"네."

“제가 그쪽 차에 휴대폰을 두고 내린 것 같아요.”

“네, 바닥에 떨어져 있더라고요.”

“가방에 넣는다는 게 잘못해서 떨어뜨렸나 봐요.”

“그러게요. 사실상 나한테 번호를 준 셈이 됐네요. 최소한 휴대폰을 말이죠.”

“그런 것 같네요.”

침묵 2분의 1, 정적 4분의 1, 긴장으로 가득한 기대감 10분의 1.

“음, 좀 갖다주실 수 있을까요?”

“네, 그럼요.”

“잘됐네요.”

“근데 더 좋은 생각이 있어요.”

“뭔데요?”

“내가 지금 바닷가에 있거든요. 와서 가져가면 어때요?”

“음, 알겠어요.”

“그래요.”

“한 15분쯤 걸릴 거예요.”

“서두를 거 없어요.”

“알았어요. 이따 봐요.”

“그리고…… 셜리?”

"네?"

"마실 건 여기 있으니까, 되도록 간식 좀 챙겨 와요."

화가 나서 휴대폰을 던질 때의 정확하게 계산된 각도, 고독이라는 댐에 난 가늘고 기다란 균열, 자동차 안에서 몇 분간 메아리치던 기쁨의 웃음—모든 것이 궁극적으로 이 단 하나의 목표점에 수렴될 터였다.

"알았어요."

밤. 바다. 또 다른 젊은 남녀 한 쌍이 앉아서 이야기를 시작했다. 일상에서 벗어난 것은 아무것도 없었다. 어둠이 은근슬쩍 지켜주는 작은 미소. 바닥에 펼쳐진 신문지와, 온갖 방면에서 세상을 살피던 벽에 칠해진 또 한 겹의 페인트.

존재하지 않는 그 공항의 전광판 위 '사랑—도착'이라는 칸에 또 하나의 항목이 입력됐다.

'원인' 칸에는 '2급 우연'이라는 글자가 반짝였다.

그렇게 또 하루가 지나간다.

2

환기를 하려고 밤새 발코니 문을 열어놓았는데도, 다음 날 가이가 눈을 떴을 때는 희미한 페인트 냄새가 공중에 떠돌았다.

그는 마음속으로 자신의 어깨를 토닥여주었다. 저절로 눈이 떠진다는 것 역시 좋은 징조다. 프로가 되어가고 있다는 뜻이다.

성공적으로 임무를 끝낸 뒤 잠들 수 있을 정도의 프로. 소임을 다했다는 걸 알기에 고객이 어떻게 되는지 확인해보겠다며 현장에 너무 오래 머물러 있지 않는 프로. 봉투가 문틈으로 슬쩍 들어오는 순간만을 기다리며 뜬눈으로 밤을 새우지 않을 정도의 프로.

그렇다고 그 순간을 포착한 적이 한 번이라도 있는 것은 아니지만 말이다.

가이는 늘 금방 잠들곤 했다. 가끔은 아주 잠깐 잤을 뿐이지만 그걸로 충분했다. 일어나보면, 누군가가 현관 문틈으로 넣어둔 갈색 봉투가 보이곤 했다.

가이는 과거의 어느 날을 떠올렸다. 당시에 그는 어떤 여자가 사랑하는 사람을 놔두고 바람을 피우지 않도록 성공적으로 우연을 연출한 뒤 아드레날린으로 얼굴이 달아오른 채 침대에 누워 있었다. 집 안은 어두웠지만 그는 현관 앞에 불을 켜두고 봉투가 도착하면 보일 만한 각도로 침대를 두었다.

시계를 보고, 4시 59분이라는 걸 확인했던 게 기억났다. 그는 피로에 찌들어 잠깐 눈을 깜빡였다. 아주 잠깐 졸았을 뿐이었다. 눈을 떠보니 5시 3분이었는데, 네모나게 밝혀진 공간에 놓인 커다란 갈색 봉투가 비웃듯 씩 미소 짓고 있었다.

가이는 침대에서 벌떡 일어났다. 넘어지고 다리가 꼬였지만 어떻게든 달려가 문을 벌컥 여는 데 성공했다. 그는 재빨리 사방을 살폈다. 계단실은 비어 있었다. 그는 귀를 기울였다. 발소리는 들리지 않았다. 재빨리 결정을 내린 그는 현관문을 열어놓은 채, 아픈 다리로 한 번에 두 칸씩 불안정하게 계단을 뛰어 내려갔다. 난간을 꽉 잡은 채 한 발을 디딜 때마다 아파서 비명을 지르지 않으려고 애를 썼다. 그러다가 마침내 밖으로 나온 그는 미친 사람처럼 좌우를 두리번거리기 시작했다.

거리는 비어 있었다. 그날의 첫 밝은 햇살이 차가운 밤공기를 데워갔다.

가이는 그곳에 서 있었다. 몸이 조금 떨렸고, 정신은 졸음에 겨운 휴식으로부터 추운 아침의 정신없는, 고통스러운 전력 질주로의 빠른 전환에 충격을 받은 상태였다. 가벼운 몸서리가 분명한 메시지를 전했다. "저기, 너 미쳤니?"

가이는 뒤로 돌아 집으로 올라갔다. 집에 도착했을 때쯤에는 누가 문틈으로 봉투를 집어넣든 별 상관하지 않기로 결심했다.

난 프로잖아?

다른 건 아무래도 상관할 일이 아니었다. 그는 일을 처리해야 했다. 그에게 배정된 우연이 대단히 깔끔하고 자연스러운 방식으로 일어나도록 임무를 실행하면 됐다. 그게 다였다.

가이는 천천히 침대에서 몸을 일으켜 앉고, 새로운 임무를 받기 전까지 남아 있는 짧은 순간을 즐겼다.

머잖아 그는 침실에서 거실로 발을 질질 끌며 걸어가, 다음 임무가 담긴 봉투가 문 바로 안쪽에 놓인 것을 보게 될 터였다. 첫 페이지에는 임무의 개요가 적혀 있을 것이다. 최근에는 연인들을 맺어주는 임무를 많이 받았다. 아마 이번에는 다른 임무일지도 몰랐다.

운이 따라준다면 누군가의 세계관을 바꾼다든가, 가족을 한데 모으거나, 원수들을 화해시키고, 예술 작품이나 새로운 통찰력, 혁신적인 과학적 발견으로 이어질 영감의 씨앗을 뿌리는 임무가 주어질지도 몰랐다—누가 알겠는가? 첫 번째 페이지에는 이런저런 설명과 관련자에 관한 상세한 정보, 일반적 배경 지식 약간, 그가 직접 상호작용해야 할 사람들, 그리고 늘 그렇듯 시간 엄수를 잊지 말라는 주의 사항이 담겨 있을 터였다.

그런 다음에는 이 임무에 관련된 인물들에 관한 정보가 담긴 수없이 많은 소책자를 발견하게 될 것이다. 이름, 장소, 영향력, 다양한 상황에서 내린 결정에 관한 통계, 의식적/무의식적 신념 등등. 또, 제작해내야 할 우연의 구체적 조건과 피해야 할 여파에 관한 소책자도 있을 터였다. 가이는 최근 연인이 될 두 사람을 만나게 하는 임무를 받은 적이 있었다. 임무 의뢰서에 따르면 여자는 남자를 만나기 전 남자의 가족 중 누구도 만나서는 안 됐고, 둘이 알게 되는 과정에서 술을 사용해서도 안 됐다.

몇 달 전에 가이가 받은 임무 의뢰서에는 죽음에 관한 새로운 통찰력을 얻는 방향으로 고객을 이끌고 갈 우연을 제작하되, 의료적 비상 상황을 활용해서는 안 된다고 구체적으로 명시되어 있었다. 그것 때문에 문제가 좀 복잡해졌었다.

의뢰서의 마지막 페이지에는 단기적으로 어떤 '광범위 활동'이 수행되어야 하는지 구체적으로 적혀 있었다. 어제 있었던 수도관 파열이 그런 광범위 활동이었다. 사실, 임무 의뢰서에서 광범위 활동을 요구하는 이유는 거의 동시에 발생하는 더 복잡한 수많은 우연(분명 4급 우연은 됐을 것이다)을 제작하는 데 필요하기 때문이었다. 정작 가이는 아마 수도관을 터뜨리지 않고도 임무를 성공시킬 수 있었을 것이다. 길을 막는 방법이야 한둘이 아니었으니까.

그런 광범위 활동에는 언제나 조금씩 문제가 따랐다. 임무 의뢰서에서 명시적으로 정의하지 않는 한, 그 활동의 여파가 미칠 범위를 예측하기란 어려웠다. 예측하려면 할 수는 있겠지만, 10층짜리 건물 전체를 뒤덮을 만큼 큰 다이어그램이 필요할 것이다. 가이는 아직 그 수준에 이르지 못했다. 일을 좀 더 하다 보면 결국 그 단계에 이르겠지만.

그리고 물론, 아무도 진지하게 생각하지 않는 사직서가 평소처럼 들어 있었다. "나는 자유의사에 따라 현역 활동에서 물러나기로 결정했음을 선언하며……." 어쩌고저쩌고.

가이는 봉투가 기다리고 있는 거실로 들어갔다.

그러고는 잠시 봉투를 모른 척하는 여유를 부리며 욕실로 향했다. 눈앞은 여전히 흐릿했다.

어젯밤에 또 그 꿈을 꿨다. 매번 장소는 달랐지만, 내용은 늘 같았다. 흐릿한 그 자신의 모습이 숲이나 축구장 한가운데에, 커다란 은행 금고 안에, 혹은 부드러운 구름 속에 서 있는 꿈…….

어젯밤 꿈에서 가이는 사막에 있었다. 단단하고 갈라진 땅이 끝없이 눈앞에 펼쳐져 있었다. 무한한 황갈색 지표면에 그어진, 갈증으로 끊어진 선들. 그는 이리저리 눈을 돌려봤지만, 지평선까지 이어지는 황량한 풍경밖에는 아무것도 보이지 않았다. 태양이 정수리를 그을리는 듯했다.

늘 그렇듯, 꿈속에서 가이는 그녀가 등 뒤에 서 있다는 걸 알고 있었다. 그녀가 그와 등을 맞대고 있었다. 그녀의 존재가 느껴졌다. 그녀일 수밖에 없었다.

그는 돌아서려고, 황량한 풍경에서 눈을 떼고 돌아서 그녀와 얼굴을 마주 보려고 애썼다. 그리고 늘 그렇듯, 몸이 말을 듣지 않았다. 그는 목 뒤에 부드러운 산들바람이 불어오는 것을 느끼고 그녀의 이름을 부르려다가 잠에서 깼다.

이 꿈은 며칠에 한 번씩, 눈치 없이 귀찮게 구는 친구라도 된 것처럼 그를 찾아왔다. 매번 조금씩 형태를 바꿔서 말이다. 가이는 그 꿈이 슬슬 지루해지고 있었다.

언제쯤에야 정상적인 꿈을 꾸게 될까?

이를 닦으면서, 그는 희미한 페인트 냄새와 새로운 임무가 가져다주는 짜릿한 감각에 잠기운이 달아나도록 놔두었다. 가이는 늘 봉투를 열기 전 잠깐 기다리는 편을 좋아했다. 딱 한 시간 뒤, 아침 일과를 다 마치고 완전히 정신이 들어 머리가 맑아지면, 가이는 소파에 앉아 커피 잔을 탁자에 올려놓고 손가락에 이제는 익숙해진, 가벼운 짜릿함을 느끼면서 봉투를 열 터였다.

오늘 받은 봉투는 평소와 다르게 가볍고 얇았다. 그는 이유가 궁금해졌고, 곧 봉투 안에 종이가 딱 한 장 들어 있다는 것을 알게 됐다. 시간, 장소, 단 하나의 문장.

"내가 그쪽 머리 좀 걷어차면 안 되는 겁니까?"

《우연 제작의 기술—1권》에서 발췌

우연 제작을 연구한 역사가들은 '클리셰 흘리기Cliché-dropping'가 우연을 창조할 때 쓰는 가장 오래된 세 가지 기술 중 하나라고 보는 것이 보통이다. 일반적으로, 클리셰 흘리기는 잭 브루퍼드가 고전적인 우연 제작을 공식적으로 설계하기도 전에 개발된 것으로 생각된다.

클리셰 흘리기는 가장 비용이 저렴하고 간단하며, 초보 또는 수련 단계의 우연 제작자들이 쓰기에 가장 안전한 방법으로 간주된다. 그런 만큼 수많은 우연 제작자들이 훈련 과정 첫 달에 이미 C. D.를 실습해보았을 것이다. 그러나 플로렌스 번셋의 연구에서 입증되었듯, C. D.에도 나름의 복잡성이 있기 때문에 클리셰 자체는 조교에 의해 미리 설정되어야 한다. 수련 중인 학생들은 주로 대상을 마주 보고 말의 세기, 발음, 호흡과 간격, 클리셰를 흘리는 장소 등 클리셰 흘리기의 기술적인 측면을 연습하는 것이 관례다.

앞으로 몇 주 동안 학생들은 다양한 문구를 배정받아 철저히 연습하고, 조교가 지정하는 장소와 시간에 그 클리셰를 흘리는 과제를 해내야 한다.

C. D.의 관습적 방법으로는 세 가지가 있는데, 이 수업에서 우리는 그 세 가지 방법을 모두 연습하게 된다. 처음에는 예행연습을 하고, 그다음에는 병원이나 극장, 은행에 줄을 설 때나 수많은 관객 앞에서 공연이 상연될 때, 혹은 붐비는 식당에 있을 때처럼 사람이 많은 곳에서 실습한다. 학생은 자신의 목소리가 대상에게 들릴 만한 범위 내의 정확한 장소에, 알맞은 시간에 도착하도록 연습한다. 보통 클리셰 흘리기의 목표는 대상이 평소에 생각하는 방식으로는 도달할 수 없는 문구를 그의 뇌리에 심어 새로운 사고 과정을 일으키는 것이다. 물론, 이때 C. D.를 수행하는 사람은 대상이 우연히 그 클리셰를 들은 것처럼 느끼도록 다른 사람에게 말해야 한다.

고전적 C. D.Classic C. D., C. C. D. 고전적 C. D.에서는 일반적인 클리셰가 사용된다. "믿음이 있는 곳에 길이 있다.", "진실은 네 안에 있다.", "이미 쏟아진 물이다." 같은 문구가 좋은 사례다. 오늘날에는 고전적 클리셰에 영향을 받는 사람이 매우 적기 때문에 주로 예행연습에서만 C. C. D.를 활용한다. 연구에 따르면, 일반 대중에게는 이런 클리셰가 더 이상 통하지 않는다고 한다.

포스트모던 C. D.Post-modern C. D., P. M. C. D. 포스트모던 C. D.에서는 보통 모순적인 클리셰라는 방법을 활용한다. P. M. C. D.의 창안자인 미셸 클라티에가 경마 기수에게 "그 멍청이한테는 승산이 없어."라고 말했던 것이 P. M. C. D.의 첫 성공 사례다. 대상이 완전히 절망에 빠진 게 아니라면, 보통 전달하고자 하는 메시지와 정반대되는 말을 함으로써 대상의 강력한 반응을 이끌어낼 수 있다. P. M. C. D.를 사용하기 전에 대상을 연구할 책임은 조교에게 있다.

고객 맞춤형 C. D.Client-tailored C. D., C. T. C. D. 오늘날 가장 빈번하게 사용되는 C. D.다. 우연 제작자는 대상에게 영향을 끼칠 가능성이 가장 큰 핵심적 단어와 사건, 인간관계를 알아내기 위해 대상의 성격에 대한 심층적 연구를 수행해야 한다. 학생들은 성격 분석에 관한 개론 수업을 이수하고 수련 과정 2단계에 진입한 뒤에야 C. T. C. D.를 연습하게 된다.

클리셰 흘리기에 관한 주의 사항

1. 반드시 짝을 이룰 것. 사람들은 혼잣말하는 사람을 믿지 않는 경향이 있다. 짝을 이루어 클리셰를 흘리면, 서로의 잘못을 교정하거나 격려나 비평을 해줄 수도 있다. 대화를 시작할 때는 조용한 목소리로 말하다가, 클리셰를 흘릴 때 좀 더 목소리를 높인다. 혼자서 수행하는 C. D.(예컨대, 휴대폰 통화하는 척하기)는 자격증이 있는 우연 제작자만 할 수 있다.
2. 표적에게만 흘린다. 클리셰를 들을 수 있는 다른 행인이 보인다면, 흘린 클리셰가 그 사람에게는 영향을 주지 않도록 해야 한다. 클리셰 흘리기를 통해 제작된 우연으로 인한 불행의 20퍼센트는 엉뚱한 사람이 클리셰를 듣는 데서 유래한다.
3. 비꼬기와 빈정거리기를 영리하게 활용한다. P. M. C. D. 수행자들은 메시지를 전달하기 위해 비꼬기와 빈정거리기를 활용하는 경향이

있다. 고객이 이런 미묘한 뉘앙스를 이해하는지 확인하고, 주의해서 활용한다.

4. 사후 관리를 하라. 사후 관리 없이 클리셰 흘리기를 활용해서는 안 된다! 앞서 흘린 클리셰가 목표했던 영향을 끼쳤는지 늘 확인하고, 교정이 필요하다면 다음 단계로 나아가기 전에 교정하도록 한다.

3

비행기는 거의 완벽하게 착륙해, 몇 분 뒤에는 완전히 멈췄다. '금연' 등이 꺼지고, 승객들은 자리에서 일어나 비행기 출구로 쏟아져 나갔다. 화장실이 아니라 냉장고에서만 불이 자동으로 켜지는 세상으로 돌아가고자 하는 의미 없는 경주였다.

북반구에서 가장 조용하고 능력 있는 청부살인업자는 자기 자리에 앉아 모두가 비행기에서 내리기를 인내심 있게 기다렸다. 그는 언제나 인내심이 강한 성격이었다. 이번 비행이 그 성격을 바꿔놓을 이유는 없었다. 그는 꽤나 심하게 느껴지는 흥분을 애써 모른 체하고 있었다. 어쩌면 '흥분'이라는 단어는 좀 과한 걸지도 몰랐다. '준비를 완료한 느낌'이라고 해두자. 한 번도 와본 적 없는 곳에서 작업을 하면 언제나 기분이 상쾌해지곤 했다. 그의 배 속에서는 이상한 감각이 느껴졌다. 비행기가 이륙할 때 생겨나 몇 시간이 지나도 사라지지 않는 작고 단단한 덩어리 같은. 그는 그게 암살을 수행하기 전의 불안이라는 오랫동안 경험하지 못한 느낌 때문인지, 아니면 짐 가방이 어떻게 되었는지 걱정되기 때문인지가 궁금해졌다.

아니면, 사실은 아까 먹은 게 잘못돼서 그런지도 몰랐다.

고모가 만든 미트볼을 먹으면 언제나 이상한 기분이 들었다. 어렸을 때도 그랬다. 그 시절에는 증상이 잦은방귀라는 형태로 나타났지, 몸속을 떠다니는 쇠구슬이라는 작고 단단한 덩어리처럼 느껴지지는 않았다. 아무튼, 암살자가 느낀 것은 일종의 불안인 게 틀림없었다. 텔레비전에 권투 경기를 틀어놓고 30분쯤 푹 낮잠을 자고 나면 머리가 맑아지기만을 바랄 뿐이었다.

그러니까 머리가 아니라, 배 속이 말이다.

그는 비행기에서 내려 승무원에게 미소 지었고, 승무원은 파블로프의 개처럼 반사적으로 마주 미소 지었다. 그는 잠시 계단 맨 위에 서서 밖을 바라보았다. 태양은 하늘 한복판에 걸려 있었고 날은 더웠다. 선글라스를 사야 할지도 몰랐다.

계단을 내려가던 그는 그동안 선글라스 없이 어떻게 그리 오랫동안 버텨왔는지 생각해보았다. 사실, 이 업계에서는 선글라스가 신분의 상징 같은 것이었다. 자긍심 있는 청부살인업자가 선글라스도 쓰지 않고 돌아다닌다는 게 가당키나 한 일인가?

내가 자긍심 있는 청부살인업자가 맞긴 한가? 그는 버스가 그를 포함해, 그보다 먼저 비행기에서 내리려고 달려갔던 50명의 다른 사람들을 태우고 가는 동안 고민했다. 그는 늘 일반적인 살인자들과 약간 다른 대우를 받았다. 그게 그의 특징이었다—다른 사람과 다르다는 것이. 그는 다른 방식으로 활동했다. 어쩌면 자긍심 있는 살인청부업자라기보다는, 예컨대 여행객보다 자기를 더 생각하는 여행사 직원처럼 굴어야 하는 것일지도 몰랐다. 자기밖에 모르는 여행사 직원이 보통 선글라스를 쓰고 다니나? 참, 양말 속에 늘 넣어두는 접이식 나이프는 어떡하지? 거기에 칼을 넣어두면 편하지가 않았다. 걸을 때마다 늘 거치적거리고 신경이 쓰였다. 자신을 살인청부업자가 아니라 여행사 직원으로 생각하기 시작하면, 마침내 평범한 사람처럼 베개 밑에 총을 두지 않고도 잠자리에 들 수 있을까?

능동적으로 직업을 선택하기보다 직업의 선택을 당하면 이런 일이 벌어졌다. 그에게 '평범'이란 그저 단어에 불과했다.

그의 이름을 아는 사람은 거의 없었다. 보안상의 이유 때문만은 아니었다. 그가 속한 업계에서는 사람들이 이름에 별 관심을 두지 않기 때문이었다.

사람들은 별명을 더 잘 기억했다. 검은 역병, 암흑의 미망인, 노래하는 도살자, 조용한 교살자—이런 별명들 말이다. 별명이 기억하기 쉬우면 유리했다. 개인적으로 그를 알고 그에 대해 이야기할 수 있는 사람은 몇 명밖에 되지 않았다. 보통은 이런 사람들이 그를 고용하라고 다른 사람들을 설득하곤 했다. 이런 설득은 보통 실제 회사 대표는 아니지만 자신이 대표라고 생각하고 싶어 하는 사람들을 위한 일종의 요약 보고로 시작했다.

보고는 이런 식으로 시작됐다. "그 친구는 아주, 대단히 효율적입니다." 틀림없이 긍정적인 진술이었다. 그러면 회사 대표처럼 구는 사람이, 예컨대 이렇게 물을 터였다. "그런데 그 별명은 어쩌다 붙은 건가?" 그러면 설득을 시도하는 사람은 그의 질문에 대답하는 대신 이렇게 덧붙이곤 했다. "그리고 아주, 대단히 조용한 사람이기도 합니다."

대표는 고개를 가로저으며 신경 쓰이는 문제를 잠시 미뤄놓고, 일단 '그 친구'가 '그 일'을 처리할 수 있는지 확인하려 할 것이다. 그리고 들은 대답의 자세한 내용이 만족스럽다면, 그제야 다시 물을 것이다. "그런데 그 별명은 어쩌다 붙은 건가?" 그러면 그는 이런 대답을 들을 것이다. "그냥 별명입니다. 어쩌면 과거에 그 사람이 했던 일과 관련된 것일지도 모르고요."
세상에는 굳이 밝히지 않아도 되는, 최소한 '그 일'이 이루어진 뒤에 알려주어야 할 진실도 있는 법이었다.

그는 15층에 있는 호텔 방 침대에 앉았다. 반짝이는 바다가 눈앞에 펼쳐져 있었다.

여행 가방은 그의 오른쪽에, 케이지는 왼쪽에 있었다.

"저게 바다야, 그레고리. 아름답지?"

그레고리는 대답하지 않았다.

"저 아래서 너무 고생한 건 아니었으면 좋겠구나." 그레고리는 바빴다. 대화를 할 만한 기분이 아니었다.

"그래." 그가 말했다. "먹을 걸 좀 가져다줄게."

그레고리는 코를 킁킁거렸다. 정말이지, 배가 좀 고픈 모양이었다.

사람들은 그를 '북반구에서 가장 조용한 암살자'라고 부를 수도 있었을 것이다. 하지만 그 이름은 입에 잘 붙지 않았다. 너무 길어서일지도 모르고, 사람들이 뭔가 특별한 것, 뭔가 다른 것을 원하기 때문일지도 몰랐다. 그래서, 어째서인지 그는 '햄스터를 데리고 다니는 남자'가 되었다.

뭐 별 상관은 없지만. 그는 그레고리를 사랑했다.

그는 케이지에서 그레고리를 꺼내 쓰다듬어주었다. 배 속의 덩어리가 점점 작아지다가 거의 사라졌다.

4

에밀리와 에릭은 평소 앉는 자리에서 가이를 기다렸다.

에밀리는 "이러면 빛이 들어와서 너희들 모습이 잘 보이니까" 창문을 등지고 앉았고, 에릭은 카페에 들어오는 모든 사람과 바깥 거리를 걸어가고 있는 젊은 여자까지도 관찰할 수 있도록 자세를 잡았다. "이건 순전히 직업적인 문제야." 그는 그렇게 말하곤 했다. "연습 중이라고."

"연습?" 가이는 미소 짓곤 했다. "그러시겠지."

"아, 그대 불신자여." 에릭은 의자 등받이에 기대더니, 손에 든 오렌지 주스 잔이 '젓지 않고 흔들어서' 만든 제임스 본드의 마티니 잔이라도 되는 듯 들어올렸다. "우리 업계에서는 본능을 지키는 게 중요하다고. 사람들 사이의 비밀스럽고 무의식적인 상호작용이나 조그마한 세부 사항이 전체적인 과정에 어떤 영향을 끼치는지를 계속 알아가야 한다는 거지. 뭐, 너도 알잖아."

"그래." 가이는 어깨를 으쓱하곤 했다. "알지."

"게다가." 에릭은 그렇게 말하곤 했다. "세상에는 너무 많은 아름다움이 있어. 그걸 놓친다는 건 안타까운 일이야."

"어제의 우연 제작은 성공적이었나 보네." 가이가 자리에 앉자 에릭이 말했다.

"그런 것 같아." 가이는 웅얼거렸다.

"또 인연 맺기 임무였던 것 같고." 에밀리가 말했다.

"뭐, 비슷했어." 가이가 말했다.

"넌 가끔 너무 뻔해." 에밀리가 말했다. "인연 맺기 임무를 성공적으로 마친 다음에는 절대 제시간에 오지 않거든. 그렇게 여러 번 했으면 조금쯤 덜 신날 법도 한데."

"내가 가장 좋아하는 임무인걸." 가이가 말했다. "나도 어쩔 수 없어."

"넌 싸구려 인기주의자야." 에릭이 말했다. "사랑을 다루는 임무는 원상으로 돌아갈 가능성이 가장 큰 임무 유형이지만, 통계적 관점에서 볼 때는 투자 대비 효율이 가장 높은 임무기도 해. 넌 점수 올리는 데만 관심이 있는 거야. 일은 조금 하고, 높은 수익을 추구하는 거지. 그 이익이란 게 사실은 사라지기 쉬운 건데도."

"정확히 어떻게 임무의 결과를 측정한다는 거야?" 에밀리가 물었다.

"언제부터 임무를 점수에 따라 분류하기 시작한 건데?" 가이가 물었다.

에릭은 20분 전만 해도 커다란 팬케이크 더미를 둘러싸고 있었던 시럽 웅덩이를 포크로 가지고 놀았다. "그게 바로 요점인데—난 임무를 분류하는 게 아니야. 난 말이지, 우리가 제작하는 우연 하나하나에 같은 도구로, 심지어 같은 마음가짐으로 접근해. 중요한 건 과정이지 결과가 아니야. 우리한테는 품위가 필요해. 스타일이 필요하다고. 약간은 마술사랑 비슷한 거지. 사람들이 이쪽을 보고 있을 때, 저쪽에서 뭔가를 하니까."

"또 시작이네." 에밀리가 말했다.

"그러게." 가이가 눈알을 굴려대며 말했다.

"마음대로 생각해. 하지만 위대한 우연 제작자란 우아하고 물 흐르는 듯한 우연을 만들어낼 수 있는 사람이야. 궁극적으로 특정한 결과를 낳은 원인과 결과의 집합이 아니라, 예술로 이루어진 우연……."

"그러니까 이제는 '무엇'을 제작하느냐보다 '어떻게' 제작하느냐가 더 중요한 이유가 예술이라는 거야?" 가이가 물었다.

그는 에밀리를 돌아보았다. "지난번에는 뭐랬더라?"

"지난번에는 '다양성' 어쩌고 했던 것 같아." 에밀리가 대답했다.

"아, 그래, 맞아. '어느 날 눈을 뜨고 보니 싫어하는 일을 하고 있었다면, 같은 일을 내내 반복하는 것만은 피해야지.'라고 했지."

"그 비슷한 얘기였어."

"이런, 손동작을 잊었네."

"괜찮아, 느낌은 제대로 전달했어."

"고맙다."

"별말씀을."

둘은 에릭을 보며 미소 지었다.

"너희 둘 다 구제 불능이다." 에릭이 말했다. "버스 정류장에 있는, 저 빨간 단발머리 아가씨와 나를 엮어줄 멋진 우연에 쓸 수 있는 소중한 에너지를 너희한테 낭비하고 있다니."

"그러시겠죠. 누가 누구 보고 구제 불능이라는 건지." 가이가 말했다.

"아니, 진짜로." 에릭이 말했다. "예를 들어서 그 우연 제작자를 봐봐. 폴…… 뭐라더라. 아무튼, 그 사람은 부업으로 예술 프로젝트에 3년을 투자한 끝에 핑크 플로이드의 '달의 어두운 뒷면The Dark Side of the Moon'을 〈오즈의 마법사〉에 맞게 편곡해냈다고.◆ 얼마나 끝내주냐!"

"하지만 에릭, 폴 뭐라는 사람을 만난 사람은 아무도 없어. 그런 우연은 실제로는 일어나지 않은 거야." 에밀리가 말했다. "그냥 수업 중에, 학생들 신나라고 하는 얘기일 뿐이라고."

"아, 왜 이래. 인터넷 검색해봐. 정말 그런 일이 있었다니까. 위대한 작품이야. 그리고 폴 뭐라는 사람은 혼자서 그 일을 해냈어. 천재지."

"아침 식사입니다." 가이 뒤에서 갑자기 튀어나온 웨이트리스가 오믈렛, 빵, 버터, 샐러드 조금이 담긴 접시를 그의 앞에 놓았다. "조금 이따 민트 레모네이드도 가져다드릴게요." 그녀가 덧붙였다.

가이는 놀라서 고개를 들었다. 항상 같은 것을 주문하긴 했

◆ '무지개의 어두운 뒷면The Dark Side of the Rainbow' 혹은 '플로이드의 마법사The Wizard of Floyd'라고 불리는 일종의 도시괴담을 이야기하는 것이다. 이 괴담에 따르면, 1939년 작 〈오즈의 마법사〉 영화가 시작될 때 핑크 플로이드의 '달의 어두운 뒷면' 앨범을 재생하면, 핑크 플로이드가 그 영화에 맞춰 앨범을 만들었다는 생각이 들 만큼 두 작품이 높은 싱크로율을 보인다. 예컨대 영화에서 토네이도가 불어 닥칠 때 '하늘에서 열린 엄청난 공연The Great Gig in the Sky'의 소리 지르는 파트가 나온다든지, 허수아비 장면에서 '두뇌 손상Brain Damage'이 재생되는 식이다. 핑크 플로이드는 이런 일치가 그저 우연일 뿐이라고 일축했다.

어도 사람들이 알아차릴 거라고는 생각하지 못했다.

"거봐, 넌 가끔 정말 뻔하다니까." 에밀리가 미소 지으며 말했다.

그는 고개를 끄덕이고 접시를 내려다보았다. 그의 머릿속 커샌드라가 눈앞에서 와락 웃음을 터뜨렸다. 문득 어떤 기억이 떠올랐다. "네가? 걱정 마, 너 때문에 헷갈리는 일은 없을 거야. 넌 속이 너무 뻔히 들여다보여서, 네 몸을 뚫고 세상 저 끝까지 다 볼 수 있을 정도니까."

가이, 에밀리, 에릭은 3년 전, 우연 제작자 수련 과정 첫날에 처음으로 만났다. 대장의 호령을 들으며 열여섯 달 동안 함께 공부하면, 세상의 그 어떤 세 사람을 가져다놓아도 서로 가까워질 수 있었다. 그들처럼 이질적인 성격을 가진 사람들이라도. 반 전체가 세 사람으로만 이루어져 있다면 더 그렇고.

그 열여섯 달 동안 세 사람은 역사와 대체 역사를 함께 공부했고, 지난 100년간 우연 제작자들이 작성한 보고서를 500건 넘게 살펴보았으며, '몰다니의 문 열기 빈도 이론'이 맞는지 틀리는지 확인하겠다고 어느 건물 맞은편에 함께 앉아 밤을 꼴딱 새우기도 했다. 최근 뉴스에 보도된 사건들의 원인과 결과 패턴이 각각 어떻게 나올 수 있는지 맞춰보라고 서로에게 문제를 내기도 했고.

그러다가, 사람들이 여러 가지 가능한 행동 중 어떤 하나를 택할 가능성을 계산하는 방법에 관한 연구를 하고 있을 때 어떤 일이 벌어졌다. 나와 가장 가까운 사람들이 유독 인간적인 존재로 느껴지게 되는 어떤 일이.

그래서 그들은 자신들을 '삼총사'라고 부르며,(이 별명이 멍청하게 느껴져 그만두기 전까지의 일이었다) 오늘 뉴스에 대한 분석을 기반으로 내일 뉴스는 무엇이 될지 내기하기를 즐기곤 했다. 가끔은 서로에게 작은 도전장을 내밀기도 했다. 한번은 가이가 에릭과 내기를 하다가 어느 건물 한 층의 사람들이 같은 날 빨래를 널도록 하는 데 성공했다. 두 달 동안 아무 성과 없이 시도한 끝에, 에밀리는 30분 동안 오직 3으로 나눠떨어지는 번호를 가진 버스만이 중앙 터미널에 존재하는 상황을 만들 수 있었다. 가이가 에밀리에게, 그녀라면 버스 도착의 패턴과 그 버스들 사이의 복잡한 관계, 그리고 도시의 다른 교통 체계를 이해하는 데만도 최소 여섯 달이 걸릴 거라고 말했다가 벌어진 일이었다.

에릭은 다른 두 사람이 제기하는 거의 모든 도전 과제를 일주일도 안 돼서 해결하는 데 성공했다. 그러고는 끊임없이 성공한 과제에 대해 떠들어댔다. 결국 나머지 두 사람은 더 이상 그에게 도전장을 내밀지 않고 그가 '심판' 노릇을 하도록 내버려두게 되었다.

수련 과정이 모두 끝난 뒤에도 그들은 최소한 일주일에 한 번씩 만나 아침을 먹었다. 그들은 최근에 작업 중인 우연에 대해 서로 이야기를 나누고 소소한 팁들을 공유했다.

“그래서, 넌 지금 뭐하는 중이야?” 가이는 오믈렛을 우물거리며 에밀리에게 물었다.

“아직도 그 시인 일을 하고 있어.” 에밀리가 말했다. “이 사람 꽤 답답해. 난 시인이라면 일상적인 것을 싫어하고 인생에 대한 갈증을 느끼는 몽상가여야 한다고 생각했는데. 모든 순간을 의미 있게 느끼는 사람 말이야.”

“시인이 얼마나 관습적인 정신 구조를 가진 사람인지 알면 놀랄걸. 회계사랑 똑같아.” 가이가 말했다.

“그 사람이 지금 회계사라고 하지 않았어?” 에릭이 물었다.

“맞아.” 에밀리가 어깨를 으쓱했다. “난 글을 쓰고 싶다는 욕구를 발견할 만한 상황으로 그 사람을 유도하려고 하는 중인데, 별 성과가 없어. 물질주의적인 성격이거든—뭐, 알잖아. 우리 모두가 진화 기제를 갖춘 유전자 기계고, 어쩌고저쩌고. 영감을 받는다든지, 이상을 품는 일 따위는 없어.”

“평범하지 않은 풍경이라거나, 뭐 그런 건 만들어봤어?” 가이가 물었다. "그 친구의 흥분을 자극할 만한 것 말이야."

"그 사람은 시내의 방 세 개짜리 아파트에 살아." 에밀리가 한숨을 쉬었다. "매일 아침 7시 30분에 출근해서 혼자 점심을 먹고, 집으로 돌아와 자기가 사는 건물 근처 거리를 한 시간 동안 산책한 다음, 11시까지 텔레비전을 보고 실용서를 읽다가 자러 간다고. 아주 짧은 이메일이나 길어 봐야 3분 정도밖에 되지 않는 통화로 몇 안 되는 친구들과 연락하고 지내. 여행도 안 가고, 취미도 없고, 바닷가든 극장이든 아무 데도 가지 않아. 심지어 저녁으로도 매일 같은 음식을 먹는다니까. 그런 사람의 의식에 어떻게 변화를 일으키라는 거야? 그렇게 자동인형처럼 사는 사람이 어떻게 자기 운명을 발견해?"

"까다로운 성격 같네." 에릭이 말했다.

"'운명'이라는 관점에서 생각할 줄은 아는지나 모르겠어." 에밀리가 슬프게 말했다. "항상 나한테만 제일 어려운 우연이 배정된다니까."

"시간은 얼마나 남았어?" 가이가 물었다.

"한 달. 난 그 사람한테 예쁘고 우울한 여자들과 우연히 만날 기회도 만들어줬어. 계단에서 시집을 발견하게도 했고. 심지어 그 사람 사는 아파트 바로 앞에서 유명한 시인이 자동차 타이어가 터져 오도 가도 못 하다가, 그 사람한테 도와달라고 하게 만들기까지 했다니까. 근데도 알아차리지를 못해. 꼭 시를 쓰고 싶은 내적 성향 같은 건 없는 것처럼 굴어."

"너무 바빠서 그런 거야." 에릭이 말했다.

"무슨 뜻이야?"

"다른 생각할 거리가 있는 거지. 회사에서는 숫자나 사실관계를 생각하고, 집에 와서는 멍청한 텔레비전 프로그램을 생각하고."

"그래서?"

"그러니까, 회사에서 잘라버려."

"뭐라고?"

"내 말 무슨 뜻인지 알잖아."

"난 그런 해결책 싫어해. 알잖아." 에밀리가 말했다.

"일은 하라고 있는 거지 좋아하라고 있는 게 아냐. 그 녀석이 해고당하게 한 다음, 기술적 오작동 같은 걸로 일주일 동안 텔레비전 없이 지내게 해. 벽을 일주일 동안 쳐다보고 나서도 펜을 쥐고 시를 쓰지 않는다면, 그때는 정말 가망성이 없는 거지."

"인생을 망가뜨려서 그 사람을 더 나아지게 만든다는 발상이 난 늘 불편했어." 에밀리가 말했다. "내가 할 수 있는 최대한은 치과 예약을 놓치게 하는 정도야. 그 사람을 해고당하게 할 마음은 안 생겨."

"마음이 아니라 용기가 안 생기는 거겠지." 가이가 말했다. "에릭 말이 맞아. 지금 상태라면, 넌 이번 달이 끝날 때쯤 우연 제작에 실패했다고 보고해야 할걸. 네가 맡은 그 사람은 지금처럼 계속 살아가다가 50년 후에 세월을 낭비했다는 걸 알게 될 테고. 장담하는데, 그게 해고당하는 것보다 훨씬 더 고통스러울 거야."

"하지만……."

"최악의 경우라고 해도 나중에 다른 직업을 찾아주면 되잖아, 네가 정말 그렇게 물러터졌다면." 에릭이 말했다.

"그리고 시간도 남아돌아야겠지." 가이가 덧붙였다.

에밀리는 자기 앞에 놓인 반쯤 빈 접시를 우울하게 바라보았다. "아아, 일이 안 풀리니까 정말 싫다."

"그럼 이 세상에서 일어나는 일을 대부분 싫어하는 거네." 에릭은 고개를 돌려 거리를 바라보며 말했다.

"그건 그렇고." 그가 덧붙였다. "그 얘기를 듣다 보니 여섯 달 전에 들은 우연 얘기가 생각난다."

"그 사람도 시인이었어?"

"아니, 자동차 정비공이었어." 에릭이 말했다.

"내가 맨 처음 맡은 사람이 작곡가였다는 건 알지?" 가이가 물었다.

"그래, 그래, 그래." 에릭이 말했다. "내가 말하고 있잖아. 조용히 해. 집중 좀 해주시죠? 지금 예술적 성향 얘기로 가려던 게 아니잖아. 그 사람은 예순다섯 살에 자동차 정비공으로 일하고 있었어. 아내를 먼저 보냈고, 딸이 한 명 있었지. 어찌나 현명하신지, 이 정비공께서는 딸이 자기가 보기에 엉뚱한 남자와 결혼했다는 이유로 그 애와 연락을 끊기로 결정했어. 정비공은 정비소 위층의 원룸 아파트에 살았는데, 심지어 그 아파트도 자기 건 아니었지. 자, 이런 사람—같은 장소에서 38년 동안 일했고, 세상이 불공평하다며 투덜거리기나 하고, 자기 인생이든 딸이든 뭐든 다 도둑맞았다며 자기 연민에 빠져 있고, 저녁은 술에 절어 보내고 아침에는 졸음에 겨워 보내는 데 익숙해져 있는 그런 사람—이 딸과 관계를 회복할 수 있는 우연을 계획하고 제작해봐. 단, 조건이 있어. 임무 의뢰서의 내용을 그대로 인용하면, '딸과의 우연한 만남을 통해서가 아니라, 그가 직접 시작한 적극적 행동을 통해서' 이런 일이 일어나게 만들어야 해."

"그래서 어떻게 했대?"

"사람들 말이 사실이라면, 거의 모든 걸 해봤나 봐. 정확히 교과서대로 말이지. 처음 보는 사람들이 그 사람한테 들릴 만한 거리에서 그리움을 일으킬 만한 말을 했어. 정비소 라디오는 고장 나서, 엄마들이 나와 흐느끼면서 잃어버린 아이들에 대한 가슴 저미는 이야기만 해대는 우울한 프로그램만 줄창 나왔고. 또 어떤 사람은 트렁크에 아이들 책이 가득한 자동차 수리를 맡겼어. 아무 효과도 없었지."

"그래서 결국은 그 사람이 해고당하게 했다는 거야?" 에밀리가 물었다.

"아아니지이." 에릭이 말했다. "우연 제작자가 좀 구식이었나 봐. 그 우연 제작자는, 정비공의 인생에서 벌어질 만한 평범한 변화로는 그가 자기 인생을 되돌아보게 될 가능성이 전혀 없다는 결론에 이르렀어. 설령 해고를 당한대도 말이야. 정비공은 그냥 외로움에서 눈을 돌리게 해줄 다른 정비소를 찾거나, 집에 앉아서 아무것도 하지 않을 것 같았다는 거야."

"그래서 어떻게 했대?" 가이가 물었다.

에릭은 주스를 한 모금 마시고 말했다. "암에 걸리게 했어."

"암이라고!" 에밀리가 놀라 물었다. "좀 지나친 거 아니야?"

"그럴지도." 에릭이 말했다. "하지만 사실은 이래. 그 사람은 암에 걸려서, 거의 1년 반 정도 치료를 받았어. 우울 단계와 분노 단계와 미칠 듯한 고통의 단계를 지난 다음, 정비공은 주변 사람들에게 말을 걸고 그 사람들한테 꿈이 뭐냐고 묻기 시작했어. 꿈의 실현에, 또 사람들을 살게 만드는 것이 무엇인지에 집착하기 시작했지. 일기를 쓰기 시작했고, 자기가 얼마나 어리석었는지 깨닫기 시작했어. 그러다가 어느 날, 완치됐다는 얘기를 듣기 하루 전에 열일곱 살짜리 소녀가 자원봉사를 하려고 병원에 온 걸 봤어. 그 애 얼굴을 보니까 딸이 생각났지. 뻔할지도 모르겠지만, 자원봉사자는 정비공의 손녀였어. 그러고 나서, 완치됐다는 얘기를 들은 다음 날 정비공은 두 가지 일을 했어. 차를 몰고 딸을 만나러 갔고, 자기를 치료해준 간호사한테 청혼한 거야."

"와." 가이가 말했다.

"대단하지." 에릭이 말했다. "그렇다고 뭐가 바뀐 건 아니었지만. 우연 제작자는 과도한 힘을 사용했다는 이유로 징계를 받았고, 그 임무에 배정된 시간이 두 달이었기 때문에 처음에는 임무가 실패로 평가되기까지 했어."

"정비공이 딸 집으로 간 다음에는?"

"임무 평가는 바뀌었지만, 징계 기록은 지워지지 않았어. 그 우연 제작자는 벌로, 암에 걸린 어떤 머저리가 자기 이야기를 책으로 펴내도록 하는 또 다른 우연을 제작해야 했지. 비슷한 고객이라면 그렇게 고통스러운 경험을 하게 하는 대신 책을 읽게 하면 될 테니, 미래에는 암에 걸리게 하는 것 같은 방법을 쓰지 않아도 될 거라는 이유에서였어. 내 생각에는 멍청한 발상이지만."

에밀리와 가이는 의자에서 몸을 세워 앉았다. "굉장한 이야기네." 가이가 말했다.

"그러게." 에밀리가 말했다. "지어낸 얘기라는 것만 빼면."

"야, 지어낸 거 아니야." 에릭이 말했다.

"5급 역사적 과정의 일부로서 57호 양식에 따라 승인받지 않은 임무에서 우연 제작자가 장기적 질환, 영구적 부상, 임상적 사망을 일으키는 건 금지돼 있어." 에밀리가 읊어줬다.

"그걸 어떻게 다 기억하는 거야?" 에릭이 물었다.

"네가 우리한테 해준 얘기는 불가능해." 에밀리가 말했다.

"우연 제작자가 징계를 받았다잖아." 에릭이 어깨를 으쓱했다.

"말했지만, 불가능한 일이야." 에밀리가 말했다. "정비공이 사고를 당했다면 또 몰라. 하지만 암에 걸리게 한다고? 어떻게? 대체 그런 일이 어떻게 가능하다는 거야? 엄밀히 말해서, 우리 수준에서는 그런 일을 할 수 없어. 우리는 세포 단위에서 작업하지 않으니까."

"내가 약간 잘못 말했을 수도 있고 좀 과장했을 수도 있어. 어쩌면 그냥, 검사 결과가 잘못 나오게 손을 쓴 것뿐일지도 모르지. 정비공이 특정 기간 동안 암에 걸렸다고 믿도록 말이야.

실제로는 암에 걸리지 않은 거지." 에릭이 말했다.

"과장이라고?" 가이가 물었다.

"그럴 수도 있다는 거야." 에릭이 말했다.

가이와 에밀리가 그를 바라보았다. 그들에게는 이런 순간에 짓는 전형적인 표정이 있었다.

"뭐?" 에릭이 그렇게 묻고는 덧붙였다. "아무튼, 내가 보기엔 그 시인을 해고해야 할 것 같아."

"생각해볼게." 에밀리가 말했다.

가이는 의자 등받이에 기댔다. "그럼 넌 지금 어떤 우연을 제작하고 있는데?" 그가 에릭에게 물었다.

"두 건이야." 에릭이 말했다. "하나는 이틀 전에 받았어. 웬 찌질이를 3주 내에 취직하게 만들어야 해. 꽤 짜증나는 일이지. 정부 기관을 활용해서도 안 되고, 해고로 인한 결원을 발생시켜서도 안 되고, 일자리도 그 녀석이 매일 집에서 나가도록 만드는 일자리여야 해. 우리 윗대가리들이 하는 일이란 그냥 우리를 화나게 하는 것뿐이라는 기분이 드는 임무야. 어쩌면, 우리를 고생시켜놓고 내기를 즐기는 걸지도 모르지."

"그럼 두 번째 임무는?" 에밀리가 물었다.

"2분 전에 빨간 단발머리 아가씨 얘기를 하지 않았던가?" 에릭이 미소 지었다.

에밀리와 가이는 못 말리겠다는 듯 고개를 저었다.

"넌 미친놈이야." 가이가 말했다.

"그럴지도." 에릭이 말했다. "그래도 재밌잖아."

웨이트리스가 그들의 자리로 돌아와 가이에게 민트 레모네이드를 줬다. "기다리시게 해서 죄송합니다." 그녀는 그렇게 말하고, 작은 접시를 하나 더 그들 앞에 내려놓았다. 그녀가 에밀리를 돌아보았다.

"브라우니 드세요." 에밀리는 놀라 눈썹을 치켜 올렸다.

"브라우니는 안 시켰는데요."

"알아요." 웨이트리스가 옆으로 턱을 휙 돌리며 말했다. "저쪽 구석에 있는 남자분이 보내신 거예요."

그들은 그쪽을 돌아보았다. 젊은 남자는 오직 한 사람만이 돌아볼 거라고 예상했는지, 약간 난처해하며 쑥스럽게 고개를 끄덕였다.

"그리고 이것도요." 웨이트리스는 작은 쪽지를 접시 옆에 내려놓으며 말했다.

에밀리는 쪽지를 빤히 바라봤다.

"꽤 귀여운 사람이에요." 웨이트리스가 말했다.

"그러게, 에밀리." 에릭이 그렇게 말하며 살짝 미소 짓고 고개를 끄덕였다. "진짜 귀엽네."

"감사합니다." 에밀리는 웨이트리스에게 그렇게 말하고, 일행에게 화난 눈길을 돌렸다.

"그래서." 그녀가 화난 목소리로 웅얼거렸다. "둘 중 누구 짓이야?"

나머지 두 사람은 아무것도 모른다는 뜻에서 본능적으로 두 손을 들었다.

"왜 우리 짓이라고 생각하는 건데?" 가이가 물었다.

"근거 없는 비난은 피부에 안 좋아." 에릭이 말했다.

"잘 들어." 에밀리가 말했다. "난 너희 둘 중 한 명이 우연을 제작해서 저 사람이 나한테 브라우니를 보내도록 했다는 걸 알아. 그냥 안다고."

"넌 누가 너랑 연애하고 싶어 한다고 믿는 게 그렇게 어렵냐?" 에릭이 물었다.

"브라우니로?"

"안 될 건 뭔데? 맛있잖아?" 가이가 물었다.

에밀리는 일어나 접시를 집어 들었다. "좋아, 이건 내가 처리할게."

"왜 이래, 저 녀석한테도 기회를 주라고." 에릭이 말했다.

에밀리는 대답하지 않고 빠르게 멀어져갔다.

"네가 한 거야?" 가이가 물었다.

"아니. 넌?"

"나도 아냐."

두 사람은 잠시 말을 멈추었고, 에릭이 한숨을 쉬었다. "거참, 안 됐네. 저 친구 괜찮아 보이는데."

"그러게."

"내 계산이 맞는다면, 우연 제작자 과정 수료 이후로 재가 찬 남자가 이걸로 열 번째야."

"최소한 우리가 아는 사람 중에서는 그렇지." 가이가 말했다.

"글쎄, 어쩌면 에밀리가 다른 사람을 사랑하고 있기 때문일지도 몰라."

가이는 자기 접시를 빤히 바라보았다. "닥쳐."

"내 말은 그냥……."

"무슨 말 하려는 건지 아니까, 그냥 닥쳐."

에밀리가 돌아와 자리에 앉았을 때도 에릭은 특유의 미소를 띠고 있었다. "그래서." 에밀리가 가이에게 말했다. "네 다음 임무는 뭐야?"

"여태 본 것 중에서 가장 이상한 임무다." 몇 분 뒤 그녀가 말했다.

그들은 가이가 아침에 받은 봉투 속 종이를 돌려 보았다.

"'내가 그쪽 머리 좀 걷어차면 안 되는 겁니까?'라니." 에릭이 말했다. "확실히, 신선한 임무 의뢰서긴 하네."

"도대체 무슨 뜻인지 모르겠어." 가이가 말했다.

"봉투는 제대로 확인한 거 맞아? 내 말은, 표준 봉투였냐는 거지. 우리 봉투 말이야." 에밀리가 물었다.

"응." 가이가 대답했다.

"내가 **그쪽** 머리 좀 걷어차면 안 되는 겁니까?" 에릭은 두 손으로 질문에 따옴표 찍는 시늉을 하며 말했다.

"그러니까, 임무에 관한 설명은 어디에 있냐는 거야. 제한 사항은 또 어디에 있고?" 가이가 물었다. "언제부터 임무로 수수께끼를 주기 시작했냐고?"

"내가 그쪽 머리 좀 **걷어차면** 안 되는 겁니까?" 에릭이 말했다. "아냐, 이렇게 말해봐도 모르겠네."

"내가 보기엔, 실수가 있었던 것 같아." 가이가 말했다.

"위에서 이런 실수를 저지를 거라는 생각은 진심으로 안 든다." 에밀리가 말했다.

"내그머좀걷안되겁." 에릭이 말했다.

"뭐?" 가이가 물었다.

"그 문장 속 각 단어의 첫 번째 글자를 말해본 거야." 에릭이 말했다. "들어도 뭐 생각나는 것 없지?"

"응."

에릭은 그에게 종이를 돌려주고 어깨를 으쓱했다. "조그만 수수께끼가 생겼네. 즐겨."

"그래서 난 이젠 뭘 해야 하는 걸까?"

"내가 보기엔, 정해진 장소에 정해진 시간에 가야 하는 것 같아." 에릭이 말했다.

"그러고 나서?"

"그러고 나서 될지 안 될지 봐야지."

"뭐가 돼?"

"누가 머리를 걷어차는 것 말이야."

5

에릭은 택시가 나타나기를 기다리며 주위를 둘러보았다.

"이것 참 대단한 아이러니인데." 그가 말했다. "몇 년 동안 나는 최소 열다섯 번이나 택시가 필요할 때 정확히 나타나도록 조치했단 말이야. 그런데 내가 택시를 타야 할 때는 30분이 지나도 한 대도 나타나지 않고, 나타나 봐야 이미 사람이 타고 있는 택시라니."

가이가 웃었다. "중이 제 머리 못 깎는다잖냐."

"난 중이 아니야." 에릭이 말했다. "그리고 최근에, 이런 아이러니는 참아주지 않기로 했어."

3초가 지나자 택시가 그들 옆에 멈춰 섰다.

"대체 어떻게 한 거야?" 에밀리가 눈이 휘둥그레져 물었다.

"누가 그래? 내가 뭔가 했다고." 에릭이 미소 지었다. "가끔은 그냥 일이 벌어질 때도 있잖아?"

"고작 '이런 아이러니는 참아주지 않기로 했어.'라는 멋진 한 마디를 날리겠다고 바로 이 순간에 택시가 오도록 계획한 거야?" 가이가 물었다. "그렇게 시간이 남아도냐?"

에릭은 택시에 올라 그들에게 손을 흔들었다. "헤어짐이란 이토록 달콤한 슬픔이니."

"말이나 못 하면." 가이는 미소 지으며 그렇게 말했고, 택시는 떠났다.

"우리 내기 기억나지?" 에밀리가 물었다.

"음, 기억 안 날 가능성이 조금 있어." 가이가 말했다.

"대체 몇 번을 다시 말해줘야 해?" 에밀리가 한숨 쉬었다.

"우연 제작 일만으로도 바쁘잖아." 가이는 진지한 표정을 꾸며내며 말했다. "허튼 짓거리를 할 시간 따위 없다고."

"발뺌하려고 하지 마. 전에 약속했잖아—네가 원하는 시간에, 최소한 15분 동안, 에밀리라는 이름의 여자아이 열 명이 공원에 있게 하겠다고 말이야. 나는 가이라는 이름의 아이 열 명이 있게 하기로 했고."

"알았어, 알았어."

"야, 별일 아닌 것으로 취급하려면 그렇게 해, 난 상관없으니까. 저녁 내기인 거, 알지?"

"남자애들을 데려와도 돼?"

"이름이 에밀리인 남자애?"

"아니면 에밀이나."

"나도 가이아를 데려올 수 있다면야."

그는 미소 지으며 고개를 끄덕였다. "거래 성사."

그녀는 익숙하게 눈을 빛내며 마주 미소 지었다.

'공원'이란, 물론 그들의 관점에서 볼 때는 모든 것이 시작된 바로 그 공원이었다.

우연 제작자 수련 과정 첫날이 바로 그 공원의 불그스름한 벤치에서 시작됐다. 가이가 두 번째로 도착했고, 에밀리는 이미 와 있었다. 가이는 약간 머뭇거리며 천천히 다가와 검은 단발의 젊은 여자 앞에 섰다.

"어, 여기가……?"

"네, 그런 것 같아요."

그녀는 크고 짙은 푸른 눈과 옅은 대리석 색깔의 작은 얼굴을 갖고 있었다. 에밀리는 아름답게 미소 지었다. "에밀리예요."

"가이입니다." 그는 그렇게 말하고 에밀리 옆에 앉자마자, 앉아도 되냐고 물어보는 게 더 예의 바른 일이었으리라는 걸 깨달았다. 하지만 그녀는 눈치채지 못한 듯했다.

아이들이 눈앞 풀밭에서 축구를 하고 있었다. 더 멀리 떨어진 곳에서는 엄마들과 베이비시터들이 어린 애들과 함께 앉아, 꼬마들이 풀을 뜯어 먹거나 특별히 재미나게 생긴 개똥을 살펴보지 못하게 하느라고 거의 처절한 노력을 기울이고 있었다. 그렇게 노력을 기울이면서도 전화는 끊고 싶지 않은 듯했지만.

에밀리는 손에 빵 조각이 든 작은 봉투를 들고 있다가 눈앞의 땅에 뿌렸다. 운 좋은 새 몇 마리가 모여들어 도시에서 쌓은 전문적 경험을 발휘해 바닥의 빵 조각을 쪼아 먹었다.

"최소한, 우리 둘 다 여기가 맞는 벤치라는 건 알고 있네요." 가이가 어색한 분위기를 풀어보려고 말했다.

"그러게요." 에밀리가 빵 조각을 한 줌 더 뿌리며 말했다.

"그쪽은 어디 출신이에요?"

에밀리는 곧게 허리를 펴고 그를 보았다. "무슨 뜻이에요?"

"전 보직은 뭐였어요?" 그가 물었다.

에밀리는 오랫동안 그를 바라보았다. "그쪽이 먼저 말해봐요. 원래 뭐였어요?"

"I. F.요."

"흠. 이니셜을 말해준다 이거죠. 그래서, 그게 무슨 뜻인데요?"

"상상 속 친구imaginary friend요. 전 상상 속 친구였어요. 대체로 어린 애들의 상상 속 친구였죠. 아주 재미있는 일이었어요."

"그랬겠죠."

"네."

"그럼, 그쪽이 보기엔 이게 승진인 것 같아요?" 에밀리가 물었다. "이게 더 나은 보직이라고들 생각하던가요?"

"네. 난 한 번에 한 아이의 눈에만 보이도록 존재하는 데 익숙해요. 일상적이고 계속적으로 존재한다니 흥미로운 도전이 될 것 같네요. 상당히 만족하고 있어요."

"전직을 신청한 거예요, 아니면 그냥 발령이 난 거예요?"

"솔직히 말하면, 그냥 발령이 났어요. 전직 요청을 할 수 있는지 몰랐네요."

"그 비슷한 게 있어야 말이 될 것 같지 않아요?"

"하긴. 사실 저는 이 모든 게 별로 익숙하지 않아서……."

"네에."

에밀리는 건성으로 빵을 한 줌 더 뿌렸다.

"여기가 우연 제작자 수련 과정 벤치인가요?" 뒤쪽에서 누군가 묻는 소리가 들렸다.

둘 다 뒤를 돌아보았다.

"그런 얘긴 하면 안 돼요." 가이가 말했다. "엉뚱한 사람 두 명이 여기 앉아 있었던 거면 어쩌려고요?"

뒤에 서 있던 호리호리한 빨간 머리가 재미있어하는 표정으로 가이를 보았다. "그럼 내가 약간 정신 나간 사람이라고 생각하고 '아뇨.'라고 했겠죠." 그가 말했다. "그런 과정이 진짜 존재한다고 여기는 사람이 있다고 진심으로 생각하는 건 아니죠?"

"규칙이라는 게 있……." 가이가 더 말해보려 했다.

"미안하지만 질문하지 말라는 규칙은 못 들어봤네요. 그리고 규칙이 있다 하더라도, 규칙이란 게 왜 생겼는지 알잖아요. 아무튼, 그 수업 여기서 하는 거, 맞죠?"

"맞긴 한데……."

"잘됐네요." 그는 빠르게 걸어와 두 사람 사이에 앉으며, 두 팔을 엇갈려 손을 양쪽으로 내밀었다.

"반갑습니다." 그가 말했다. "수많은 재능을 가진 에릭이라고 합니다."

"반가워요." 에밀리는 한쪽 눈썹을 치켜 올리더니 미소 지었다.

"머리가 마음에 드네요. 미소도 멋지고." 에릭은 그렇게 말하고 가이를 돌아보았다. "그쪽은 안 웃어주나요?"

"웃어만 드리겠습니까, 악수도 해드리죠." 가이가 손을 내밀었다. "어디 출신이에요?"

에릭이 가이의 손을 잡고 흔들었다. "무슨 질문인지 설명해주면 대답할 수 있을지도 모르겠네요."

"이 수업 듣기 전에는 무슨 일을 했냐는 거예요." 에밀리가 말했다.

"난 점화사였어요." 에릭이 말했다. "멋진 일이죠. 하지만 몇 십 년 동안 하다 보면 질려요. 몇 백 년일 수도 있고요, 경우에 따라서는."

"점화사가 뭐예요?" 에밀리가 물었다. 하지만 에릭이 대답하기 전에 눈앞에 선 사람의 그림자가 그의 얼굴에 드리워졌다. 그 사람이 도착하는 바람에 새들은 날아가버리고 말았다.

"좋은 아침이다, 75반." 그 사람이 말했다.

"안녕하세요." 가이가 말했다.

"안녕하세요." 에밀리가 말했다.

"상동입니다." 에릭이 말했다.

눈앞에 서 있는 키 큰 사람은 잿빛으로 바뀌어가는 짧은 머리에, 최면술사의 정원에서 자라는 풀 꾸러미처럼 옅은 초록색 눈을 가진 중년 남자였다. 그가 입고 있는 꽉 끼는 흰색 면 티셔츠를 본 세 사람은 그가 몸 관리를 하는 사람이며, 그의 몸도 조용히 감사하며 그를 돌봐주고 있다는 걸 알 수 있었다.

"이번 수업에서." 그가 말했다. "여러분은 나를 따라오며 귀를 기울이도록 한다."

세 사람은 재빨리 지시에 따랐다. 그들은 자리에서 일어나 그를 따라 걷기 시작했다.

그는 고개를 높이 쳐들고 뒷짐을 진 채 천천히 걸었다.

"좋아, 잘 듣도록. 이름은 사실 중요하지 않으나 여러분은 나를 대장이라고 부르면 된다. 사실, 여러분은 나를 대장이라고 불러야만 한다. 그게 여러분에게 알려줄 유일한 이름이며, 내가 반응을 보일 유일한 이름이기 때문이다. 여러분은 머리에서—아직 추측이 가능하다면—내 진짜 이름에 관해 떠오르는 모든 추측을 지워버리도록 한다. 머잖아 내가 여러분의 머릿속에 많은 정보를 욱여넣을 테고, 그래서 여러분은 머릿속에서조차 꼼짝달싹하지 못하게 될 것이기 때문이다. 꿀 웅덩이 속에서 헤엄쳐야 하는, 기도하는 사마귀처럼 말이지. 지금까지 이해했나?"

"이해했습니다." 에릭이 말했다.

"자네들은?" 대장이 가이와 에밀리를 힐끗 돌아보았다.

"이해했습니다, 이해했습니다." 둘이 서둘러 대답했다.

"내가 '이해했나?'라고 말하면." 대장이 말했다. "나의 어리석은 세 수련생은 필생의 노력을 기울여, '타이밍'이라는 복잡한 것과 관계된 정신적 장애물을 뛰어넘고 동시에, 함께 대답하도록 한다."

그는 잠시 멈춰, 이상할 정도로 관심을 기울여서 어떤 나무의 꼭대기를 바라보았다. "이해했나?"

"이해했습니다." 세 사람이 대답했다.

"좀 낫군. 인상적이다. 여러분은 대단히 재능이 있다. 약간은 감동받을 것도 같은데. 아, 눈물이 나는군." 그는 그렇게 말하고 계속 걸어갔다.

"앞으로 16개월간, 나는 여러분에게 우연 만드는 방법을 알려준다. 여러분은 우연 제작이 실제로 무엇을 말하는지, 혹은 우리가 왜 이런 일을 하는지 알고 있다고 생각하고 있겠지. 하지만 완전히 잘못 알고 있을 가능성이 크다.

첫째, 너희들은 비밀 요원이다. 단, 다른 요원들은 요원으로서 비밀스럽게 활동하는 것이지만, 너희들은 일단 비밀로 존재하며 어느 한도 내에서만 요원으로 활동하는 것이다. 너희들의 존재는 모든 인간이 그렇듯 일상적이고 계속적이다. 너희들은 먹고 마시며 가끔 방귀도 뀌고, 때로 바이러스에 감염되기도 한다. 그러나 이 과정을 통해 획득할 도구를 활용하면, 너희들은 이 세상의 인과관계가 어떤 식으로 작동하는지 알게 될 것이다. 또 그 지식을 활용해 사소하고 거의 인지할 수도 없는 사건을 만들어내, 사람들이 인생을 변화시킬 결정을 내리도록 하는 방법이 무엇인지 알게 된다. 이해했나?"

"이해했습니다."

"세상에는 우연을 만든다는 것이 곧 운명을 결정하는 것, 사건의 힘을 빌려 사람들을 새로운 장소로 인도하는 것이라고 생각하는 사람이 많다. 이는 선견지명도 없고, 오만함으로 가득한 유치한 시각이다.

우리의 역할은 경계선에 정확히 서는 것이다. 운명과 자유의지 사이의 회색지대에 서서, 그곳에서 탁구를 해야 한다는 말이다. 우리는 궁극적으로 어떤 생각과 결론으로 이어질 상황으로 이어질 상황으로 이어질 상황들을 만든다. 우리의 목표는 경계선 너머의 운명 쪽에서 작은 불꽃을 튀게 하여, 자유의지 쪽에 서 있는 사람이 그 불꽃을 보고 뭔가 하기로 결정하게 하는 것이다. 우리는 큰불을 내지 않고, 경계선을 넘어서지 않으며, 사람들에게 이래라저래라 하는 것이 우리 역할이라고는 절대로 생각하지 않는다. 우리는 가능성의 창조자, 은밀한 암시를 주는 자, 매력적인 눈짓을 하는 자, 선택지를 발견하는 자다. 나중에 시간이 남으면 다른 표현을 얼마든지 직접 생각해보되, 이 점은 오해하지 말아야 한다. 여러분이 과거에 무슨 일을 했을지는 모르나, 여러분은 방금 승진한 것이다. 세상에는 현실 이면의 직업이 다수 존재한다. 상상 속 친구, 꿈 방직공, 행운 유통사……. 그러나 이 과정을 마친 뒤에 여러분이 맡을 역할은 핵심 그 자체를 건드리는 일이다.

이 세상은 우연으로 가득하다. 그중 압도적 다수는 그야말로 우연이다—다른 일도 일어나는 바로 그 시간에, 단순히 확률에 따라 일어나는 일, 좋은 타이밍이라는 맥락 안에서 벌어지는 놀랍도록 일상적인 일 말이다. 그리고 맥락이 그런 사건에 의미를 부여하며, 의미가 그 사건을 중요하게 만든다. 우연이 꼭 한 공간에 있는 모든 사람이 같은 셔츠를 입는 것 등의 사건일 필요는 없다, 물론 그것도 좋은 우연이기는 하지만 말이다. 우연은 하필 한 사람이 뭔가를 보고 있을 때 다른 사람이 무슨 말을 하는 사건일 수도 있다. 이런 조합이 새로운 생각을 탄생시킨다. 그게 전부다. 대단한 드라마는 없다. 아무도 이처럼 일상적인 사건들을 눈치채지 못한다. 간단한 개념이다. 가끔 어떤 일이 일어나면, 사람들은 누군가 자신에게 메시지를 보내고 있다고 생각하게 된다. 또 가끔 어떤 일이 일어나면, 사람들은 누가 자기를 부추겼다고는 생각하지 않고 그냥 행동하게 되지. 그리고 가끔 어떤 일이 일어나면, 사람들은 현실을 새로운 시각에서 바라볼 수밖에 없게 된다. '인생'이라는 로르샤흐의 잉크 얼룩♦을 다른 각도에서, 조금 다른 방향에서 바라보게 되는 것이다. 이런 세 유형의 사건을 일으키는 것이 우리 임무다. 우리는 운명을 결정하지 않는다. 우리는 일반 대중에

♦ 정신과에서 사용하는 정신분석 도구의 일종. 피검자에게 특정한 형태가 없는 잉크 얼룩을 보여준 다음, 피검자가 그 얼룩에서 어떤 패턴을 발견하는지를 보고 그의 정신 상태를 간접적으로 추론하는 기법이다.

게 고용된 일꾼이다. 원한다면, 노예라고도 할 수 있다. 여러분 모두는 사생활이 보장된, 거의 평범한 삶을 살 수 있을 것이다. 그러나 여러분은 다른 사람들과는 달리 인생의 다른 층을 관찰할 수 있게 될 것이다.

우연 제작은 섬세하고도 복합적인 기술로서, 여러 사건을 동시에 다루고 상황과 반응을 평가하는 능력이 필요한 섬세한 작업으로 가득하다. 이런 일에는 덜 멍청함이라는 기본적인 능력을 활용해야 한다. 가끔은 찾기가 매우 어려운 능력이지. 여러분은 수학, 물리학, 심리학을 활용해야만 한다……. 나는 여러분에게 통계에 관해, 연관성과 무의식에 관해, 사람들의 일상적인 존재 이면에 있는 또 하나의 층위에 대해, 사람들이 전혀 모르고 있는 그 층위에 대해 이야기할 것이다. 나는 여러분의 두뇌에 성격 분석과 행동 이론을 꽉꽉 쑤셔 넣을 것이다. 여러분에게 그 어떤 원자 물리학자나 노이로제 걸린 화학자, 혹은 노른자 무게를 재는 데 집착하는, 수련 중인 제빵사도 압도할 만한 수준의 정확성을 요구할 것이다. 어떤 새들은 특정한 나무 위에 앉고 다른 새들은 전깃줄에 앉도록 하는 원인이 무엇인지 이해할 때까지 여러분을 잠재우지 않을 것이다. 여러분이 만일 평생의 사랑에 빠진 적이 있다면 그 사랑의 이름을 잊을 때까지, 혹은 인생 자체를 잊을 때까지 '인과관계의 표'를 외우도록 강요할 생각이다. 처음 내 설명을 듣다 보면, 여러분은 모르는 사이에 혹시 누가 여러분의 인생을 조종하고 있는 건 아닌지 확인하고자 뒤돌아보게 되겠지만, 마지막에는 그 어느 때보다 푹 잠들 수 있을 것이다. 나는 여러분을 변화시키고, 얼굴과 장기의 순서를 제외한 여러분 인생의 모든 것을 재정리할 것이다. 그리고 한 사람의 인생을 변화시키되, 그가 누군가 손을 쓰고 있을 거라는 상상은 눈곱만큼도 못하도록 하는 방법을 여러분에게 가르쳐줄 것이다."

그는 멈춰 서서 그들을 돌아보았다. 초록색 두 눈이 약간 미소 짓고 있었지만, 약간일 뿐이었다.

"질문 있나?"

"음, 별건 아닌데요." 가이가 말했다. "일정표를 보면……."

"지금은 여러분에게 정말로 질문을 시키려던 게 아니었다." 대장이 말했다. "기본적인 예의를 갖추기 위해 잠시 멈췄을 뿐이다. 여러분은 '없습니다.'라고 대답해야 했다. 질문은 나중에 하게 될 것이다. 솔직히, 눈치가 좀 있어야지."

"그럼…… 없습니다." 가이가 말했다. "질문 없습니다."

"좋다." 대장이 말했다. "이제 뒤로 돌아선다."

그들은 뒤로 돌았다. 그들이 오솔길을 따라 도착한 가장 높은 곳에서는 공원이 전부 내려다보였다. 아래쪽의 잔디밭 한

가운데 나무 사이에 누군가가 엄청나게 큰 현수막을 걸어놓았다. "아자 아자! 75소대!"라는 말이 적혀 있었다. "흠, 저걸 좀 보도록." 대장이 말했다. "우연히도 오늘 기초 훈련을 끝낸 군인들이 파티를 하고 있다. 대단한 우연 아닌가?"

그들 뒤쪽에서 태양이 떠올라, 그들의 그림자를 언덕 아래로 드리웠다. 네 사람은 저마다 조금씩 다른 이유로 미소를 눌러 참았다.

6

가이는 멀어져가는 에밀리를 바라보았다. 가이에게는 그녀가 수업 첫날처럼 작고 약하게만 보였다. 하지만 수업을 통해 확실해진 게 한 가지 있다면, 절대, 무슨 일이 있어도 사람들을 단 한 마디로 정의하려 해서는 안 된다는 점이었다. 사람들은 너무도 복잡했다. 형용사의 함정에 빠지는 것은 제작할 우연의 표적에 대한 인지를 왜곡하는 첫 단계였다. 모든 언어가 정의로 이루어진 작은 함정인 건 사실이었지만, 형용사는 늪처럼 특히 위험했다. 예전의 가이는 에밀리를 바라보며 '연약하다'는 말밖에 떠올리지 못했다. 그때 이후로, 그는 조금 성장했다.

그는 에밀리에게 언제나 조금 이상한 점이 있었다는 것을 깨달았다. 감히 묘사해보자면, 에밀리에게는 약간 신비로운 면이 있었다.

가이는 언제나 예전 직업에 대해 이야기하곤 했고, 에릭은 예전의 인생에 대해 이야기할 때 벌어지지도 않은 일을 가끔 지어낼지언정 아무것도 숨기지 않았다. 그러나 에밀리는…… 우연 제작자 수련을 하기 전에 그녀가 무슨 일을 했는지 알아보려고 할 때마다 어떻게든 그 질문을 회피했다.

"비밀이야." 마침내 가이가 그녀를 구석에 몰아넣자 에밀리가 말했다.

"꿈 방직공?" 그가 던져보았다. "꿈 방직공 심리학부에서는 엄청난 비밀 서약서를 쓰게 한다던데."

"가이……." 그녀가 몸을 뒤틀었다.

"아무한테도 말 안 할게, 얘기해줘."

"말 못 해." 그녀가 말했다.

에밀리가 눈이 빨개진 채, 두 손에 작은 흰색 봉투를 들고 대장의 방에서 나왔던 그때도 마찬가지였다.

"무슨 일이야?" 에릭이 그녀에게 물었다. "뭘 받았는데? 임무 같은 거야?"

"아무것도 아냐." 그녀가 말했다.

"괜찮아?" 가이가 물었다.

"응, 괜찮아." 그녀는 그렇게 말하고 빠르게 멀어져갔다.

"내 생각에 에밀리는 행운 유통사 특수부대에 있었던 것 같아." 언젠가 에릭이 가이에게 말했다. "그 사람들은 우리보다도 더 비밀스럽대. 위험 물질 같은 걸 다루기 때문에, 행운이든 불운이든 뒤집어쓰는 경우에 대비해서 특별한 보호복을 입고 다닌다더라. 심지어 자기네 부대가 존재한다는 얘기조차 하면 안 된대."

"난 그런 얘기 못 들어봤는데. 정말 그런 곳이 있을 것 같지도 않고." 가이가 말했다.

"너만 봐도 걔들 실력이 얼마나 좋은지 알 수 있지." 에릭이 말했다.

"에릭, 너 과대망상증이냐?"

"아, 왜 이래."

그래서 가이는 에밀리에게 맞춰주기로 했다. 그와 에밀리는 선을 넘지 말아야 할 조그만 대화 주제가 하나 있는 좋은 친구였다. 사실, 안 그런 친구가 어디 있겠는가? 하지만 가이는, 에밀리에게 겉으로 보이는 상냥함을 훨씬 넘어서는 많은 것이 있다는 걸 늘 알고 있었다. '연약하다'니, 퍽이나.

그는 돌아서서 걷기 시작했다. 어쩌면 집에 돌아가 좋은 CD를 틀어놓고, 발코니에 앉아 아침에 받은 봉투 속 메시지가 무엇인지 알아보려 노력해야 할지도 몰랐다.

그리고 어쩌면…… 어쩌면 그 생각은 아예 하지 않고, 오늘 하루는 머리를 비우는 데 쓰는 게 더 좋을지도 몰랐다. 책을 읽고, 오후에는 (만일 있다면) 마음이 차분해지는 재즈 공연을 보러 가고, 경치가 아름다운 작은 가게에서 크루아상에 커피를 곁들여 먹는 것이다. 계속적인 존재가 되면 이런 게 좋다고, 가이는 혼자 생각했다. 일과 관계없는 뭔가를 할 기회가 생기니까.

그는 이 점이 무척 마음에 들었다.

우연 제작자가 되기 전, 다시 말해 이 계속적인 인생을, 이 몸을, 조금 전까지만 해도 미래였던 것이 아주 조금씩 과거로 변해갈 때 현재를 경험할 능력을 받기 전에는, 그러니까 I. F.상상 속 친구였을 때는 이런 일을 상상조차 못 했다.

그 시절에 가이는 사람들의 마음속 인물로서 존재했다. 그 사람들에게는 그가 전적으로 현실적인 인물이었다. 요청받은 그대로의 성격과 행동의 미묘한 결, 아슬아슬하거나 대놓고 던지는 농담까지 갖춘 그런 인물 말이다.

그건 전적으로 다른 경험이었다.

언젠가 가이는 목록을 만들어본 끝에 자신이 256명의 인간에게 상상 속 친구 노릇을 해주었다는 걸 깨달았다. 그중 250명이 12세 이하의 어린이였다. 다른 다섯 사람은 정신적 능력이 떨어지거나 노망이 들어가는 다양한 단계에 있는 사람들이었다. 그들은 너무 외로워서, 자신들과 함께 있어줄 누군가를 만들고 그가 존재한다는 걸 그냥 인정하는 것밖에는 대안이 없었다. 그리고 그중 한 사람은 몇 년 동안 독방에 수감돼 있던, 생기 없는 눈을 가진 남자였다. 그 수감자는 남아 있던 이성마저 조금 내려놓고, 가이가 그에게 연기해준 인물을 발명해낼 수밖에 없었다. 하지만 그건 제정신을 찾기 위한 방법이었을 뿐이다. 그는 석방된 즉시 가이를 잊었다.

그랬다. 그게 가이가 해온 일이었다. 그는 여러 사람을 연기했다. 최소한, 자기 자신의 다양한 측면을 내보였다. 외롭거나 슬픈 아이의 상상 속 친구로 살아갈 때는 차마 상심하거나 낙담한 감정을 드러낼 수 없다. 개인적으로는 그렇게 멋진 하루를 보냈다고 할 수 없는 날에도 말이다. 나 자신의 인격이라는 작은 숟가락을 꺼내, 아무리 내 목이 마르더라도 다른 사람에게 줄 물이 나올 때까지 차가운 땅을 깊숙이 파내려가야 하는 게 그 직업이었다.

누군가의 상상 속 친구 노릇을 할 때는 아주 확실한 규칙이 여럿 적용됐다.

첫 번째 규칙은 그 사람만을 위해 존재해야 한다는 것이다. 짜증나는 연설이나 재교육 시도, 도덕적 설교 같은 모든 것은 미래로, 언젠가 사람이 될 때로 미뤄야 했다. 상상 속의 친구라면, 담당한 소년이나 소녀를 위해서만 존재하며 나 자신이 아닌 **그들이** 원하는 더 좋은 곳으로 그들을 안내해야 했다. 쉬운 일이 아니었다. 가이는 자신을 상상하는 아이를 붙들고 "아냐! 그쪽이 아니라니까!"라든가 "그냥 그렇다고 해!"라든가 "이런 짓은 그만둬!"라고 소리치고 싶었던 때가 한두 번이 아니었다. 하지만 그는 깊이 숨을 들이쉬고, 자신은 그저 배일 뿐이고 그 배의 선장은 아이라는 사실을 떠올려야 했다.

두 번째 규칙은 단 한 명의 고객을 제외한 그 누구에게도 같은 외모를 보여서는 안 된다는 것이었다. 가이는 그 시절, 이름은 말할 것도 없고 수없이 많은 성격과 얼굴을 바꿔 써댔다. 가끔 그는 규칙을 지키기 위해 아주 미묘한 부분만을 바꾸기도 했다. 그는 키가 크고 고집스러운 얼굴을 가진 사람이 될 때도 있었고, 아주 작고 제멋대로인 사람이 될 때도 있었다. 그는 상냥한 곰 인형과 활기 넘치는 장난감 병정 역할도 했다. 연예인과 만화 캐릭터와 유명한 인형의 외모를 띠기도 했다. 그는 농부, 마술사, 비행기 조종사, 선장, 가수, 축구 선수였다. 그는 작고 달콤한 목소리, 우렁차고 위엄 있는 목소리, 미소 띤 목소리, 잠재우는 듯한 조용한 목소리를 썼다.

세 번째 규칙은 언젠가 I. F.를 그만두면, 자신을 상상했던 아이들에게 절대 모습을 드러내서는 안 된다는 것이었다. 이유는 분명했다. 만일 아이가 그 순간까지 오직 상상 속에서만 존재했던 인물, 그에게 다가와 다른 사람은 아무도 모르는 자신의 비밀들을 말해줄 수 있는 인물, 아무도 들어가본 적 없는 자신의 내면 공간을 잘 알고 있는 인물을 현실 세계에서 만나게 된다면, 전 세계 아이들의 상상력이라는 성벽에 의심이 드리워질지도 몰랐다. 일을 그만두면, 그만두는 것이다. 끝.

가이가 이 규칙에 전적으로 동의한 것은 아니었다. 가끔 그는 정말 무슨 일이 일어날 수 있을지 궁금해졌다. 어쨌거나 사람들은 성장하고, 변화하고, 이해한다. 하지만 예외는 없었다. 상부에서는 세 번째 규칙을 아주 분명하게 알려주었다.

가이는 자신을 상상 속 친구로 두었던 사람 거의 대부분을 여전히 기억하고 있었다.

그는 자기를 보고 자기가 얼마나 예쁜지 말해줄 사람을 원했던 열 살짜리 여자아이를 떠올렸다. 그 애의 얼굴 오른쪽은 커다란 화상 흉터 때문에 빨갛고 주름져 있었고, 그 아이는 거울을 볼 때마다 가이가(당시에는 인기 있는 할리우드 배우 역할을 맡고 있었다) 어깨 너머로 거울을 보며 "너 정말 아름답다. 이런 건 내가 다른 사람들보다 잘 알아보거든. 언젠가는 다른 사람들도 알아보게 될 거야."라고 말해주기를 바랐다. 4년 동안, 가이는 그 애가 거울을 들여다볼 때마다 그 애의 어깨 너머로 살금살금 다가가 먼지처럼 단순한 말로 그 애를 위로해주었다.

그러다가 어느 날, 그 애가 같은 반 남자아이 한 명과 앉아서 공부하던 중 가이를 상상했다. 두 아이는 탁자에 앉아서, 풀던 문제에 관해 말다툼하고 있었다. 가이는 아이들 뒤쪽 벽 근처에 서서 그 모습을 지켜보고 있었다. 어느 순간, 가이는 여자아이의 심장 박동이 빨라지는 소리를 들었다. 그 애는 힐끗 가이를 바라보았다. 그는 아이를 안심시키려고 미소를 지어주었고, 아이는 손에 쥐고 있던 연필을 만지작거리다가 아무렇지 않게 옆에 앉은 남자아이에게 자기와 함께 공부하는 게 싫으냐고 물었다. "아니." 그 애가 놀라서 대답했다. "당연히 아니지." 그러자 여자아이가 말을 이었다. "내 얼굴이 거슬리지 않아? 속으로는 분명 내가 끔찍하다고, 끔찍하게 못생겼다고 생각하고 있을 것 같은데." 남자아이는 그 애를 보더니, 잠시 생각하다가 조용히 말했다. "네가? 너 안 못생겼어! 솔직히 꽤 귀여운데. 난 너랑 같이 있는 게 좋아." 여자아이는 속삭였다. "정말이야?" 그러자 남자아이가 쑥스러운 듯 눈길을 피하며 말했다. "어…… 정말이야." 여자아이는 가이를 다시 한번 힐끗 보았고, 가이는 자신이 희미해지다가 사라지는 것을 느꼈다. 그 애의 인생으로는 영영 돌아갈 수 없게 됐다.

가이는 그를 슈퍼맨 옷을 입고 있는 친구라고 상상했던, 휠체어에서만 생활하던 금발 아이를 떠올렸다. "날고 싶어." 아이는 그에게 말했다. "가르쳐줘." 가이는 자신을 나무 위 장난감 집으로 데리고 갔던 아이들도 떠올렸다. 그 애들은 가이가 공주를 납치한 해적이고 자신들은 그 공주를 구해야 한다고 상상했다. 가이를 가장 좋아하는 만화 캐릭터로 바꿔놓고, 수백 번은 들었던 애니메이션 속 문장들을 말하게 했던 아이들도 떠올랐다. 가이가 말하는 토끼나 말을 삐딱하게 하는 꽃 역할을 할 때마다 10센트씩 받았다면 아마…….

그리고 대체 그 작은 머리로 무슨 생각을 하는 건지 궁금해지는 아이들도 있었다. 자라나 천재가 되거나, 그냥 아주 이상했던 아이들. 주변의 현실을 한층 더 알록달록하게 칠하고, 자신의 인생을 넘어선 가능성 하나, 하나, 그리고 또 하나를 덧그릴 붓으로 가이를 사용했던 아이들도 있었다. 가이를 소리라고 상상하고, 휙휙 돌려대고, 쭉 늘리고, 허공에 늘어놓으며 그에게 혼자 노래하라고 명령했던 아이들도 있었다. 밤이면 침대에 누워서, 그가 머리 위에 떠 있는 추상적 숫자와 난해하게 섞여 들어가는 복잡한 기하학적 형태라고 상상하던 아이들도 있었다. 그 아이들은 가이에게 최악의 두통을 안겨주었고, 가이는 그 아이들이 수학적 조화라는 감각을 느낄 수 있게 해주려고 조용히 고통을 겪어냈다.

하지만 대체로는, 그냥 같이 놀 친구를 찾고 있을 뿐인 아이들이 많았다. 외톨이거나, 혼자 있을 수밖에 없는 상황에서 짧은 상상만으로 가이의 서비스를 받았던 아이들.

가이는 그에게 왕자 옷을 입혀놓고, 마찬가지로 상상 속 존재인지라 말보다는 샴푸에 가까운 냄새가 나는 흰 말을 그의 옆에 놓아주었던 작고 연약한 여자아이를 떠올렸다. "사랑한다고 말해줘. 어른들이 하는 것처럼." 그녀는 마음속으로 그렇게 생각했다. 너무 강하게 생각해서, 가이에게까지 들렸다. '사랑한다는 말'을 듣고 싶어 하거나 자신만의 동화를 경험하고 싶어 하는 소녀들은 꽤 많았다. 처음에 가이는 완전히 즉흥적으로 대응했다. 그때만 해도 그는 마음의 문제에 관해서는 어둠 속을 더듬거리고 있었으니 말이다. 그는 로맨스라는 복잡한 시계 속 장치들을 진정으로 이해하지 못한 채 미리 준비해둔 문장들을 읊어주었다. 커샌드라를 만난 다음에는 그 모든 게 훨씬 간단해졌지만…….

그리고 물론, 그는 커샌드라도 떠올렸다. 그녀는 어느 면에서 보든 아이가 아니었다.

I. F.로 지낸 나날은 가이의 인생에서 아주 멋진 시간이었다. 가끔은 마음이 아팠고, 때때로 지겨웠으며, 어떤 고객은 사람을 미치게 만들기도 했다. 하지만 기적 같은 경험이었다. 우연 제작자로 사는 것도 기적 같은 일이었다. 손에는 커피 잔과 크

루아상을 들고, 바람에 흔들리는 나무 맞은편에 앉아, 과거, 미래, 그리고 현재와 함께한다는 것은 얼마나 아름다운 일인가.

우연 제작에 관한 고전 이론과 인과관계 강화를 위한 연구 방법론

기말고사

시험 시간: 필기 2시간 + 실기 1주

지시 사항: 다음 질문에 답하시오. 질문이 공식의 사용을 요구하거나 B등급 이상의 증명을 포함하고 있는 경우, 객관식 문항에 대해서도 시험지에 풀이 과정을 서술하시오.

A. 객관식 문항

다음 각 질문에 답하시오.

1. 킨스키의 정리에 따르면, 전구를 가는 데는 우연 제작자 몇 사람이 필요한가?
   ① 한 명
   ② 전구를 갈아 끼울 우연 제작자 한 명과 전기 회사의 설립을 준

비할 우연 제작자 세 명

③ 우연 제작자 한 명과 그 한 명이 도착하도록 준비할 우연 제작자 두 명

④ 킨스키의 정리는 이 질문에 대한 해답을 제공하지 않는다.

2. 패브릭과 코헨의 방법론에 따르면, 인과관계의 고리 속 어느 요소로부터 '불확실성의 구름'이 만들어지는가? 시험지에 설명을 위한 다이어그램과 증명 과정을 덧붙이시오.

① 불확실성은 처음부터 존재한다.

② 불확실성은 대상이 머리를 쓰려고 결정하는 순간 생겨난다.

③ 불확실성은 대상이 마음에 따라 행동하기로 결정하는 순간 생겨난다.

④ 코헨의 결정론적 모델에 따르면, 욕망이나 희망이 존재하는 한 불확실성은 없다.

3. 고전적인 계산법에 따르면, 10,000명으로 이루어진 동일 집단의 두 남자가 같은 여자와 사랑에 빠질 확률은 얼마인가?

① 10% 미만

② 10~25%

③ 25~50%

④ 50% 이상. 단, 그들은 빠르게 그 사랑에서 벗어날 것이다.

B. 서술형 문항

다음의 네 문항 중 최소 세 문항에 답하시오.

1. 두 기차가 두 도시에서 동시에 출발해, 평행한 선로를 따라 서로를 향해 달린다. 각 도시의 남녀 중 최소 25퍼센트는 미혼이며 그들의 성격 분포는 패브릭과 코헨의 방법론에 따른다. 기차가 교차할 때 반대쪽 기차에 탄 두 사람이 서로를 보고 심장이 두근거린다고 느낄 확률을 계산하시오.

2. 볼프차이크와 이븐 타렉의 확장 공식에 따라, 일정 수준의 사회적 친밀도에서 출발하는 경우 행복이 전염 가능한 질병의 역할을 한다는 점을 어떻게 증명할 수 있는지 보이시오. 이때 필요한 사회적 친밀도의 수준을 계산하시오.

3. 상상력의 존재에 관한 다윌의 증명에 관해 설명하시오. 상상력이 다윌의 존재를 입증한다는 점도 설명하는 경우 추가 점수.

4. 다음 중 한 가지 경우를 골라, 가능성 제시의 순서가 선택에 어떤 영향을 미치는지 설명하시오.

   a. 남성 판매원이 남성복 전문점에서 고객에게 정장을 권하는 경우

   b. 여성 판매원이 여성복 전문점에서 고객에게 드레스를 권하는 경우

c. 식당에서 종업원이 다양한 마실 것을 권하는 경우

d. 투표용지의 기명 순서

C. 실기 과제

다음 두 가지 중 한 가지 우연을 제작하시오.

1. 어린 시절 친구 세 사람이 동시에 같은 비행기나 택시, 기차에 탑승하도록 하시오. 어린 시절 친구들이 동일한 교육기관에서 최소 3년 동안 공부했다는 증거를 제시하시오.
   비행기/택시/기차 여행은 미리 계획되어야 하며, 이 우연만을 위해 특별히 마련된 일회성 사건이어서는 안 됨. 예정되지 않은 여행을 추가하는 등의 계획은 실격. 어린 시절 친구 두 사람 이상이 대화를 시작하는 경우 추가 점수.

2. 정체된 차량의 80퍼센트 이상이 동일한 색깔인 교통 체증을 일으키시오. 어떤 색깔인지는 중요하지 않음.
   교통 체증은 20분 이상 지속하지 않아야 함. 교통사고나 신호등 오작동을 활용해서는 안 됨. 정체된 차량의 80퍼센트 이상이 동일한 자동차 제조사의 차량이기도 한 경우 추가 점수.

그럴 만한 자격이 있는 사람에게는 행운이 따르기를!

7

햄스터를 데리고 다니는 남자는 거리 모퉁이에 서서 다음 표적의 암살을 위해 지정해둔 자리를 살폈다.

그는 쪼개져 있었다—아니, 세 조각으로 나뉘어 있었다고 말하는 것이 더 정확할지도 몰랐다.

그의 조각 중 하나는 확인하고, 준비하고, 계획하지 않고 제대로 암살한다는 건 불가능한 일이라는 사실을 알고 있었다. 모든 것을 '그냥 일어나는 일'로 취급할 수는 없었다. 그는 희생자의 일정을 확인해야 했다.(아니, 아니, 희생자가 아니지. 표적이야, 라고 그는 혼잣말했다.) 또 발사각을 계산하고, 탈출로를 식별하고, 풍향과 풍속을 확인해야 했다. 그게 일을 제대로 처리하는 방법이었다.

두 번째 조각은 이 모든 것이 쓸데없는 일이라고 그를 설득하려 했다. 그의 경우에는, 정말 중요한 건 '그냥 일어나는 일'

이었으며 무기를 분해해 자동차로 돌아가는 데 걸리는 시간을 계산하는 일 같은 모든 것이 어리석고 무의미했다. 살아야 할 사람은 어쨌든 살게 돼 있었고, 죽을 사람은 죽게 돼 있었다. 그의 일은 그런 식으로 돌아갔다. 그가 이토록 뛰어난 사람으로 여겨지는 이유가 그래서였다.

세 번째 조각은 그냥 방으로 돌아가 좋은 위스키 한 병을 가지고 침대에 드러눕고 싶어 했다. 그리고 초조한 듯 작은 코를 킁킁거리는 그레고리를 쓰다듬어주고 싶었다. 녀석이 그를 완전히 신뢰하며 품 안으로 파고들 때까지. 그러면서 알아듣지도 못하는 언어로 나오는 텔레비전 프로그램을 보고 싶었다.

이 세 조각으로의 분리는 최근의 거의 모든 임무에서 의례적으로 반복됐다. 그는 조금씩 질려가고 있었다.

뒤의 두 조각은 동맹을 맺고 첫 번째 조각에 공격을 퍼붓기 시작했다. 그 부분이야말로 셋 중 논리적이고 책임감 있는 어른이었는데 말이다. 쉽지 않았다. 그는 몇 가지 설득력 있는 반론을 펼쳤다. 특히, "아니, 뭔 상관이야? 재미있을 텐데."라는 소리로밖에는 들리지 않는 세 번째 조각의 주장은 반박하기 쉬웠다. 결국, 살인청부업자는 어깨를 으쓱하고 걸어가기 시작했다. 옥상에 자리를 잡고 총신이 긴 저격용 라이플을 쓸 생각이었다. 자, 계획은 한 거야.

유일한 문제는 그런 라이플이 두 자루 있는데, 둘 다 임무에 적합하다는 것이었다. 어떤 총을 쓰는 게 더 나을지 결정하려면 신중한 데이터 계산이 필요했다. 그 분석에는 날씨, 옥상에서의 시야 확보 정도, 방아쇠의 감도, 습도 같은 요소가 포함됐다.

그는 걷다 말고 다시 길모퉁이 쪽을 쳐다본 다음, 주머니에 손을 넣어 동전을 꺼냈다. 그는 동전을 던졌다가, 잡아서 결과를 보았다.

라이플 문제는 해결됐다.

8

너로는 부족해.

너로는 부족해.

너로는 부족해.

조용히 해!

에밀리는 낙서로 뒤덮인 자기 집 벽을 바라보고 서서 머릿속에 마구 떠오르는 생각을 침묵시키려고 애썼다.

왜 그녀는 임무에 임할 때 언제나 실패할 것만 같은 느낌을 받는 걸까? 어쨌거나, 그 느낌에는 현실적 근거가 전혀 없는데도 말이다.

그녀는 뛰어났다. 정말로 뛰어났다. 에릭조차도 그녀가 성공적으로 제작해낸 조용한 우연들을 칭찬할 수밖에 없었다. 그런데 매번 새로운 봉투가 올 때마다 이번만은—그래, 이번만은—실패할 거라는 확신이 드는 이유는 뭘까?

그리고 사실, 실패한다 한들 뭐가 달라진단 말인가? 우연 제작자들의 평균 성공률은 65퍼센트였다. 에밀리의 성공률은 80퍼센트였다. 누가 그녀에게 뭐라고 하겠는가? 이 회계사가 계속 회계사로 살아간다 한들 뭐가 어떻다고? 자기가 그 길을 가겠다는데, 그냥 내버려두라지! 에밀리는 더 이상 수업을 듣는 학생이 아니었다. 대장이 감탄하게 만들 필요가 없었다. 에릭도, 가이도…….

에밀리는 바닥에 앉았다.

이번에도 그녀는 단지 다른 사람들을 감탄시키려고 온갖 일을 다 하고 있었다. 그녀가 사방에서 밀려드는 압박감을 느끼고, 멈출 수 없는 추격전에 발목이 잡힌 듯한 느낌을 받으며, 계속해서 주변 모든 사람의 눈으로 자기 자신을 평가하게 된 것이 바로 이런 이유에서였다. 그녀는 놀라운 사람, 비범한 사람, 너무도 매력적이고 대단하며 성공적이고 유머 감각이 넘쳐나는 사람이 되어야만 했다. 그가 마침내 모든 난파선과 망망대해와 유혹하는 세이렌들을 버리고 그녀의 해안으로 떠밀려올 수밖에 없도록.

에밀리에게는 도저히 견딜 수 없는 단어가 몇 개 있었다.

예컨대, '째깍째깍'이라는 말. 이 단어는 언제나 에밀리에게 불안감을 안겨주고, 뭔가가 종말에 다다르고 있다는 느낌을 받게 했다. 산소 부족으로 인한 질식, 모든 것을 지워버리기 일보 직전인 폭탄. '혼자'라는 단어는 에밀리가 밤새 잠을 설치게 만들 수 있었다. 그럴 때면, 그녀는 온 세상이 앞으로 나아가는 가운데 자기 혼자만 텅 빈 침대에 계속 누워 있는 상상으로부터 벗어나려고 헛되이 뒤척거렸다. '실패'라는 단어에서 벗어나거나 '합리적'이라는 단어를 무시하려고 애쓰며 며칠을 보내는 때도 있었다. 이유는 알 수 없었지만, 에밀리는 '비스킷'이라는 단어도 견디지 못했다.

하지만 최근에는 '친구'라는 단어만큼 싫은 것이 없었다. 에밀리는 '친구'로 지내는 것이 너무 싫증나고 지겨웠다. 친구란 이런 것이었다—'썸'이라는 낭떠러지의 가장자리에 정확하게 서 있는 말장난, 진심 어린 대화를 하되 진심과는 직접적 관련이 없는 것들만을 이야기하는 일, 그의 미소에 뭔가가 더 담겨 있다는 조그마한 신호라도 있는지 읽어내려는 답답한 시도, 잠시 가까이 다가갔다가 그렇게 하면 아직 남아 있는 얼마 안 되는 것마저 망쳐버릴지 모른다는 두려움을 느끼고, 등을 돌리지 않은 채 천천히 물러나는 구역질 나는 춤.

에밀리는 자신이 가이의 친구라는 게 싫었다.

그리고 다른 무언가도 늘 존재했다. 다른 느낌. 너무도 적절한 무엇. 그리고 그 욕구. 가이가 소소한 것들을 놓고 기뻐하는 모습을 보고 싶은 욕구 말이다. 단지 그의 마음속에 있는 무언가를 빛나게 할 수 있다는 걸 확인하기 위해서라도 자신을 누군가에게 내어주고 싶다는 통제 불가능한 욕구. 어떻게 이럴 수가 있을까? 그 길 잃은 수줍은 소년 때문에 이렇게까지 현기증을 느끼는 이유가 뭘까?

가이에 대해 생각할 때마다 꿈의 파편처럼 보이는 장면들이 떠올랐다.

빛과 어둠의 순간들, 흥분과 실망의 나날들. 에밀리는 설레는 감정이 사라졌던 그 순간, 홀로 미소 지으며 이건 그냥 누군가에게 반한 게 아니라는 걸 알아차릴 수 있었던 그 순간을 기분 좋게 떠올렸다. 이건 사랑이었다. 그녀는 로맨스에 휩쓸린 고등학생이 아니었다. 자신과 딱 맞는 자리를 찾은 퍼즐 조각이었다. 그리고 에밀리는, 자신과 달리 가이는 전혀 그녀와 함께가 아니라는 것을 깨달은 순간을 떠올릴 때마다 몸을 떨었다.

시인 따위, 엿이나 먹으라지.

오늘이 그날이었다. 에밀리는 바로 이런 날을 기다려왔다. 자유로운 날, 할 일이 없는 날, 가이에게도 할 일이 없는 날.

에밀리는 그 일이 일어나도록 해야만 했다. 할 수 있었다.

에밀리는 일어나 다른 방으로 갔다. 방문 옆 벽에는 스케치가 또 하나 있었는데, 그녀에게는 아까 것과 마찬가지로 중요한 그림이었다. 우연 제작을 계획하는 데 벽을 사용하라고 권했던 사람이 가이인데, 그 방법을 '가이를 상대로' 쓰면 안 될 이유는 뭐겠는가?

수십 개의 작은 원이 그 벽에 그려져 있었다. 그녀가 준비한 사건들이었다. 에밀리는 그 사건들을 용수철처럼 쭉 늘여놓았다. 모든 것이 작고도 혁명적인 여행으로 수렴될 그날에 그 용수철을 탁 놓아버리려고. 벽 맨 위에는 '우리'가 적혀 있고, 그 아래에는 혼란스러운 선과 도형과 단어와 숫자들이 뻗어 나와 있었다. 그리고 '가이'와 '에밀리'라는 단어가 적힌 원 두 개가 이 혼란 한가운데에 놓여 있었다.

큰 다이어그램이었다. 벽의 경계선 너머까지 확장되어 옆 벽의 창문을 지나고, 천장으로까지 기어 올라간 그 그림은 쏟아진 기름처럼 번져서 방을 가득 채우고 있었다. 다이어그램 속에 세부 사항이 얼마나 많은지 놀랄 정도였다. 하지만 에밀리는 최선을 다해야 했다. 무엇도 방치하지 말아야 했고, 어떤 위험도 감수해서는 안 됐다. 무기고에 들어 있는 모든 무기를 꺼내 가장 중요한 우연이라는 전장에 던져 넣을 기회는 딱 한 번밖에 없었다.

에밀리는 종종 이 방에 누운 채 잠에서 깨곤 했다. 그곳에 누워서 눈으로 주변의 네 벽과 천장 하나에 적힌 계획을 또 한 번 좇으려다 잠든 것이다. 그렇게 잠들면, 그녀는 자는 동안 다이어그램이 계속해서 뻗어나가는 꿈을 꾸곤 했다. 다이어그램이 바닥을 가로질러 와 자신에게 기어오르고, 자신을 파묻어 버리고, 자신을 데이터와 가능성, 오래된 희망으로 꽁꽁 싸매는 꿈을.

해버릴 것이다. 오늘 저녁에는.

그녀는 충분히 할 수 있었다.

이 다이어그램은 몇 년 전에 그린 것이었다.

수업을 듣는 도중에, 에밀리는 평범한 젊은 여자들이 그러듯 화살 박힌 하트를 그리거나 둘의 이름 속 글자를 이리저리 조합하는 대신 공책에서 찢어낸 종이에 두 사람을 맺어주기 위한 복잡한 다이어그램을 그리고, 식당에서 가져온 냅킨에 화살표가 달린 원을 그리곤 했다. 그런 그림들은 늘 이름 두 개가 들어 있는 원 두 개로 시작해, 결국 그녀를 미치게 만드는 선과 관계들로 이루어진 좀 더 복잡한 체계로 발전했다. 그러고 나면, 에밀리는 정성껏 종이를 찢어 쓰레기통에 버렸다.

그러다가 뻔한 일이 벌어졌다. 에밀리가 굳이 종이를 잘게 찢지 않은 경우가 단 한 번 있었는데, 그때 에릭이 종이를 발견한 것이다.

세 사람이 시험을 앞두고 에밀리의 집에서 공부하기로 했던 어느 저녁의 일이었다.

가이는《우연한 행운 입문》이라는 두꺼운 책을 펼쳐 가슴에 얹어놓고 소파에 잠들어 있었다. 늙고 지친 바다사자처럼 입을 벌린 채였다. 에릭과 에밀리는 그를 자게 두기로 하고, 서로에게 역사에 관한 퀴즈를 계속 냈다.

이때쯤 에밀리는 에릭이 나름대로 마음씨가 착하기는 해도 나르시시스트라는 것을 알고 있었지만, 그의 호기심을 다 받아줄 준비는 되지 않은 상태였다. 에밀리는 커피와 쿠키를 가져오려고 겨우 2분간 자리를 비웠는데, 돌아와보니 에릭이 그녀의 다이어그램을 들고서 엄청난 관심을 보이며 살펴보고 있었다.

"에릭!" 그녀가 소리쳤다. 가이가 거의 깰 뻔했다. "내 쓰레기통은 왜 뒤지는 거야?"

에밀리는 에릭에게 다가가 종이를 낚아챘다. 눈물이 핑 돌았다. "너 이 개자식……."

"야, 종이가 그냥 삐져나와 있었던 거야." 에릭은 변명하듯 두 손을 들었다. "난 그냥 내 이름이 보여서. 그런 상황에서 나

더러 어쩌라는 거야?"

"어쩌라는 거냐고? 다른 사람들의 사생활을 존중하고, 누가 잠깐 방을 나가 있을 때 이것저것 뒤지지 말아야지. 그래, 내가 너무 비현실적인 기대를 했나 보다."

에릭은 입을 다물고 다시 필기한 것을 공부하기 시작했다. 에밀리는 종이를 찢기 시작했다.

"진지하게 좋아하는 건 아니었으면 좋겠어." 에릭이 말했다.

"네가 알 바 아냐."

"저 녀석은 짝이 있다고." 에릭은 가이를 고갯짓하며 말했다. "너만 다칠걸."

"짝이 있다니?" 처음 듣는 얘기였다.

"물리적으로는 아닐지 모르지." 에릭이 말했다. "하지만 감정적으로는 확실해."

"누군데?"

"저 녀석이 과거에 만났던 I. F.야. 커샌드라 뭐라던데."

"가이가 상상 속 친구랑 사랑에 빠져 있다고?"

"응. 사춘기인가 봐."

"안 웃겨." 에밀리가 열을 냈다. "안 웃기다고."

"아무튼, 상황이 그래. 그리고 저 녀석이 싱글이라고 해도, 나라면 너희 둘 사이에 이런 우연을 제작하려는 시도 같은 건

안 할 거야."

"왜?"

"네 특기가 아니잖아. 넌 영감을 불러일으키는 우연 제작이 적성에 맞아. 인연 맺어주는 우연이 아니라."

"애초에 왜 내가 너랑 이런 얘기를 하고 있는지 모르겠다."

"뭐, 잊어버려. 난 할 말 다 했어."

"난 내가 원하는 우연이라면 뭐든 제작할 수 있어."

"그러세요. 너 혹시, 페니실린 발견으로 이어진 우연을 만든 사람이 누구였는지 기억나? 바움이었나, 영이었나?"

"말 돌리지 마. 나도 다른 사람들처럼 인연을 맺어주는 우연을 제작할 수 있어."

"그래, 하지만 네 인연을 네가 직접 맺어주는 건 좀 아니지. 너무 네 일이잖아. 영이었던 것 같다. 영이 만든 우연은 그야말로 끝내준다니까."

"내가 직접 하면 왜 안 되는데? 그리고 네가 영을 좋아하는 유일한 이유는 폴 매카트니가 존 레넌을 만날 수 있도록 했기 때문일 뿐이잖아. 영보다는 바움이 훨씬 훌륭한 일을 많이 했어."

"내가 볼 때 바움은 약간 기술 쪽에 치우쳐 있어. LSD 발견, 전자기장 발견—끔찍하게 진지한 것들이지. 영은 콘플레이크를 만들게 했고. 난 그런 게 우연 제작의 역사적 사례라고 본다."

"에릭."

"그리고 테플론을 개발하는 우연에도 영이 개입했던 것 같아. 잠깐만, 어디 보자……."

"에릭!"

에릭은 책에서 눈을 들었다. "뭐?"

"넌 왜 내가 인연 맺기 우연을 만들 수 없을 거라고 생각해?"

에릭이 책을 내려놓았다. "있잖아, 에밀리. 넌 원한다면 무슨 우연이든 만들 수 있을 거야. 정말로. 엄청나게 많은 연인을 탄생시킬 거고, 산더미 같은 발명품을 만들 수 있게 해줄 거고, 이 세상도 바꾸겠지. 내 말은 그냥, 우리 모두 장기가 있다는 거야. 그리고 넌…… 감정적 관계 맺기는 네 특기가 아니야. 감정적 관계 문제가 나오면 넌 평정심을 잃고 불안해해. 너무 많이, 너무 심하게 노력한다고. 내가 그쪽에 관한 전문가는 아니지만, 옆에서 보기엔 그래."

"하지만 넌 항상 우연을 제작해서 데이트를 하잖아." 에밀리가 말했다.

"그건 맞지." 에릭이 말했다. 조금 당황한 듯했다. 어느 정도까지는, 에릭 같은 사람도 당황할 수 있었다. "하지만 너랑 나는 다르잖아. 전체적으로 봤을 때 나는 감정 문제에 좀 다르게 접근해. 나는 뭐랄까, 음, 어떻게 표현해야 하나…… 나는 흐름을 타는 편이야. 너는 좀 더, 뭐랄까…… 호들갑스럽고."

"안 그래!" 에밀리가 발을 굴렀다.

에릭은 아직도 그들 옆에 잠들어 있던 가이를 가리켰다. "저 녀석 보여?"

"응."

"인연 맺기 우연 제작자로는 저 녀석이 정통이야. 저 녀석은 완벽한 여자가 존재한다고 생각하지 않지만, 그 여자 말고는 아무도 받아들이고 싶어 하지 않아. 저 녀석은 세상에 사랑이 존재한다고 생각하지 않는 진짜 낭만주의자야. 지나치게 안달내지 않으면서도 사람들을 맺어주고 싶어 하는 제작자한테는 바로 이런 조합이 어울리지. 넌 아냐. 네 우연을 직접 제작하려고 하지 마. 문제가 아주 심각해질 수 있어."

"알았어, 알았어." 에밀리가 말했다. "무슨 말인지 알겠으니까, 이제 닥쳐." 그녀의 일부는 뭔가를 계획하기 시작했다. 사랑이 존재한다고 생각하지 않는 진짜 낭만주의자라고? 어쩌면 그녀가 쓸 수 있는 방법은…….

"내 동시성 원리 노트는 어디에다 뒀어?" 에릭이 물었다.

"다시는 내 쓰레기통 뒤지지 마, 알았어?"

9

왠지는 모르겠지만, 정신을 차리고 보면 그는 늘 부두에 서 있었다.

가이가 쉬는 날은 많지 않았다. 봉투가 연달아 날아들었고, 아침 일찍 우연 제작 건을 마무리하는 드문 경우에만 산책하며 한가로움을 즐길 기회가 주어졌다. 다음 날 아침의 봉투가 도착하기 전까지 말이다. 이런 휴가는 한 손으로 꼽을 수 있을 정도였다.

우선, 가이는 약 두 시간 동안 낮잠을 잤다. 그런 다음에는 괜찮은 스테이크 레스토랑을 찾아냈고, 그다음에는 바람결에 흔들리며 머릿속에서 생각을 쓸어내는 나무들 앞에 앉아 있는다는 아주 오래된 기쁨을 다시 찾았다. 두 달 전 발견한 작은 클럽이 다음 정착지였다. 조용하고 꿈꾸는 듯한 눈빛을 가진 피아니스트와 레드와인 한잔이 있는 그 클럽은 가이가 세련된 청년이 된 기분을 느낄 수 있도록 최선을 다했다. 마지막은 늘 뻔했다. 그는 결국 부두에 서서, 태양이 수평선이라는 침대에 파고드는 모습을 지켜보며 소금기 어린 산들바람이 머리카락을 헝클어뜨리도록 내버려두었다.

가이는 벤치에 앉아 바다를 바라보며, 와인의 술기운이 조금 사라지고 시원한 저녁의 향기가 옷을 뚫고 들어오도록 가만히 있었다. 해변은 비어 있다시피 했다. 개를 데리고 있는 10대 소년 하나만 가이의 코앞에서 해안선을 따라 즐겁게 뛰며, 〈우정(무삭제 감독판)〉이란 영화가 어떤 모습일지를 보여주고 있었다.

어쩌면 가이도 반려동물을 들일 때가 된 건지 몰랐다. 꼭 개여야 할 필요는 없었다. 고양이나 족제비, 심지어 금붕어도 괜찮을 터였다. 아니지, 대안이 없다면 분재 화분이라도 기꺼이 들일 수 있었다. 해변의 소년과 개는 정말로 사랑하는 상대에게만 할 수 있는 방식으로 서로를 놀려댔다. 가이는 몸을 재빨리 훑고 지나가 사라지는, 부러움의 찌르르한 통증을 느꼈다. 그는 바닷바람을 깊이 들이마시고, 씁쓸하게 미소 지으며 그 바람을 내보냈다. 어쩌면 휴가가 많지 않은 게 잘된 일인지도 몰랐다. 휴가 때면 혼자라는 생각이 다시 떠올랐다.

가이는 천천히 일어나 집으로 걷기 시작했다.

시청에서 일하는 누군가가 복도에서 다른 누군가와 힘찬 토론을 벌인 끝에, 여름밤은 사람들이 거리로 쏟아져 나오는 때니 가로수를 알록달록한 조명으로 장식해서 밤을 반짝거리는 축제로 바꿔놓아야 한다고 설득하는 데 성공한 모양이었다.

가이의 눈길은 길을 따라 헤매었고, 마찬가지로 헤매던 가이의 몸은 분위기에 잔뜩 빠져들었다. 가이는 몇 분이 지나서야 그 점을 깨달았고, 그 순간부터는 분위기를 무시할 수 없었다. 한 커플이 서로 껴안은 채 미소를 지으며 앞서 걸어가고 있었다. 옆 벤치에는 나이 든 부부가 손을 잡고 앉아 있었다. 열 살도 안 돼 보이는 남자아이와 여자아이가 가이의 앞을 지나쳐 달려갔다.

상상인 걸까? 임산부 눈에는 유모차만 보이고 금연하는 사람 눈에는 담배만 보이는 것처럼, 외로운 사람의 눈에는 커플만이 보이는 듯했다.

가이는 짝 없이 거리를 걸어가는 다른 사람을 찾아보려고 사방을 둘러보았다. 없었다. 커플뿐이었다. 목적지에 집중하며 재빨리 걸어가거나, 서로를 안고 천천히 걸어가거나, 깡충거리거나, 함께 발을 끌고 가거나, 구석에 서서 속삭이는 온갖 종류의 커플뿐.

그래, 개를 키워야 할 것 같았다.

이 모든 커플 사이에서 가이는 마침내 갑자기 혼자서 빠른 걸음으로 어딘가를 향해 서둘러 가고 있는 남자를 보았다. 가이는 이곳에서 혼자 걷는 사람이 자신만은 아니라는 점이 고마워 그에게 인사라도 건네고 싶어졌다. 그때, 그 남자가 작은 장난감 가게에서 나오던 여자와 부딪쳤다. 여자가 두 팔로 조심스럽게 균형을 잡으며 들고 있던 상자들이 와르르 쏟아졌다. 어쩔 수 없이, 가이의 머릿속에 대장의 목소리가 떠올랐다.

"여러분 중 대다수가 이번 수업을 초조하게 기다려왔다는 걸 알고 있다." 대장이 말했다. "학생들은 늘 '인연 맺기 개론 1' 수업이 아주 낭만적인 과정일 것으로 생각하지. 이게 아주 단순한 과정일 거라고도 생각한다. 필요한 건 젊은 남자와 젊은 여자, 길모퉁이뿐이라고 말이야. 아닌가? 남자가 한쪽에서 걸어오게 하고 여자는 다른 쪽에서 걸어오게 한 다음, 모퉁이에서 정확하게 서로 부딪히게 만드는 거지. 그럼 짜잔—책을 떨어뜨리고, 눈이 마주치고, 첫눈에 사랑에 빠지고, 어쩌고 저쩌고한다는 거야. 이 시나리오에 나오는 헛소리를 식량으로 바꾸면 제3세계 기아 문제를 해결할 수 있다."

가이는 마음속으로 새로 사귄 친구라고 여겼던 그 남자가 놀란 여자에게 사과하고, 서둘러 다시 달려가는 모습을 보며 혼자 키득거렸다. 이런 식의 만남이 성공하는 경우는 1,000번에 1번 정도였다. 다른 999번의 경우에는 좀 더 노력이 필요했다. 가이는 방금 본 것이 누군가가 만들어낸 우연이 아니었기를 바랐다. 이런 식의 수준 낮은 작업이라니, 꽤 당혹스러웠다.

아무튼, 오늘 아침 에밀리가 했던 말은 맞았다. 가이는 정말로 인연 맺기 우연을 제작하는 걸 매우 좋아했다. 로맨스 때문은 아니었다. 그는 로맨스 따위를 믿지 않았다. 사람들은 사랑을 마치 '믿음'의 대상이라도 되는 듯, 종교처럼 여겼다. 그 어떤 관계와도 본질적으로 다른 전 우주적 관계가 존재한다는 교리를 가진 종교. 신도들은 그런 관계의 틀 안에서, 다른 누군가를 온 마음을 다해 숭배했다. 가이는 사람이란 자신보다 거대한 무언가를 믿어야 하는 존재인 모양이라고 생각했다. 종교가 늘 그 무언가를 제공해주지 못하자, 사랑이라는 개념이 모두가 늘 찾아 헤매는 것을 대신 주게 된 것이다. 비합리적이며 일상을 초월하는 심오한 의미를. 가랑비에 옷이 젖듯이, 베푸는 것보다 소유하는 데 몰두하게 되어버린 세상에서 사랑은 소유해야만 하는 또 한 가지 대상이 되고 말았다. 큰 집, 멋진 자동차, 위대한 사랑. 사랑을 안 해봤다고? 인생 헛살았네.

가이도 예전에는 그런 식으로 생각했었다. 그러나 그 이후로 많은 것들이 바뀌었다. 그는 자기 몫의 사랑을 맛봤고, 그 맛에 익숙해져 있었다. 사랑은 그런 게 아니었다. 그보다 훨씬 큰 것이었다. 하지만 가이는 이미 자기 몫의 사랑을 받았다. 이제 그 사랑은 사라지고 없었다. 인생이라는 책의 그 장은 이미 다 읽고 덮어버린 뒤였다. 실망스럽지만, 그는 이 점을 오래전에 받아들였다. 이제는 그가 다른 사람들에게 베풀 차례였다. 그래서 가이에게는 인연 맺기 임무가 중요했다. 어쩌면, 자신은 더 이상 경험할 수 없는 행복을 다른 사람이 누리도록 도움을 줄 때마다 가이 역시 그 행복의 작은 조각을 받는 것일지 몰랐다. 그 행복이 가이의 이름 아래 기록되는 것이다.

가이는 가게 입구에 있는 여자에게 다가가 미소 지으며 떨어진 상자를 챙기도록 도와주었다.

"감사합니다." 그녀가 가이에게 말했다.

"별말씀을요." 가이가 말했다.

바닥에는 다양한 크기의 작은 상자들, 눈길을 사로잡는 새 포장으로 싸여 있는 고전적인 어린이 놀잇감들이 흩어져 있었다.

"조카 주려고요." 여자가 빨간 머리카락 몇 가닥을 귀 뒤로 넘기며 말했다. "쌍둥이거든요. 다음 주가 생일이라서 아이들을 컴퓨터에서 떼어놓을 만한 걸 사다 줘야겠다고 생각했어요."

가이는 초록색 플라스틱 병정들이 들어 있는 상자를 들어 올렸다. "네." 가이는 그녀에게 별로 귀 기울이지 않고 대답했다. 투명한 상자 안의 작은 병정들이 천진난만한 눈길로 그를 돌아보았다.

"저 주세요." 그녀가 말했다.

가이는 몽상에 잠겨 있다가 서둘러 빠져나왔다. "네?"

여자는 미소 지으며, 장난감 상자들을 가슴으로 받치며 그 자리에 서 있다가 가이가 손에 들고 있는 것을 가리켰다. "병정들이요. 가져가도 될까요?"

"아, 네, 그럼요." 가이가 상자를 건넸다. "미안해요."

"어렸을 때 이걸 가지고 노셨나 봐요?" 여자가 물었다. "추억이 떠오르시나 보네요."

"아뇨, 아니에요." 그는 미소 지으려고 했다. "그냥 생각나는 게 있어서요."

여자는 가이에게 다시 고맙다는 인사를 하고 멀어져갔다. 가이는 잠시 더 그 자리에 머물다가 커플들로 가득한 거리를 따라 계속 집으로 향했다. 빵과 초콜릿 스프레드, 설탕, 커피, 그리고 집에 모자랄 게 분명한 다른 물건 몇 가지를 사야 했다. 그는 슈퍼마켓에 들렀다.

에밀리는 자기 집 거실에 앉아 있었다.

최전방의 소식을 기다리는 장군들은 이런 기분이겠구나. 그녀는 그렇게 생각했다.

몇 달에 걸친 계획, 다이어그램으로 가득한 벽, 기대감으로 가득한 몇 주가 흐른 뒤 에밀리는 모든 것을 펼칠 수 있는 날을 맞이했고, 결국은 이곳에 앉아 전화를 기다리고 있었다.

그러는 동안 최소한 뭔가 다른 일이라도 하고 있었다면 덜 한심한 기분이 들었을 것이다. 하지만 에밀리는 가만히 앉아 전화가 울리기만 기다리고 있었다. 울리지 않으면 어쩌지?

가이는 슈퍼마켓 통로 이쪽저쪽을 오가며, 커피가 대체 어디 숨겨져 있는지 찾아보았다.

그랬다. 그는 그 플라스틱 병정들이 잠시 이 세상을 멈춘 이유를 정확히 알고 있었다. 당혹스러울 만큼 분명한 이유였다. 심지어 어딘가에, 귀퉁이를 접어 표시해둔 공책에 적어놓았을 법한 이유.

수업이 시작되고 겨우 2주가 지났을 때의 일이었다. '연상작용 개론 1' 수업에서 서로가 하는 생각의 흐름을 지도로 그려보라는 과제가 나왔다. 대장은 '사물이 다른 사물을 생각나게 하는' 방식을 이해하는 것만큼 그들의 직업에서 중요한 도구는 몇 없다고 강조했다. 그 모호한 말의 의미가 무엇이었을지는 잘 모르겠지만 말이다. 가이는 에릭이 연상하는 것을 지도로 그려야 했고, 에릭은 에밀리의 것을 그렸으며, 에밀리는 가이의 것을 그렸다.

에릭의 지도를 그리는 일은 꽤 단순했다. 어째서인지 모든 것이 여자, 목표 달성, 막스 형제의 코미디와 연관됐다. 가끔은 좀 더 깊이 파고들어야 할 때도 있었다. 파파야 주스가 에릭에게 베트남을 떠오르게 하는 이유가 무엇인지, 누가 '초콜릿'이라고 말할 때 그가 왜 '색소폰'을 생각하는지를 이해하기 위해서였다. 하지만 결국에는 합리적인 설명을 할 수 있었다. 에릭의 생각 흐름 지도는 대장을 만족시킬 만한 수준이었다.

하지만 다른 사람이 그리는 지도의 대상이 된다는 건 더 골치 아픈 일이었다.

에밀리는 철저했다. 그녀는 가이가 대충 설명하고 빠져나가게 놔두지 않았다. 에밀리는 '책'이라는 말을 '책장'과 연관 짓는 것은 전적으로 논리적인 일이지만, 대체 '책장'이 영화 〈다이 하드 2〉를 연상시키는 이유는 무엇이냐고 물었다. 가이는 자신의 정신세계가 슬리퍼와 고슴도치, 미소와 박쥐, 바닥 타일과 파스텔 색깔의 로봇 사이에서 찾아내는 기이한 연관성을 설명해야 했다. 그러나 왠지 에밀리는 장난감 병정이 그에게 '사랑'을 떠오르게 하는 이유에 가장 큰 관심을 보였다.

"설명해줘야 해." 에밀리가 눈을 반짝이며 말했다. 그들은 가이의 아파트 바닥에 앉아 있었다. 그녀가 어딘가에서 찾아낸 포춘 쿠키 상자 하나가 열린 채 그들 곁에 놓여 있었다. 가이가 좀 쉬어야겠다고 생각할 때마다 그들은 쿠키를 가져가 쪼개고, 쿠키 안에 들어 있던 쪽지를 사용할 수 있을 만한 우연을 생각해보았다. 그 시점에 상자는 반쯤 비어 있었다.

"첫 데이트 때문이야." 그는 질문을 회피하려고 말했다. "그게 다야."

"자세하게." 에밀리가 두 손을 비벼대며 말했다. "자세한 내용을 말해야지."

"널 조사한다면서 미치도록 괴롭힌 사람은 에릭이야. 왜 나한테 복수하는 건데?"

에밀리는 장난기 어린 미소를 지었다. "난 그냥 열심히 과제를 하려는 것뿐이야." 그녀는 한쪽 눈썹을 치켜 올리며 그렇게 말했는데, 그래서 거짓말이라는 게 티 났다.

가이는 털어놓았다. 커샌드라에 대해서, 둘이 어떻게 만났고 헤어졌는지에 관해서, 그 두 시점 사이에 벌어진 모든 일에 관해서. 에밀리는 귀 기울이며 가끔 머뭇거리는 목소리로, 호기심에 찬 질문을 던졌다. 마치 이런 이야기를 다시 나눌 일은 영영 없으리라는 걸 알고 있는 것만 같았다.

그게 전통의 시작이었다. 우연 제작자 과정을 듣는 동안 그들은 종종 커피와 포춘 쿠키 한 상자를 가지고 만났다. 가끔은 에릭도 함께했지만, 보통 그는 누군가와 엘리베이터에 갇힐 "평생에 한 번 있을까 말까 한 기회"가 생겼다는 둥 핑계를 대며 약속을 취소했고, 결국은 둘만 만나게 되었다. 달콤한 반죽으로 감싸인 종잇조각에서 완전한 대화가 피어났다. 커샌드라 얘기는 다시 하지 않았다. 에밀리의 옛 직업 이야기도 하지 않았다. 수업 얘기도 별로 하지 않았다. 하지만 그들은 고객에게 연상 작용을 일으킬 수 있는 가능성에 관해서는 입도 벙끗하지 않고 음악 이야기를 나눴다. 억눌린 감정을 자극하는 장면에 대해 이야기하거나, 우연 제작자가 개입해서 쓰인 극본이 무엇인지 알아맞히려 하지 않고 영화 이야기를 나눴다. '정전을 일으켜 시청률 올리는 법'에 관한 강의 얘기는 꺼내지 않고 가장 좋아하는 텔레비전 프로그램에 관해 이야기했다. 그리고 인기를 얻는 진정한 방법에 관해 둘 다 알고 있는 내용은 모른 체하고 정치에 관해서까지 이야기를 나눴다.

사실, 가이는 그때가 그리웠다. 수업이 끝난 다음부터는 단둘이 이야기 나눌 기회가 별로 없었다. 일정이 미친 듯이 바빴고, 어쩐 일인지 둘 중 한 명은 늘 새로운 우연을 준비하느라 분주했다. 그들은 업계의 신입이었고, 자신이 맡은 우연에 끌려 들어가지 않은 상태에서 시간을 관리하는 방법을 아직 몰랐다. 약속이 두세 번 취소되고 나자 전통도 사그라들었다. 몇 달이 지나자 에릭이 셋이서 만나는 아침 모임이라는 새 전통을 세우자고 우겼다. 두 사람도 바쁜 일정을 관리할 방법을 찾게 됐다. 그러자 그때의 포춘 쿠키 저녁 모임은 더 이상 필요하지 않은 것처럼 느껴졌다. 가이는 해변에서 본 소년과 개를 다시 생각했다. 사실, 지금은 그런 우정이 있다면 좋을 것 같았다. 와인 한 잔이 언제나 만족스러운 친구가 되어주는 건 아니었다.

그가 찾던 커피는 세 번째 통로에, 조금 더 비싼 다른 커피 뒤에 놓여 있었다. 가이는 커피 통을 빈 쇼핑카트에 실었고, 세 걸음을 더 걷다가 할인 판매 중인 포춘 쿠키가 선반에 놓여 있는 것을 보았다.

하나 가격에 두 개를 주는 행사였다.

에밀리는 벨이 세 번 반 울리게 놔둔 다음 전화를 받았다.

"잠깐만." 그녀가 말했다.

에밀리는 수화기를 귀에서 멀찍이 떼어놓고 마음속으로 열을 셌다. 심장이 숫자를 너무 빠르게 셌기 때문에, 이번에는 머릿속으로 몇 초를 더 셌다.

"응, 이제 괜찮아." 에밀리가 다시 귀에 전화기를 댔다. "미안해, 뭘 좀 하고 있어서."

"안녕." 가이가 말했다. "잘 지내?"

"그럼." 에밀리가 말했다.

"예전에 쿠키 먹곤 했던 거, 기억나?"

"응, 당연하지." 에밀리가 말했다. "몇 번은 정확한 예언도 나왔던 것 같은데."

"그 포춘 쿠키가 어느 브랜드였는지 기억나?"

"아니……. 금속 통에 들어 있었던 것 같은데, 아닌가?"

"갈색에 빨간 줄무늬, 맞지?"

"맞아."

"지금 슈퍼에 왔는데 그 포춘 쿠키가 있네. 이 상자를 본 건 몇 년 만에 처음인 것 같아."

"와, 그때 생각난다." 에밀리가 말했다. "내 것도 하나 사다 줘."

"음, 있잖아." 가이가 말했다.

나야 뭐가 있다는 걸 당연히 알아. 내가 아는 건 확실하지. 너도 좀 알았으면 좋겠는데! "뭔데?"

"우리 집에 잠깐 들를래? 예전처럼 쿠키 먹으면서 얘기나 하자."

"몇 가지 일이 있긴 한데, 내일로 미룰 수 있을 것도 같고……." 에밀리는 고민하는 것처럼 들릴 만큼 천천히 말했다.

"얼른. 재미있을 거야." 가이가 말했다.

"뭐 그래, 그러자." 에밀리가 말했다. "영화도 한 편 보고. 네가 골라!"

"알았어."

"그래. 옷 갈아입고 몇 분 있다 출발할게."

그들은 대화를 마쳤고, 에밀리는 그동안 쫓아다니던 곰을 마침내 사냥해 그 머리를 자기 집 벽에 걸어놓은 듯한 기분이 들었다. 그녀는 너무 크게 소리를 지르지 않으려고 애쓰며 집 안을 깡충깡충 뛰기 시작했다. 뭐, 이웃들이 있으니까. 그렇게 그녀는 소녀처럼 깡충거리며 다른 방으로 들어가, 벽 가까이에 서서 발꿈치를 들고 가이의 이름이 적혀 있는 벽에 입을 맞췄다.

가이는 숨 쉬는 다른 생물과 대화하면서 하루를 마치면 좋을 거라고 생각했다. 그는 넷플릭스에서 추천 영화를 살펴보았다.

블라인드 사이드

인생은 아름다워

네버 세이 네버

멋진 인생

귀여운 여인

어느 날 밤에 생긴 일

그는 고개를 저었다. 뭔가 이상하다는 기분이 들었다.

가이에게는 추천 목록에 로맨틱 코미디가 뜨는 것이 익숙하지 않았다. 하지만 그것만은 아니었다. 뭔가 다른 게 있었다. 그는 그 느낌을 무시하고, 눈을 감고 버튼을 누르는 식으로 아무렇게나 영화를 골랐다.

캐치 미 이프 유 캔

에밀리도 좋아할 것이다. 그녀는 톰 행크스를 좋아했다.

집에 돌아왔을 때에야 가이는 자기가 얼마나 어마어마한 제안을 한 건지 깨달았다.

누구든 초대해본 게 아주 오래전 일이었다. 잠깐, 남은 시간이 얼마나 되나? 10분?

거실에는 사방에 옷가지가 널려 있었고, 식탁보에서는 오래된 얼룩이 꾸짖듯 그를 바라보고 있었으며, 산더미처럼 쌓인 수업 때의 교재와 팸플릿과 공책들이 일 미루기를 기념하는 비석이라도 된 듯 여전히 구석에 놓여 있었다. 가이가 어제 다시 페인트칠한 벽 앞에 펼쳐진 신문지들은 말할 것도 없었다.

가이는 옷가지를 재빨리 주워 모으고 책들을 소파 뒤쪽으로 밀어버렸다. 블라인드 너머로 빠르게 힐끗 내다보니 에밀리가 이미 집 앞 거리에 와 있는 것이 보였다. 그는 서둘러 벽을 따라가며 놓인 신문지들을 집어 대충 다른 방에 던져버린 다음,

에밀리가 도착했을 때 바로 그런 일을 하고 있었던 것처럼 보이도록 소파에 몸을 날리고 텔레비전을 켰다.

눈 내리는 웅장한 산을 배경으로 미소 짓고 있는 턱수염 난 남자가 화면에 나타났다. 남자는 얼굴이 붉고 햇볕에 그을려 있었으며, 두꺼운 다운재킷을 목까지 올려 입고 있었다. 그러나 두 눈만은 짙은 파란색으로 빛났다.

"무엇보다도, 일단 축하드립니다." 마이크를 들고 있는 손을 제외하면 카메라 앵글에서 벗어나 있던 인터뷰 기자가 말했다. "정상을 정복하려는 도전은 이번이 두 번째셨던 걸로 알고 있는데요."

"네." 턱수염 남자가 말했다. "지난번엔 잘되지 않았습니다. 솔직히, 참혹하다고 할 만했죠. 다리도 부러졌고…… 엉망진창이었습니다."

"그런데도 다시 시도하기로 하셨네요."

"아시잖아요." 턱수염 남자가 더 크게 미소 지으며 말했다. "두 번째 기회라는 말이 그래서 생긴 것 아닐까요? 해야만 하는 일인 걸 알면서도 그만둘 수는 없는 겁니다. 저한테는, 다시 도전해야만 하는 일이었어요. 게다가 이번에는 특별한 도움도 받았고요." 산악인이 손을 뻗자, 단발머리에 구릿빛 피부를 가진 여자가 화면에 들어왔다. 그녀도 남자의 옷만큼 두꺼운 재킷으로 몸을 감싸고 있었다. 남자가 그녀를 감싸 안으며 그녀의 이마에 자기 뺨을 갖다 대자 여자가 손을 내저으며 키득거렸다.

에밀리가 현관문을 노크했다.

두 사람은 함께 소파에 앉아, 예전에는 어떻게 시간을 보냈었는지 떠올리려 애썼다. 에릭까지 셋이서 여러 번 만났던 데다 그가 늘 적절하게 바보 같은 문장을 말하는 데 익숙해져 있었기에, 이제는 어느 정도 조정이 필요할 것 같았다. 단둘이 함께 있는 시간이 예전 같지 않게 느껴졌다.

"아직도 페인트 냄새가 나네." 에밀리가 말했다. 그녀의 내면에 있는 '친구 모드'가 자동으로 작동해 여전히 일을 주도하려 하고 있었다.

"응, 그게…… 그게 좀 오래 가네." 가이가 말했다. 눈앞의 화면에서는 턱수염을 기른 산악인이 조용히 말을 이어나갔다.

에밀리가 일어나 창가로 가서 블라인드를 약간 열었다. 돌아오는 길에, 그녀는 포춘 쿠키 상자를 집어 가이에게 내밀었다. "너 하나……." 에밀리가 말하자 가이가 미소를 지으며 쿠키를 하나 가져갔다. "나 하나." 그녀가 아무거나 다른 쿠키를 하나 꺼내며 말했다.

에밀리는 가이의 맞은편 소파에, 양쪽 다리를 오므려 깔고 앉았다.

"네가 초대해주니까 정말 좋다." 그녀가 말했다. "오랜만이잖아. 그리웠어."

가이는 그녀에게 미소 지으며 포춘 쿠키를 쪼개 작은 종잇조각을 꺼냈다. 정전이 일어나 모든 불이 꺼지기 전 짧은 순간에, 가이는 겨우 거기 쓰인 문장을 읽고 눈을 들어 에밀리를 보았다.

"먼 곳을 보지 마세요.
가장 중요한 질문에 대한 답은 눈앞에 있을 가능성이 큽니다."

어둠이 기대감으로 가득한 침묵으로 그들을 둘러쌌다. 에밀리는 숨을 참으며 몸을 세워 앉았다.

그녀는 아까 살짝 열어둔 블라인드 너머로 들어오는 가로등의 희미한 불빛이 흰색 사선을 그리며 자신의 눈에 정확히 떨어져, 눈을 반짝이게 만들리라는 것을 알고 있었다. 에밀리는 심장 두근거리는 소리를 들었고, 그 소리가 자기 소리인지 가이의 소리인지 궁금해졌다. 전기가 다시 들어왔을 때 가이는 여전히 그녀의 눈을 바라보고 있었다. 그들은 침묵을 지켰다.

마침내 가이가 쪼개진 포춘 쿠키를 내려놓고 말했다. "이제야 뭔가 알 것 같다. 아주 오래전에 알아챘어야 하는 건데."

에밀리가 살짝 몸을 떨며 조용히 말했다. "응?"

"너랑 예전처럼 다시 만나는 건 싫어." 가이는 그렇게 말했고, 에밀리는 그의 두 뺨이 발그레하게 달아오르는 것을 보았다. "새로운 방식으로, 완전히 새로운 방식으로 만났으면 좋겠어. 다른 걸 시도해봤으면 해."

"그러면 아주 좋을 것 같아." 에밀리는 여전히 큰 목소리로 말할 수가 없었다.

"난 너무 오랫동안 과거에 붙들려 살았어."

"그래……."

"그래서 오늘 이 순간까지 어떤 감정을 깨닫지 못했어."

"가이……."

"커샌드라는 집어치우라고 해. 내가 원하는 건 너야."

"아, 가이."

불이 다시 켜졌을 때, 에밀리는 자신을 잡고 흔들어 현실로 돌려놓았다. 그녀가 눈을 뜬 현실에서는 가이가 눈앞에 앉아,

손에 들린 쪼개진 포춘 쿠키와 종잇조각을 바라보고 있었다. 그는 눈을 들어 에밀리를 바라보며 물었다. "에밀리, 어떻게 된 거야?"

"무슨 말이야?"

가이의 내면에서 무언가가 단단하게 굳어진 것 같았다. 그는 일어나 소파 뒤로 돌아가더니, 그곳을 뒤져서 다 해져가는 빛바랜 공책을 꺼냈다. '물건 선택의 기술, 2부'라는 글자가 공책에 적혀 있었다. 그는 공책을 휙휙 넘기다가 찾고 있던 페이지를 발견하고 탁자 위에 펼쳐놓았다. 그 페이지의 제목은 '73번: 미리 준비한 상자에서 선택하기. 바이턴 실행의 변수'였다. 대상이 아무렇게나 물건을 고른다고 생각하지만, 실제로는 미리 정해진 물건을 가져가도록 상자를 돌려놓는 방법이 그림으로 설명돼 있었다.

에밀리는 펼쳐진 공책을 조용히 바라보았다.

"내가 이 쿠키를 집어 가게 만든 거 너 맞지?"

에밀리는 침묵을 지키다가, 손에 들고 있던 쿠키를 뭉개버렸다.

"맞지?"

에밀리는 여전히 대답하지 않았다. 가이는 공책을 방 저쪽으로 던지고 에밀리 맞은편에 앉았다. "어떻게 된 거야?"

"어떤 사람이……. 내가 언젠가 들었던 수업에서 만난 좋은 친구가, 자기 첫사랑 얘기를 해준 적이 있어." 에밀리가 조용히 말했다. "걔가 그러더라. 한때는 사랑이란 기분 좋은 향기가 날 뿐인 일종의 동경이라고 생각했대. 다른 누군가에 대한 생각에 사로잡히는 상황, 온갖 이유로 누군가의 열렬한 팬이 되고 그 사람도 나의 팬이 되는 상황이라고. 어쨌든 다들 그런 식으로 얘기하잖아? 마른하늘에 번쩍이는, 눈이 멀 것만 같은 번갯불이라느니. 뱃속에서 조용히 솟아오르는 동경의 마음이라느니. 쌍둥이 영혼과 연결된 것 같은—눈부시게 흰 빛 같은—깨달음이라느니. 그런 모든 헛소리 말이야."

"슈퍼마켓에 포춘 쿠키가 놓여 있게 한 것도 너지? 장난감 가게에 있던 그 여자도 네가 준비한 거고?" 가이는 정말이지, 에밀리에게 화를 낼 수는 없었다. 에밀리에게만은. 하지만 화난 척해야 했다. 이건 불가능한 일이라는 걸 에밀리도 이해해야 했다. 불. 가. 능.

"그러다가, 누군가가 그 친구의 삶에 나타났는데 그 순간 내 친구는 사람들이 하는 말이 거짓말이라는 걸 알게 됐대. 자기도 자신을 속이고 있었다는 걸 말이야. 사랑은 동경이 아니었어. 동경 비슷한 것도 아니었어. 처음은 비슷하지만, 그런 피상적인 동경은 아주 빠르게 자라나 다른 것, 좀 더 진실한 무언가로 변했대. 그 친구는 다시 집에 돌아간 것만 같았대. 사람들이 자신을 원하는 곳으로 돌아온 것 같았대. 자신이 가치 있는 사람으로, 어울리는 사람으로 여겨지는 그런 곳에 왔다고 느껴졌대. 무엇보다도, 자기가 있어야 할 곳에 온 것 같았다고 했어. 그 친구 말로는 그 누군가와 이미 만난 적이 있거나 오래전에 그 사람과 함께 무슨 일을 한 적이 있는데, 어쩔 수 없이 쉬는 시간을 가졌다가 다시 그 일을 할 수 있게 된 것만 같았대. 그게 무슨 일인지는 전혀 모르겠는데도. 내 친구는 그 일이 처음처럼 느껴지지 않았다고 했어. 항상 이어져온 것처럼 느껴졌대."

"에밀리, 들어봐……."

에밀리는 애원하는 것처럼 굴지 않으려고 최선을 다했다. 애원하기는 싫었다. "가이……, 세상을 둘러봐." 그녀가 말했다. "네가 절대 너한테 어울리는 사랑을 발견하지 못하는 건, 네가 찾지 않기 때문이야. 너는 커샌드라를 찾아다니느라 미리 포기하고 있어. 너는 한때 있었지만 더는 존재하지 않는 사람을 찾고 있다고. 너는 이미 끝난 것, 사라진 것에 사로잡혀 있어. 난 네가 이렇게 지내는 걸 보는 게 슬퍼. 오래전에 스케치가 지워진 그림을 색칠하려고 노력하면서, 사실은 아무것도 없는데 무언가를 상상하려고……."

"난 뭘 상상하는 게 아냐. 기억하는 거야. 나한테는 기억만 남아 있어." 가이가 말을 잘랐다. "그 둘은 다르……."

"그렇더라도 넌 사로잡혀 있는 거야." 에밀리도 말을 잘랐다.

"난 이게 좋아."

"난 아냐."

그들은 조용히 앉아 있었다.

천천히, 모든 것이 이해되면서 그림이 맞아 들어갔다. 찰칵, 찰칵, 찰칵. 가이는 에밀리가 무엇을 원하는지, 에밀리가 무엇을 준비하려 했는지 알고 있었고 그녀는 그가 안다는 사실을 알았다. 그리고 가이는 자신이 안다는 사실을 에밀리가 안다는 걸 알고 있었고…….

대체 그녀는 무슨 생각이었던 걸까?

"언제부터 시작……."

"아주 오래됐어. 너한테 어떻게 말을 꺼낼까 생각해왔어. 너한테 어떻게 전달할까, 어떻게……." 그녀는 몸을 떨었다. 안아줬으면 좋겠어, 에밀리의 몸이 말했다. 싫어, 가이의 몸이 말했다.

"오늘 말이야. 오늘 나한테 벌어진 우연은 언제부터 만들기 시작했어?" 가이가 조심스럽게 물었다.

"바닷가에서." 에밀리가 말했다.

"개를 데리고 있던 그 남자애 말이야?"

"응."

"거리에 커플들이 잔뜩이었고."

"그래, 그것 말고도 몇 가지 더 있었어……." 날 안아줬으면 좋겠어, 모르겠니?

아, 빌어먹을. 그냥 말해버리자.

"난 우리가 한때 무언가를 같이 시작했고, 잠시 쉬는 시간을 가졌다고 생각해. 그리고 이젠 그 일을 다시 시작할 수 있다고 생각해." 에밀리가 말했다. "너도 가끔은 그렇게 느끼지 않아? 조금도 그런 적 없어? 난 그렇단 말이야. 네가 주위에 있을 때마다, 네가 가까이 있을 때마다, 난 집에 돌아온 것 같아. 난 우리가 떠나온 그곳으로 돌아가서 다시 시작하고 싶어. 나는……."

"에밀리." 가이가 말했다.

"정말이야." 에밀리가 말했다. "정말 그런 곳이 있어."

더 긴 정전, 훨씬 더 긴 정전을 준비했어야 했다. 이제는 그녀가 울고 있다는 게 다 보였다.

"미안해." 가이가 말했다. "넌 멋진 사람이야, 정말로 멋져. 너랑 같이 지내는 걸 내가 얼마나 재미있어하는지 너도 알잖아. 하지만……."

역시 '하지만'이 나올 수밖에 없었다. 마음속의 유턴.

가이가 숨을 깊이 들이쉬었다. "이런 식은 아냐. 나는 그래. '우리'가 존재할 수 없는데, 우리를 위한 우연을 만들어낼 수는 없어."

에밀리는 별로 오래 머물지 않았다.

그럴 의미가 없었다.

에밀리는 질문을 던지고, 구애를 위한 복잡한 선물을 내밀었다. 너무도 오랫동안 만들어온 한 가지 가능성을 말이다. 그리고 가이는 대답했다. 조용하지만 여운이 길게 남는, "싫어."라는 말로.

넘어지지 않으려고 천천히 복도를 따라 걸어가면서, 에밀리는 손에 아직도 쿠키가 쥐여 있다는 것을 깨달았다. 그녀는 오늘 많은 것을 미리 준비해두었다. 그러나 그녀가 고른 쿠키는 정말로, 완전히 아무렇게나 고른 것이었다. 에밀리는 쿠키를 쪼개 안에 있던 종이를 꺼냈다.

"가끔은." 쪽지가 그녀에게 속삭였다. "실망이란 새롭고도 놀라운 출발입니다."

"그래, 그러시겠지." 에밀리가 말했다. 계단실 불이 꺼졌고, 그녀는 손으로 더듬으며 계단을 내려갔다.

10

젠장, 좀 들어가라고!

회계사 에디 레비는 열쇠를 구멍에 쑤셔 넣으려고 애를 쓰며 허리를 구부리고 계단실에 서 있었다.

그는 짜증이 나서 이를 앙다물고 있었다. 두 손은 안정적이었지만, 어쩐 일인지 열쇠를 구멍에 집어넣고 돌리는 간단한 동작이 복잡해지고 말았다. 그는 조용히 욕설을 내뱉었다.

그는 손목시계를 힐끗 보았다. 내면의 소용돌이가 벌써 거의 8분이나 지속되고 있었다. 에디로서는 이 모호한 느낌을 정의하기가 어려웠다. 그러나 그게 이 순간 필요하지 않은 느낌이라는 건 분명했다.

열쇠가 마침내 구멍에 들어갔고, 그는 문을 밀어 열었다. 안으로 들어가 불을 켜면서 그는 자신이 하급 인생 주정뱅이처럼 열쇠 구멍 주변에 만들었을 게 뻔한 긁힌 자국들을 생각했다.

에디는 심호흡하며, 마음을 가라앉히고 생각을 정리하려고 애썼다.

심호흡은 폐에 공기를 더 많이 끌어들이고, 산소를 혈류에 더 많이 흐르게 한다. 그러면 두뇌가 저속 기어를 넣고 평상시로 돌아갈 때 필요한 자원을 할당받게 된다. 에디는 누군가가 그의 머릿속에 쏘아 넣은 작은 고무공이 사방으로 튀어 다니는 듯한 기분이 들었다.

하지만 과장할 필요는 없었다. 괜찮았다. 그는 감정적인 사람이 아니었다. 그는 그 점이 아주 자랑스러웠다.

주변 사람들은 어디서 왔는지 모를 충동의 노예가 되어가고 있었지만, 에디는 이미 그 지대를 한참 전에 다 탐사한 상태였다. 그는 더 이상 설명하려 들지 않았다. 그건 의미 없는 짓이었다. 사람들은 자신이 뭔가를 느낀다고 믿고 싶어 했다. 그것이 화학 반응, 그러니까 신경 세포 사이의 작은 전류 이상도, 이하도 아니라는 점을 인정하면 왠지 너무 기계적이라는 기분이 드는 모양이었다.

에디는 기계가 된다 해도 상관없었다. 그게 진실이었으니까. 누구나 진실을 인정해야 했으니까. 고깃덩이, DNA 캡슐, 자의식을 갖춘 장기 조직. 그래서, 뭐? 그게 진실인데.

하지만 지금 에디는 자기도 모르게 작은 아파트 안을 오락

가락하며, 빽빽한 책장으로 뒤덮인 벽들 사이의 텁텁한 공기를 가르면서 이 불안의 근원을 찾아내려 하고 있었다. 그 불안이 기어 나온 비이성적인 구멍에 녀석을 다시 처박으려 애쓰면서.

에디는 멈춰서서 고개를 저었다.

음악. 음악을 좀 듣고 싶었다. 책장 맨 아래 칸 어딘가에는 먼지 낀 CD들이 있었다. 음악을 감상한 것도 벌써 오래전이었다. 그에게는 피아노와 오케스트라를 위한 협주곡 CD가 한 장 있었는데, 그중 네 곡밖에는 듣지 않았다. 잘 구조화된 음악적 주제가 있고, 미지수 두 개짜리 공식처럼 제시할 수도 있을 법한 전개부를 갖춘 결정적인 곡.

그의 음악. 에디에게 필요한 것은 그것이었다.

그는 낡아빠진, 이어폰 줄이 먹이를 감고 있는 뱀처럼 감겨 있는 오래된 CD 플레이어를 꺼내 안락의자에 앉았다. 첫 번째 소리가 익숙한 우주의 질서를 회복시켜주기 시작했다.

그는 눈을 감았다. 선명하고 거의 군대 음악 같은 박자가 그의 몸을 휩쓸었다. 에디는 더 이상 낡은 안락의자에 앉아 있는 심통 맞은 남자가 아니었다. 그는 거리를 두고 자기 자신을, 온 세상을 바라보며 오직 한 가지 생각만을 했다. 안락의자는 합성 분자로 이루어진 구름이 되었고, 그 의자에 앉아 있는 것은 펌프와 파이프, 풀무와 기공, 레버와 조직으로 이루어진 어떤 시스템이었다. 그는 생각을 더 밀어붙여 차가운 외부 우주로 나아간 끝에, 타오르는 커다란 구체 주변을 돌고 있는 작고 파랗고 딱한 구체를 바라보았다. 그렇게 더 나아가자 마침내 모든 것이 텅 빈 공간 속에서 움직이지 않는 점들로 변했다. 충분히 높은 곳에서 바라보면 모든 것이 똑같아 보였다—다양한 형태로 배열된 원자들일 뿐. 그게 은하수를 가로지르는 화강암 조각이든, 역사상 어느 시점에 누군가가 인간 감정이 있을 자리라고 결정한, 근육으로 만들어진 혈액 펌프든 간에.

곡이 끝났다.

느리고 짜증나는 다음 곡은 들어 봤자 아무 의미가 없었다. 다른 날이었다면, 에디는 노래를 끄고 재빨리 남아 있는 저녁 일정을 다시 시작했을 것이다. 하지만 걷느라 피곤해서였는지, 아니면 안락의자에 편하게 앉아 있는데 CD 플레이어가 아래쪽 바닥 저 멀리까지 미끄러져 떨어졌기 때문인지, 그는 콘체르토의 다음 부분으로 계속 휩쓸려 가버렸다. 그가 아주 오랫동안 듣지 않은, 부드럽고 유혹적이며 감상적인 부분이었다.

눈을 떴을 때, 옆에 있던 CD 플레이어는 꺼진 상태였다.

악장 중간에 배터리가 나가버렸지만, 에디는 꿈속에서 계속 노래를 들었다. 몸이 무거웠고, 손을 들어 얼굴을 만지자 물기가 느껴졌다.

그는 땀을 흘리고 있었다.

잠깐—아냐, 그는 땀을 흘린 게 아니었다.

경악한 에디는 그 물기가 눈물 자국이라는 것을 깨달았다. 자다가 눈물을 흘린 것이다. 이런 건 그에게 전혀 필요 없었다.

하지만 손가락이 그 끔찍한 소금기에 닿은 그 순간, 흐려져 가는 카메라 플래시의 잔상처럼, 그가 달성했던 그 모든 소중한 거리감이 사라지고 말았다. 그리고 안락의자에 앉아 있던 복잡하고도 임의적인 시스템은 외롭고 우울한, 블라인드를 내린 채 집 안에 앉아 있는 한 사람으로 바뀌었다.

이게 다 그 여자 때문이었다.

에디가 한 일이라고는 평소처럼 밤 산책을 나간 것밖에 없었다. 사무실에 하루 종일 앉아 있고 나면 관절을 좀 움직여줘야 했다. 회계사는 신체적 활동이 많이 필요한 직업이 아니었다. 에디는 몸을 관리하는 걸 좋아했기에 빠르게 5킬로미터를 걷는 것을 일과로 삼았다.

처음에 그는 멀찍이서, 어떤 건물에서 나오는 그 여자를 보았다. 여자는 약간 어깨를 수그리고 있었다. 특별히 관심을 끌 만한 건 아무것도 없었다. 에디는 더 빠르게 걸었고, 여위고 연약하게만 보이는 그 여자의 뒷모습과 그 사이의 간격은 점점 좁아졌다. 그녀는 건물 모퉁이에서 오른쪽으로 방향을 틀어 뒤로 돌아갔다. 그리고 여자를 스쳐 지나갈 때, 고개를 옆으로 힐끗 돌린 에디는 그녀가 처참한 심정으로 바닥에 주저앉아 눈물을 터뜨리는 것을 보았다.

에디 레비에게 젊은 여자가 우는 모습을 본 것은 그때가 처음이 아니었다. 어쨌거나, 진화 과정에서 여자들은 상당히 자주 우는 생명체로 발전했으니까. 하지만 그 순간의 뭔가가, 여자의 온몸이 눈을 통해 빠져나가려는 듯한 그 모습이 왠지, 그의 내면에 있던 잊힌 진실과 공명하며 그의 발걸음을 늦추었다.

에디는 잠시 그녀에게 다가가 괜찮으냐고 물어볼지 심각하게, 아주 심각하게 생각했다.

하지만 에디는 즉시 정신을 차리고 계속 걸어가며, 여전히 그녀의 흐느끼는 소리를 듣고 있는 자신과 거리를 두었다. 이처럼 신파적인 장면이 마치 누군가가 심장을 그 자리에서 뜯어냈다가 뒤집어서 다시 끼워놓은 것 같은 기분을 느끼게 한다는 게 충격적이었다.

지금까지 몇 주 동안 에디는 '제대로 된' 기분을 느끼지 못했다. 구체적으로 뭔가를 딱 짚을 수는 없었지만, 한때 박멸하는 데 성공했다고 믿었던 종류의 생각이 가끔은 그의 방어막을 뚫고 들어왔다. 그러더니 이젠 이런 일까지 벌어진 것이다.

에디는 인체의 인과관계에 관한 지식을 활용해 두근거리는 심장과 눈 뒤쪽에서 느껴지는 후끈거림을 설명해버리려 애썼다. 넌 불안한 게 아니야. 그는 자신을 타일렀다. 그냥 코르티솔이 넘쳐나는 것뿐이야. '재미'라는 건 존재하지 않고, 오직 도파민이 있을 뿐인 것처럼. 모든 감정에는 화학적인 이름과 구성 요소가 있었다.

에디는 눈앞의 기다란 책장을 바라보았다.

이 세상에서 찾아볼 수 있는 모든 과학적 주제에 관한 책이 줄지어 꽂혀 있었다. 우주론, 물리학, 생물학, 신경학. 너희들이 내 닻이 되어주어야 하잖아. 너희들이 날 이 말도 안 되는 헛소리에서 지켜줘야 하잖아.

며칠 전, 에디는 길 건너편에서 타이어에 펑크가 나 견인차를 불러달라고 부탁했던 사람을 상대로 그 책장에 꽂힌 책들을 대변해야 했다. 그 사람은 휴대폰이 없었다. 그런 기계를 싫어한다고 했다. 부탁 좀 드려도 될까요? 잠깐이면 됩니다.

에디는 자신이 1층에 산다는 사실을 1,000번째로 조용히 저주했다. 네, 그럼요. 안 될 것 없죠. 전화는 저쪽에 있습니다.

그 인물은—그는 너무 하얘서 거의 투명하게 보이는 깡마른 남자로, 학교에서 괴롭힘을 당했던 아이의 눈빛을 하고 있었다—떠나기 직전 어느 시점에 이 책장을 살펴보고, 소설이 나 시는 왜 한 권도 없느냐고 물었다. 에디는 그런 책은 필요하지 않다고 말했다. 그가 관심을 두는 것은 이 세상의 진실뿐이라고 말이다.

자기가 '시인'이라던 그 사람은 사랑과 문화에 대해, 과학을 통하지 않고도 "우리 자신에 대한 진실을 발견"하는 방법에 대해 온갖 터무니없는 소리를 늘어놓기 시작했다. 에디는 시인이 그 말을 마치게 놔두지 않았다. 에디는 양동이에 가득 담긴 찬물을 끼얹듯 그에게 사실 그 자체를 던져댔다.

충분한 연구가 이루어진 끝에 세상은 그 기술적 복잡성과 감정적 불모성을 완전히 드러냈습니다, 그는 말했다. 이 점을 무시한다는 건 불가능한 일입니다. 진실, 소중하고도 명백한 진실을 위해서라면 지나치게 감상적인 관점들은 포기해야 합니다. 예컨대 사람들이 자기 자식을 사랑하는 이유는 진화 과정에서 오랜 세월 섬세한 조정이 이루어진 결과, 자손에 대한 사랑이라는 특징이 인류라는 종의 생존에 이롭다는 것이 밝혀졌기 때문입니다. 큰 눈, 작은 얼굴—이런 게 모두 우리 내면에서 보호 본능을 불러일으키도록 고안된, 눈먼 계획이었습니다. 훌륭하다고요? 그럴지도 모르죠. 흥미롭다고요? 딱히 그렇지는 않습니다. 사랑이란, 성욕의 가면일 뿐입니다. 종교는 자연에 위협당한다고 느끼던 인류를 위로하고자 고안된 발명품이었습니다. 공포는 생존을 위한 메커니즘이었죠. 탐욕이란, 인류라는 종족이 실존적 수동성에 굴복하지 않도록 해줄 사회적 관습이었습니다. 인간이 의미를 찾는 건 자의식을 갖게 된 덕분에 치러야 할 대가며, 실패하게 되어 있습니다. 인체라는 시스템에 또 다른 시스템이 쌓여 있는 겁니다. 음식을 소화해 배설물로 바꿔놓는 것이나 우리가 (그는 손님을 가리켰다) 우리 자신을 '시인'이라고 정의하고 그러면 무슨 차이가 생긴다고 생각하게 만드는 것이나 같은 시스템이라고요.

일단 익숙해지면, 이편이 더 실용적이었다. 다른 사람이 가진 편도체의 문제 때문에 상처를 받거나, 그저 내 페로몬에 끌리지 않을 뿐인 누군가에게 무시당한다고 해서 낙담할 필요는 없었다. 가장 중요한 건, 의미가 없는 인생에서는 실패할 수도 없다는 점이었다. 본질적으로, 우리는 생존하려 노력하고 있기에 생존하려 노력하는 것뿐이었다. 다른 모든 것은 정신적 장식물이자 자기기만이었다. 시인—사실, 에디는 그의 이름조차 알아듣지 못했다—은 그에게 묘한 눈길을 던지더니, 자동차가 있는 곳으로 나가 견인차를 기다렸다.

하지만 지금은 이 모든 책도 그를 지켜주지 못했다. 에디는 잠시 분노를 터뜨리며 책장에 덤벼들어 그 책들을 바닥에 내던지고 싶었다. 그 책들에 최대한의 고통을 주는 방식으로. 그는 연민이라는 방사능 구름을 뿜어대며 세계관의 장벽을 파괴하고 아무도 이해하지 못할 외로움을 가중한, 아까 그 상심한 젊은 여자가 야기한 이 모든 답답함을 꺼내버리고 싶었다. 그는 바닥에 책을 던져버리고, 가라앉는 배의 선장이라도 된 것처럼 그 죽은 페이지들 사이에 서 있고 싶었다.

하지만 물론, 그런 짓은 하지 않을 것이다. 에디는 그런 사람이 아니었다.

그는 주방으로 가 문을 닫고 작은 테이블에 앉았다.

낡은 빨간색 행주, 커피가 조금 들어 있는 병, 흰 종이와 파란 펜이 그를 기다리고 있었다. 흰 종이 위에는 그가 깔끔한 손 글씨로 쓴 쇼핑 목록이 적혀 있었다. 일주일에 한 번 슈퍼에 갈 때 사 와야 하는 물건들.

사람들은 숫자로 이루어진 구름 이상도 이하도 아니었다. 키, 나이, 혈압, 반응 속도, 맥박, 세포의 개수. 모든 것이, 정말이지 모든 것이 측정될 수 있었다. 모든 가슴 아픈 멜로디의 이면에는 수학이 있었다. 곡예사가 하는 모든 아슬아슬한 도약 이면에는 물리학이 있었다. 모든 상심의 이면에는 화학이 있었다. 그 여자의 슬픔이 어째서인지 바로 지금 그를 관통하며, 어떤 기이하고도 측정할 수 없는 우주적 방식으로 반향을 일으키고 있다는 생각은—정말이지, 웃긴 소리였다.

에디는 손에 펜을 쥐고 종이 구석에 작은 사각형들을 그리기 시작했다. 수업을 방해하지 않으려고 애쓰는 어린아이처럼. 하지만 그에게는 이 일이 아무 도움도 되지 않았다. 30분이 흐른 뒤 그는 자기도 모르는 사이 주방 탁자에 앉아, 충격을 받은 채 흰 종이를 바라보고 있었다.

눈앞의 종이에는 글이 열 줄 적혀 있었다.

맨 위 오른쪽 구석의 깔끔하고 사무적으로 보이는 글 세 줄에는 설탕, 키친타월, 세탁용 세제가 나열되어 있었다. 그리고 반대편 구석의 또 다른—구불구불하고 활기차며, 지우고 고친 흔적으로 가득한—일곱 줄은 날것의 감정 외에는 다른 무엇과도 비교할 수 없는 뭔가를 언어로 조각해내려 하고 있었다.

세상에, 그는 생각했다.

내가 시를 썼어.

에디는 종이를 집어 들고 재빨리 작고 단단하게 구겨 쓰레기통에 던져 넣었다.

방금 무슨 일이 있었는지는 전혀 생각나지 않았다. 누군가가 그의 몸을 장악하고, 더는 그의 것이 아닌 것들을 생각하고, 그가 더는 느끼지 못하는 것들을 느끼고, 이 망할 시를 쓴 듯했다.

그는 이해하지도 못하고, 이해하고 싶지도 않은 시를.

그에게는 이런 예술적 약점이 필요하지 않았다. 그는 그런 것들을 그저 경멸했을 뿐이다. 언제나 그랬다. 에디는 길모퉁이에서 만난 연약한 여자 때문에 뒤숭숭해졌다는 이유만으로 이따위 것을 자기 인생에 들이고 싶지 않았다.

그는 자러 가서, 다음 날 아침에 새로운 태양이 떠오른 것처럼 깨어나기로 마음먹었다. 이 터무니없는 일은 무의식으로 다시 잠겨 들어갈 것이고, 에디는 자신이 선택한 사람이 되어 다시 이 세상에서 눈을 뜰 터였다.

에디는 자신에게 화가 난 채 잠자리에 들었다. 그런데 문득, 머릿속을 떠돌아다니던 생각 하나가 그토록 불편한 감정이 느껴지는 이유를 확실히 밝혀주었다. 그는 그 생각을 직시하지 않을 수 없었다.

이 느낌. 내면의 느낌. 에디가 무無에서 만들어낸 것만 같은 무엇. 이것은 그의 나머지 삶과는 달랐다. 같은 기본 물질을 쓰고 또 써서, 순서만 바뀌었을 뿐 스스로 반복되는 것들로 만들어진 화합물처럼 느껴지는 그의 나머지 삶과는. 이건 마치 에디의 깊숙한 곳에서 튀어나온 것만 같았다. 새롭고, 신선하며, 익숙하지 않은 해답.

헛소리는 그만하면 됐어. 그는 자신을 타일렀다. 영혼 같은 건 없어. 점점 정교해지는 유기체가 있을 뿐이야.

정말? 그럼 **이건** 뭔데?

수천 개로 조각난 옛 자아의 파편들이 겁에 질려, 무슨 일이 일어나기 전에 균열을 메우려고 달려들었다.

이런 일은 벌어지면 안 돼.

그런 일이 벌어지면, 인생을 돌아보고 헛살았다고 생각하게 될 테니까. 여태 내린 모든 선택을, 공포에 사로잡힌 채 돌아보게 될 테니까. 에디의 세계관은 너무도 분명했다—균열이나 물음표가 생겨난다면, 그 세계 전체가 끔찍한 시간 낭비가 될 터였다. 오랜 세월에 걸쳐 놓치고 만 기회. 그냥 계속 이렇게 지내는 게 더 나을 것이다. 지금 바뀌지 마, 친구! 바뀌지 말라고!

사람들이 변화하는 이유는 성장하기 때문이 아니라 위기에 맞닥뜨리기 때문이었다. 바뀐다는 건, 위기를 겪고 있다는 뜻이었다. 위기에 빠져서는 안 됐다.

하지만 내면에서는, 과학의 불안한 파편들이 사방을 내달리고 있는 그 아래에서는, 그의 영혼이 거리에서 신경질적으로 비명을 질러대고 있었다. 에디는 자신이 모른다는 점을 이미 알고 있었다. 아무도 풀지 못했던, 닭이 먼저냐 달걀이 먼저냐 하는 질문에 사로잡혀 있다는 것을. 세계관이 성격을 만드는 것일까, 아니면 그 반대일까? 그는 원한다면 이 모든 것을 복합적인 자기망상이라고 일축해버릴 수 있다는 걸 알고 있었다. 하지만 그만 항복하고 그의 내면에 어쩌면, 혹시라도, 인과관계의 체계를 넘어선 무언가가 존재한다는 점을 인정할 수 있다는 것도 알고 있었다. 더 나쁜 것은, 그가 해답을 찾겠다며 진실의 메스를 들고 현실을 갈라볼 수는 없다는 걸 깨달았다는 점이었다. 살면서 처음으로, 왠지 엄청난 기쁨으로 바뀔 수도 있을 것만 같은 진정한 공포를 느끼며, 에디는 한 가지 생각을 받아들였다. 아무리 노력해도 현실을 우아하게, 객관적으로, 외부에서 바라볼 수는 없다는 생각. 현실은 오직 안에서만—아주 깊고, 깊은 내면으로부터만 바라볼 수 있다는 생각.

블라인드 틈새로, 에디 레비는 달을 보았다. 이제 그는 달을 바라보는 두 가지 방법 사이를 펄쩍 뛰어 오갈 수 있었다. 한 관점으로 보면 달은 우주에서 공전하는, 불행한 소행성이 남긴 유리 조각들로 둘러싸인 커다란 바위였다. 그리고 다른 관점으로 보면 달은 사랑하는 사람이 어깨에 머리를 기대고 눈을 감을 때 뒤에 드리운 배경이었다.

에디는 잠자리에서 일어나 주방으로 갔다.

어떤 투항은, 사람을 달콤함으로 가득 채워준다. 아니면 에디가 그냥 미친 것일지도 몰랐다. 그래서, 뭐? 그게 사실인데.

그는 쓰레기통에서 구겨진 종이를 꺼내 다시 판판하게 펴보려고 애썼다. 아까 썼던 시에는 눈길조차 주지 않고, 종이를 뒤집어 두 번째 시를 쓰기 시작했다. 종이는 잉크를 받아들였고, 숲속에서는 에디의 눈앞에 다른 길이 열렸다.

11

가이는 어제 받은 봉투에 적혀 있던 시간보다 5분 앞서 길모퉁이에 도착했다. 비교적 이른 아침이었다. 자동차들은 이제 막 깨어나기 시작해 그저 그럴 능력이 있다는 걸 보여주기 위해서라도 도시의 이쪽 끝에서 저쪽 끝까지 다시 교통 체증을 일으킬 생각이 있다는 징조를 보이고 있었다. 거리 저편에서는 흐릿한 눈빛을 한 여자 판매원이 진열창을 정리하는 중이었다. 그녀는 커다란 화살표 위에 '최! 저! 가!'라고 적힌 간판을 걸려고 필사적으로 노력하고 있었다. 그녀에게서 그리 멀지 않은 교차로에는 신호등 오작동 때문에 교통 지도를 해야 하는 경찰관이 보였다. 느리지만 확실하게, 거리는 사람과 자동차, 소음, 그리고 걱정에 사로잡힌 우연 제작자 한 명으로 가득 채워졌다.

가이는 정확히 무슨 일이 일어날지 가늠해보려 애썼지만, 머리를 걷어차겠다던 그 이상한 문장은 주어질 수 있는 어떤 지시 사항과도 관계가 없어 보였다. 가이가 가만히 서서 어떤 징조나 힌트가 나타나기를 기다리는 동안에도 주변의 거리는 일상을 이어갔다—어디 보자, 시간이 얼마나 남았더라? 2분이네.

어제 에밀리와의 만남은 갑작스러운 침묵으로 끝났다. 가이는 머릿속을 스쳐 지나가는 문장들을 입 밖으로 내지 않았다. 에밀리도 자기 것이 아니라 다른 누군가의 문장으로 대답했다. 그녀가 떠난 뒤 가이는 그냥 한 시간 동안 샤워를 했다. 머리는 텅 비어 있었지만 욱신거렸다. 나도 널 사랑할 수 있으면 좋겠지만 그럴 수 없어. 이 자리에는 주인이 있는걸.

언젠가는 이런 날이 올 줄 알고 있었다. 수업을 듣던 어느 날부터 두 사람은 이 복잡한 춤을 추기 시작했다. 에밀리가 고의는 아닌 것처럼 은근슬쩍 신호를 주고, 가이는 둘 사이에 존재하는 것을 망가뜨리지 않기 위해서라도 그녀가 보내는 작은 총알 같은 신호를 피해대는 춤. 가이는 에밀리가 그냥 다른 남자들을 만나기만 하면 된다고 혼잣말을 하곤 했다. 에밀리는 나랑 에릭밖에 모르잖아. 인생에 새로운 사람들이 들어오면 에밀리도 앞으로 나아가게 될 거야. 그냥 이렇게 계속하기만 하면 돼.

왜냐하면, 그게 사실이었기 때문이다. 세상에는 좋은 친구로

만 지낼 수밖에 없는 여자들도 존재하지 않는가? 그 사람들과는 절대 사랑에 빠질 수 없다. 그 사람들의 존재는 가슴을 울리지 않으니까. 그 사람들이 떠난 뒤에는 아무것도 남지 않으니까. 물론, 에밀리는 그의 생각을 읽을 수 있는 사람에 가장 가까운 존재였다. 그녀는 가이를 웃게 했고, 우연 제작자 수련 중 가능한 사건과 반응의 수백 가지 목록을 외워야 했을 때는 가이를 응원해주었다. 대체 뭐가 문제였는지도 모르겠지만 아무튼 가이가 뭔가를 제대로 계산하지 못해 우연 제작에 실패하고 누군가에게 마음을 털어놓고 싶어 할 때면 귀를 기울여주었다. 그래서, 뭐? 가이가 밤마다 꿈꾸는 사람은 에밀리가 아니었다. 에밀리는 그를 압도하지도 않았고, 가이의 몸이 떨려오게 만들지도 못했다. 에밀리는 한 순간도 가이의 생각을 방해하지 않았다. 가이는 그녀와 함께 날아오를 수 없었다.

그리고 마음속 깊은 곳에서는, 작은 목소리가 이 목록에 한 가지 이유를 더했다. 에밀리는 커샌드라가 아니라는 것.

지금 이 상태 그대로가 더 나았다. 이건 익숙하기라도 했다. 가이는 자신이 노이로제 걸린 비극 속 영웅처럼 굴고 있다는 걸 알고 있었지만, 세상에는 설명할 수 없는 일들도 있었고, 가이는 커샌드라를 만나는 것 같은 일이 다시는 일어나지 않으리라는 걸 그냥 알고 있었다. 그렇게까지 끔찍한 일은 아니었다.

가이 본인도 그렇게 생각하는데, 왜 타인이 그 사실을 받아들이지 못한다는 걸까?

날 그냥 내버려둬. 가이는 그렇게 생각했다.

그럼 이제 어쩌지?

다음번에 만나면 어떤 일이 벌어지는 거야?

한때 우정이었던 것이 남긴 얇은 장막을 어떻게 하면 유지할 수 있을까?

당연히 에릭은 눈치챌 것이다. 에릭은 모든 것을 눈치채곤 하니까. 그리고 한껏 재미있어하겠지. 지금까지는 모든 게 아주 단순했다. 에밀리는 왜 일을 이렇게 복잡하게 만들어야 했던 걸까?

자, 됐어. 집중해. 만남 30초 전이야. 뭘 해야 할까?

그래, 좋아. 기본으로 돌아가보자.

가끔, 가이는 우연 제작자가 되려는 사람이 현실에 관해 알아야 하는 것은 궁극적으로 아주 단순한 몇 가지뿐이라는 점을 되새겨야 했다. 나머지는 전부 그 밖의 세부 사항이었다. 기본은 간단했다. 큰 그림을 보고 다른 누구도 보지 못하는 맥락을 탐색할 것. 현실보다 한발 앞서 움직이며, 그 일이 실제로 일어나기 직전에 현실은 무엇을 할 계획이었는지 추측할 것.

대장은 규칙을 가르칠 때마다 특정한 그림을 연상하도록 했다. 대장이 규칙을 설명해주면, 그들의 머릿속에는 그 그림이 새겨졌다. 이유는 모르겠지만 잘 통하는 방법이었다. 가이의 머릿속은 절벽 꼭대기에서 나무 술통을 굴리는 고릴라, 잠옷을 입고 고사리로 매듭을 묶는 난쟁이, 초콜릿으로 만들어진 공중그네에서 스트레칭을 하는 머리 없는 곡예사 들로 가득했다. 물론, 당구공도 빼놓을 수 없었다. 대장은 공을 가지고 설명하는 걸 정말 좋아했다.

첫 번째 강의를 어둑어둑한 당구장에서 하는 수업은 많지 않은 법이다. 그러나 가이는 나중에, 대장으로서는 그 강의를 다른 어디에서도 할 수 없었으리라는 걸 깨달았다.

대장이 선택한 작은 당구장은 밤이면 비어 있는 편이었다. 젊은 남자 두 명이 구석의 당구대에서 게임을 하고 있었다. 당구대 위로 긴장한 몸을 숙이고 엄청나게 집중하다가, 손가락 사이에 차가운 맥주병을 끼고 흔들며 눈으로는 초록색 펠트 천이 덮인 당구대의 공 배열을 살피는 무심하고 태평한 자세를 취하다가 하면서 말이다.

바에서는 한 커플이 진짜 무게가 실린 말보다는 침묵과 눈길을 더 많이 담고 있는 조용한 만남을 갖고 있었다. 그들은 사람이 와글거리는 이 장소를 믿고 있었다. 여기에서라면 함께 있는 것만으로도 서로 섞여드는 일이 가능했으니까. '데이트한다'는 게 어떤 느낌인지 새롭게 알아갈 수 있었으니까. 이제 그들은 실제 상호작용을 시도해볼 수밖에 없었다—대화, 대화의 내용, 표정의 미묘한 차이, 그 모든 것을 말이다. 그리고 구석에는 마지막에서 두 번째 남은 담배 한 개비를 손에 들고, 멍한 표정에 얼굴에는 나흘하고도 세 시간 동안 깎지 않은 구레나룻이 난 채로, 달리 갈 곳이 없기에 언제나 거기에 앉아서 담배를 피우는 남자가 있었다. 그의 작은 눈은 딱히 어딘가를 보지 않았고, 담배를 들지 않은 손은 그의 눈만큼이나 무심하게 허벅지에 얹혀 있었다. 손톱은 약간 물어뜯은 상태였지만.

대장은 공 아홉 개를 다이아몬드 모양으로 정리하더니 당구대 위에 올려놓았다. 그는 굳이 눈을 들지도 않고 손을 내밀더니 말했다. "큐대."

에릭은 서둘러 그에게 큐를 건넸고, 대장은 반쯤 집중하고 반쯤 재미있어하는 눈길을 그대로 공에 둔 채 큐를 받아 들었다. 그는 당구대를 돌아 걸어가더니, 흰 공을 적당한 자리에 놓았다. 매끄럽고 자연스러운 동작으로 허리를 숙이고 몇 초간 큐로 공을 겨냥했다. "그럼, 시작하지. 맨 위, 오른쪽 포켓에 4번 공." 대장은 그렇게 말하고 흰 공을 강하게 때려, 색깔이 있는 당구공들을 놀란 새 떼처럼 사방으로 흩었다. 공 몇 개는 당구대 측면에 부딪혀 튕겨 나왔고, 4번인 보라색 공은 천천히 굴러가다가 맨 위 오른쪽 포켓에 부드럽게 들어갔다.

대장은 똑바로 서서, 당구대 주변에 서 있는 세 사람을 바라보았다.

"좋다." 그가 말했다. "너희들은 내가 무슨 말을 하려는지 알고 있다고 생각하겠지. 내가 작용과 반작용을 설명하고, 뉴턴의 법칙과 로렌츠 방정식◆과 리틀우드의 법칙◆◆과 결과를 계산할 방법에 대해 이야기하되, 이 당구대를 비유로 사용하려 한다고 확신할 것이다. 그러나 비유는 쓰레기 같은 거다. 서로에 대한 진정한 비유가 되어줄 사물 두 가지는 절대 찾을 수 없다. 두 사물이 서로에 대한 완벽한 은유로 작용한다면, 그 둘은 정확히 같은 것인 게 분명하다. 우주는 굳이 낭비를 하지 않는다."

대장은 당구대를 따라 오른쪽으로 움직이더니 가이 옆에 섰다.

◆ 미국의 기상학자 에드워드 로렌츠가 고안한 비선형 연립 미분 방정식으로, 대기의 변화를 모델링할 때 쓰인다. 초기 값의 아주 작은 차이가 시간의 흐름에 따라 크게 다른 결과로 이어지는 나비 효과를 설명할 수 있는 이론이다.

◆◆ 케임브리지 대학교의 수학자, 존 리틀우드가 주장한 기적의 법칙. 그는 발생할 확률이 100만분의 1 정도로 극히 낮은, 통계적으로 불가능한 사건을 기적으로 정의한 뒤, 평범한 사람이 한 달 동안 경험하고 알아차리는 사건의 수가 대략 100만 개이므로 우리 모두가 확률적으로 한 달에 한 번은 기적을 겪을 수 있다고 말했다.

"좀 비켜주겠나, 신참." 그가 눈썹을 치켜 올리며 말했다. 가이는 재빨리 움직였다. 대장은 큐를 들고 겨냥했다. "언제나." 대장이 말했다. "비유 대상이 되는 사물에는 애초의 개념과 부합하지 않는 뭔가가 있다. 역으로 애초의 개념에 비유 대상이 되는 사물과 부합하지 않는 무언가가 있든지. 그래서다. 서로 부딪치는 당구공을 서로에게 영향을 주는 사건들에 관한 또 다른 은유로 사용하는 것은 가능한 일이지만, 둘 사이에는 기본적으로 다른 점이 몇 가지 있다. 가이, 이젠 어떻게 될 것 같나?"

가이는 조금 몸을 떨었다. "예?"

"잘 잤나?" 대장이 말했다. "여기 와 있는 걸 보니 반갑군. 양치하고 모닝커피 한 잔 마시기 전에 물어볼 게 있는데—이젠 어떻게 될 것 같나?"

"그러니까, 당구대에서요? 당구공에요?"

"'이젠 어떻게 될 것 같나'라고 했다."

"저는…… 그거야……." 가이는 재빨리 당구대를 보며, 당구공 간의 힘의 균형, 그리고 대장의 힘이 그 공들에 미칠 영향을 알아보려 했다. "제 생각엔 대장이 노란 공을 치고, 노란 공이 주황색 공을 쳐서 저쪽 가운데 포켓에 거의 집어넣을 것 같습니다."

대장은 흰 공을 쳤고, 흰 공은 노란 공을 쳤으며, 노란 공은 약간 빙빙 돌며 앞으로 나아가 주황색 공을 쳤고, 주황색 공은 방향을 꺾어 곧장 반대편 가운데 포켓으로 들어갔다.

"남은 수업 시간 동안 써먹을 만한 힌트를 주지." 대장이 말했다. "나는 '거의' 집어넣는 방식의 게임은 좋아하지 않는다."

대장은 당구대를 돌아 반대편으로 갔다.

"그리고 주황색 공이니, 노란 공이니 하는 얘기는 그만두도록. 이건 나인볼이다. 공에 번호가 붙어 있는 데는 이유가 있다. 내가 듣고 싶은 말은 '5번 공, 반대편 가운데 포켓'뿐이다. 그러니까, 이것이 당구공과 진짜 인생의 첫 번째 차이점이다. 다음 동작에서 무슨 일이 일어날지 예측하고 싶나? 당구를 치면, 시간이 지날수록 일이 쉬워진다. 공이 적어지면 경우의 수도 적어지지. 규칙도 아주 분명하다. 어떤 공은 쳐도 되고, 어떤 공은 안 된다. 공을 당구대 밖으로 쳐내서도 안 되고, 기타 등등 다른 규칙도 있다. 당구라는 게임은 진행하면 할수록 확률 계산이 단순해지고, 필요한 경우의 수가 줄어드는 만큼 앞으로 벌어질 일을 물리적으로 설명하기도 쉬워지지. 다시 말하는데, 우연 제작자로서 너희들의 목표는 어떤 공을 어떻게, 어디로 쳐야 하는지 알아내는 것이다. 그러나 인생에서는 어떤 요소도 사라지지 않고, 문제가 단순해지지도 않는다. 오히려 행동을 시작하면 상황이 더 복잡해질 뿐이지." 대장은 당구대 위로 몸을 숙였다. "에밀리, 이젠 어떻게 될 것 같나?"

에밀리는 거의 준비가 되어 있었다. 거의.

"1번 공이 6번 공을 치고, 6번 공이 그 옆의 공을 쳐서, 그 옆의 공이 반대편에 맞을 것 같아요. 그런 다음에, 어, 그 공이 빨간 공에, 그러니까 3번 공에 살짝 닿을 테고, 3번 공이 천천히 굴러가다가……."

"너무 길다. 이제 어떻게 될 것 같나?"

"공 세 개가 서로를 맞힌 끝에……."

"길어. 이제 어떻게 될 것 같나?"

에밀리는 숨을 깊이 들이쉬었다. "3번 공, 코너 쪽 포켓입니다."

대장은 큐볼을 쳤고, 큐볼은 6번 공을 쳤으며, 6번 공이 옆의 공을 건드리면서 약간 왼쪽으로 회전했다. 결국, 6번 공이 에밀리가 말했던 포켓이 아닌 그 반대편 코너 쪽 포켓에 들어갔다. 에밀리는 얼굴을 구겼다.

"두 번째 차이점은." 대장이 말했다. "삶에는 '가설'이라는 게 없다는 점이다. 70억 명이 전 지구에서 매 순간 70억 개의 공을 친다. 인간만을 따졌을 때 그렇다. 현실의 얼마나 많은 요소가 상호작용하며 우리에게 영향을 주는지 알면 놀랄 거다. 언어, 생각, 신념, 공포. 게다가 우리 주변의 사물 얘기는 아직 꺼내지도 않았지. 연어 얘기도 하지 않았고. 너희도 들으면 놀라겠지만, 연어들은 대단히 강력한 요소다. 에릭, 이제 무슨 일이 일어나겠나?"

에릭은 목을 가다듬었다. "대장이 허리를 숙이지도 않고, 큐대를 아까 놨던 곳에 놓지도 않으려나요?"

"틀렸다." 대장이 말했다. 그의 눈썹이 경멸스럽다는 듯 치켜 올라갔다.

"알겠습니다." 에릭은 심호흡하고 당구대를 보았다. "1번 공이 9번 공을 치고, 9번 공이 3번 공을 치고, 3번은 벽에 부딪혀 결국 저희와 가까운 쪽 가운데 포켓에 들어갈 겁니다."

에릭이 눈을 들어 대장을 보았다. "그러니까, 제 말은 3번 공이 저희 옆 포켓에 들어간다는 겁니다."

대장은 답답하다는 듯 고개를 저었다. "너는 이 공들이 아니라 내가 서 있는 위치에 기반해 추정하고 있다." 대장은 당구대 반대쪽으로 돌아가 허리를 숙이더니, 제대로 겨냥하지도 않고 큐볼을 1번 공 쪽으로 날렸고, 1번 공은 곧장 반대쪽 포켓으로 들어갔다. "기초적인 가정을 너무 많이 하면 계산에 오류가 발생한다." 대장이 말했다.

"공들은 무심하다." 대장은 큐에 기대며 말을 이었다. "어떤 포켓에 들어가야 할지, 얼마나 세게 부딪칠지 신경 쓰지 않는다. 7번 공이 먼저 포켓에 들어갔다는 이유로 6번 공에게 미안해할 필요는 없다. 어떤 공도 구석에 혼자 남겨졌다고 울지 않는다. 공에 대해 신경 쓰지 않으면 사건을 관리하기가 훨씬 쉬워진다. 그러나 너희들이 우연을 제작해줘야 할 사람들은 다르다. 그들은 너희 마음을 다치게 할 수 있다. 가끔 심술궂게 구는 방법을 배우지 못한다면, 때로는 올바른 방향으로 인도하기 위해서라도 매질을 해야 한다는 걸 깨닫지 못한다면, 발생하는 사건으로부터 거리를 두지 못한다면, 우연을 제작할 수 없을 것이다. 반면에 아무 신경도 쓰지 않고 세상이 너희 놀이터라고 생각하기 시작하면 더 형편없는 우연 제작자가 되겠지. 너희들은 늘 사람을 다룬다. 이 멍청하고 쓸모없는 종족이 늘 우리의 기대에 부응하지는 못할지 모른다. 그러나 어쨌든 우리는 그들을 다루어야 한다. 인류라는 종족이 하는 역할 중 하나는 스스로를 변화시키는 것이다. 인류는 그럴 자격이 있는 종족이다. 가이?"

"2번 공이 7번 공을 치고, 7번 공이 코너 포켓에 들어갑니다."

대장이 당구대 위로 몸을 숙이고 공을 때렸다. 7번 공이 코너 포켓에 들어갔다.

"멋진데." 에릭이 감탄하듯 말했다.

"고맙다." 가이가 그렇게 말하고 미소 지었다.

"조용. 아직 안 끝났다." 대장이 말했다.

"3번 공이 오른쪽 코너 포켓으로요." 에밀리가 말했다.

"좀 급한 것 아닌가?" 대장이 말했다. "그리고 틀렸다."

에밀리는 다시 당구대를 보았다. "그럼 2번 공이 가까운 쪽 왼쪽 포켓으로 들어갑니다. 하지만 그렇게 넣으려면 꽤 잘 치셔야 할 텐데요, 왜냐하면 그때는……."

"또 틀렸다." 대장이 말했다.

"9번 공? 오른쪽 코너? 너무 멀지 않나요? 거기다 3번 공 뒤쪽이기도 해서……."

"9번 공이 아니다."

에밀리는 못 믿겠다는 듯 고개를 저었다. "8번 공이요? 검은 공? 하지만 그 공은 마지막에 쳐야 하잖아요."

대장은 허리를 숙이고 큐를 들었다. "이건 나인볼이지 에잇볼이 아니다. 자네는 엉뚱한 규칙에 근거해 결론을 끌어내는 편을 선택했다." 대장은 8번 공을 가운데 포켓으로 날려 보내고 에밀리를 보았다. 에밀리는 입술을 꽉 다물었다. "사실, 이 모든 공은 우리 모두가 잘 알고 있는 일반적 규칙에 따라 움직인다. 예컨대, 공은 힘을 가하는 순간 크기는 동일하지만 방향이 반대인 힘을 만나게 된다. 그러나 이 공에는 우리가 지정해 둔 규칙도 적용된다. 예컨대, 숫자가 가장 낮은 공을 제일 먼저 쳐야 한다는 거지. 사람들의 경우는 더 복잡하다. 사람들은 이

보다 더 은밀하고 이상한, 자기만의 규칙을 정하기 때문이다. 관습, 터무니없는 식사 예절, 사회적 규약 등등. 그게 다인 줄 아나? 접시에 놓인 고기가 콩에 닿는 걸 싫어하는 사람이나 문을 잠갔는지 50번씩 확인하는 사람, 자신이 불안정하기 때문에 만나는 젊은 여자마다 무례하게 거절하는 사람을 맡게 된다면—이 점을 알아야 한다. 그 체계 속의 모든 공은 저마다 각자의 세계를 갖추고 있다는 것 말이다. 너희는 그 모든 규칙을 익히고, 그 모든 규칙을 활용하며 일해야 한다."

공 세 개가 당구대에 남아 있었다. 2번 공인 파란 공, 3번 공인 빨간 공, 그리고 아이보리 색인 9번 공이었다.

"좋아." 대장이 말했다. "이제 누가 예측해보겠나?"

에릭이 조심스레 손을 들었다.

"어릿광대, 말해봐." 대장이 말했다.

"2번 공이 반대편 왼쪽 코너에 들어갑니다." 에릭이 말했다.

"다시 생각해라." 대장이 말했다.

"하지만 2번 공을 먼저 쳐야 하잖아요." 에릭이 말했다. "그리고 2번 공을 치면, 다른 공들은 반대 방향에 있으니까 칠 수 없습니다."

"나는 3번 공을 오른쪽 아래 포켓에 넣고 싶다." 대장이 말했다.

에릭이 그를 흘겨봤다. "그건 불가능한데……." 그가 머뭇거리며 말했다. "빨간 공—그러니까, 3번 공이 2번 공 반대편에 있잖아요. 그리고 2번 공이 가장 낮은 숫자니까 2번 공을 먼저 치셔야 하고요."

"규칙을 깨고 싶지 않다면 말이지." 가이가 말했다.

대장이 생각에 잠긴 듯 당구대를 빙빙 돌았다.

"자네가 그런 말을 할 거라고는 생각하지 못했는데." 대장이 가이에게 말했다. "혁신적 사고는 자네 장점이 아니라고 생각했다."

"하지만 제 말대로 하시려는 거죠?"

"그럴 수도 있지." 대장이 말했다. "하지만 꼭 그럴 필요는 없다."

"그래야만 한다면요?" 가이가 물었다.

"규칙을 깬다?" 대장이 물었다.

"네." 가이가 말했다.

"때에 따라 다르지." 대장이 말했다. "세상에는 깰 수 있는 규칙도 있고, 깰 수 없는 규칙도 있다. 어떤 규칙을 깨는 건 목표 달성에 해롭고, 어떤 규칙을 깨는 건 그렇지 않다. 실제로 존재하는 규칙과, 오직 머릿속에만 존재하는 규칙이 있다. 규칙을 깰 수 있는지 알고 싶다면, 일단은 그 규칙에 관한 몇 가지 점들을 확인해야 한다. 자네라면 이 규칙을 깰까?"

가이는 잠시 생각했다. "그래도 되나요?" 마침내 그가 물었다.

대장은 목이 막히는 듯한 소리를 내며 짧게 웃었다. 기침이 정체성 위기를 겪는 것 같은 소리였다. "그래. 나도 그렇게 생각했다. 규칙을 어길 생각이라면, 먼저 허락을 받는 게 좋겠지."

대장은 가이에게 다가가 그의 눈을 들여다보았다.

"어떤 규칙을 어기는 건지 확인하고, 그냥 결정해라." 그가 말했다. "자네의 규칙 대부분은 그냥 자네가 자기 자신을 지키기 위해 고안한 발명품일 뿐이다. 그런 규칙을 깨는 것은 용기 있는 일이다. 나머지 규칙을 깨는 것은 그냥 게으른 짓이고."

대장은 큐를 들더니 양손으로 힘을 실어 아래쪽 방향으로 찍었다. 큐의 두꺼운 부분이 큐볼을 때렸다. 공은 허공으로 날아올랐고, 다시 떨어지면서 2번 공에 맞더니 반대 방향으로 튀어 나가며 3번 공을 쳐서 오른쪽 아래 포켓에 집어넣었다.

"좋군." 대장이 말했다. "에밀리, 다음이 뭔지는 알겠지."

"2번 공이 왼쪽 위 코너에 들어갑니다." 에밀리가 딱 잘라 말했다.

"아, 너무 흥분하지 말도록." 대장이 큐를 당구대에 적당한 각도로 놓으며 말했다.

"쉬운데요." 에밀리가 말했다.

"무슨 뜻이지?"

"제가 앞의 두 질문에 제대로 대답하지 못했으니, 대장이 제

자존감을 높여주려고 쉬운 문제를 내셨을 거라는 뜻입니다. 고맙습니다만, 좀 뻔하네요."

"쉬우니까 덜 중요한 질문이기도 하겠지, 물론. 안 그런가?" 대장이 물었다.

"저한테는 그렇죠." 에밀리가 말했다.

"저 두 공에게는?" 대장이 물었다.

에밀리는 두 손을 주머니에 질러 넣었다. "무슨 말씀이세요?"

"무시하려고 하는 말은 아니야. 하지만 내가 하고 싶은 말은, 자네가 만들 우연을 오직 제작의 난이도나 그 임무가 자존감에 끼치는 영향에 따라서만 분류한다면 중요한 것은 다른 사람들의 인생에 만들어내는 변화라는 점을 잊게 되고, 본질적인 것과 비본질적인 것을 혼동하는 단계에 이르게 된다는 뜻이다. 너희가 5분 동안 만든 우연으로 사랑에 빠지는 사람들도, 너희가 준비하는 데 6개월이 걸린 우연의 결과로 만나게 되는 사람들과 똑같은 열정을 느낀다. 그게 운명이라고 느끼지. 단순하고 뻔한 우연을 무시한다면, 그건 자네들이 일에 신경을 쓰지 않고 있다는 징조다. 그저 자네들 자신이 어떻게 보일지에만 신경을 쓰는 거야."

대장은 당구대 위로 허리를 숙였다. "그리고 내가 자존감을 높여주기 위해 질문을 던진다는 생각은 절대 하지 말도록. 아예 나를 분석하려고 하지 마라. 자네들은 아직 그런 수준이 아니야." 대장이 큐를 홱 움직였다. 2번 공이 왼쪽 위 포켓으로 들어갔다.

대장은 허리를 세우고 주위를 둘러보았다. 은근한 미소가 그의 얼굴에 숨어들었다.

공 두 개가 서로를 마주 보며 당구대에 남아 있었다. 둘 중 하나는 흰색이었다.

"이제는 무슨 일이 일어나겠나?"

"9번 공이 반대편 오른쪽 코너에 들어갑니다." 에밀리가 말했다.

"반대편 왼쪽 코너요." 가이가 말했다.

"공이 당구대 옆면을 맞추고, 가까운 오른쪽 코너로 들어갑니다." 에릭이 말했다.

대장은 당구대에 허리를 숙이고 큐로 공을 겨냥했다.

"지금 일어날 일은." 그가 말했다. "바에 앉아 있는 커플이 키스한다는 것이다."

그들은 바 쪽을 돌아보았고, 거기에 있던 커플이 천천히, 머뭇거리며 서로 머리를 가까이 가져가는 모습을 보았다. 공들이 부딪치는 소리가 들렸고, 커플이 입을 맞추었다.

대장은 이제 손에 큐를 세워 들고 당구대 옆에 서 있었다. 흰 공만이 당구대에 남아 있었다.

"아마 그게 가장 중요한 일이었을지 모른다." 그들이 다시 대장을 돌아보자 대장이 말했다. "세상에는 늘 더 큰 그림이 있다. 너희들이 집중하고 있는 체계 이상의 무언가가 항상 있기 마련이지. 그 점을 잊지 마라. 선명한 경계선이란 없다. 인생은 당구대의 경계선에서 끝나지 않는다. 그리고 공이 들어갈 구멍이 포켓 여섯 개뿐인 경우도 없다. 언제나 그 이상이 존재한다. 늘, 항상, 언제나."

에밀리는 뭔가 묻고 싶었지만 그러지 않기로 했다. 기다릴 수 있는 문제였다.

"마지막 질문." 대장이 말했다. "결국, 9번 공은 어디로 갔을까?"

그들은 조용했다. 아무도 눈치채지 못했다.

"너희들의 첫 번째 실패와 마지막 실패를 기억해두도록." 대장은 그렇게 말하며 큐를 당구대에 올려놓았다. "큰 그림이 중요하지 않다는 말은 아니지만, 전체 게임을 따라가려다가 마지막 움직임을 놓쳐서는 안 된다. 점차 익숙해져라. 지금 알고 있는 것보다 많은 것을 눈치챌 줄 알아야 한다."

《우연 제작의 목표 결정법》 서문에서 발췌

지난 500년으로 논의를 한정한다 해도 이 짧은 서문을 통해 행복학happiness sciences 영역에서 이루어진 발전을 요약한다는 건 불가능한 일이다. 그렇지만 몇 가지 요점을 조명해보도록 하겠다. 부록에 실려 있는 출처를 통해 더 자세한 내용을 알 수 있다. 특히, 《행복 모형의 발전—최초의 천년》, 《행복 모형의 발전—지난 천년》, 그리고 《초보자를 위한 행복 이론》을 추천한다. 모두 이론가 존 쿠시의 저서다.

행복을 수치로 나타내려는 고전기의 시도는, 주로 행복의 주요한 요소를 아우르는 단 하나의 일반적 공식을 발전시키려 했다는 점이 특징이었다.

예컨대, 볼턴에 따르면 행복이란 '개인의 행복 잠재력'과, '개인이 원하는 것'과 '그가 현실에서 갖고 있는 것' 사이의 차이에 항상 반비례하는 것이다.

$$H = p / (w-h)$$

H가 일반적 행복happiness이라면, p는 개인의 행복 잠재력(personal

happiness potential, 일부 전문 서적에서는 php라고 한다)이고 w는 원하는 것want을, h는 갖고 있는 것have을 의미한다.

볼턴은 개인적 행복의 최고 수준은 각 개인의 행복 잠재력에 달려 있으며, 원하는 것과 갖고 있는 것 사이의 차이가 작을수록 일반적 행복의 수준은 높아질 거라고 주장했다. 그러므로 행복을 최대화하는 데에는 두 가지 주요한 방법이 있다. w를 낮추는 것('기대 낮추기' 혹은 '낮은 기대치'로 정의됨) 혹은 h를 높이는 것(학파에 따라 '노력' 혹은 '행운'이라고 정의됨)이다.

볼턴 공식의 중심적인 문제

범위의 문제: 사람이 원하는 것을 모두 가진 유토피아적 상황은 이 공식으로 정의할 수 없거나, 무한한 행복으로 이어진다.

부정성의 문제: 사람이 원하는 것 이상을 가진 상황은 부정적 행복으로 정의된다. 이 점이 특히 문제가 많은 것으로 보인다.

자기 영향의 문제: 볼턴 공식에 반박하는 가장 강력한 주장은 뮤리얼 패브릭이 제기했다. 패브릭은 《'또한'을 심는 방법》이라는 저서에서 p가 정말 존재한다면, 그 자체도 w와 h의 영향을 받을 수밖에 없음을 입증했다. 이로써 볼턴의 공식은 비선형적이고, 현존하는 도구로는 풀 수 없는 것이 되었다.

패브릭의 공식

패브릭은 w와 h를 측정할 표준적인 단위를 정의하는 것이 불가능하다는 점도 성공적으로 입증했다. 가끔은 같은 사람도 서로 다른 측정

단위를 사용한다는 점까지 증명되었다. 그러나 패브릭을 비판하는 학자 대부분은 패브릭의 공식이 볼턴 공식의 변종이라고 말한다. 처음에, 패브릭은 행복을 다른 요소, 보통은 타인의 행복이라는 요소에 비교할 때만 측정되는 상대적 대상으로 다루는 공식을 제안했다. 그러나 말년에는 새로운 공식을 내놓았는데, 그 공식은 행복을 보람[혹은 상대적 보람의 환상, sense of meaning (or illusion of relative meaning)]의 제곱이 곱해진 쾌감 혹은 개인적 만족감pleasure or personal satisfaction이라고 설명한다.

$$H = pm^2$$

이 공식은 행복을 이윤과 손실이라는 관점 이외의 방법으로 생각하는 길을 닦았고, 행복의 주관적 속성을 강조했다.

게오르게 게오르게의 불확실성 원리

아이슬란드의 이론가 게오르게 게오르게는 관찰이라는 행위 자체로 영향을 끼치지 않고는 볼턴의 고전적 특성 중 어느 요소도 그 질과 양을 제대로 측정할 수 없다고 주장했다. 사실, 행복을 변형하지 않은 상태에서 행복을 조사하기란 불가능하다. 볼턴이 정의한 1차원적 행복도, 패브릭이 정의한 다차원적 행복도 마찬가지다.

게오르게 게오르게가 지적한 문제는 주요 학자들에 의해 여전히 '게오르게의 불확실성 원리'라고 정의되며, 학계에서는 가끔 이를 '자기 분석의 문제'라고 부르기도 한다.

행복의 포스트모던적 방법론

행복학의 위기는 더욱 심화되었으며, 조너선 픽스가 학자들이 여러 세대에 걸쳐 제안해온 모든 공식이 사실 '행복'보다는 '만족'이라는 개념을 계산한 것이었다는 주장을 제기하면서 거의 막다른 길에 부딪혔다. 이처럼 지대한 영향을 가져올 주장의 결과로, 학자들은 자신들이 측량하려는 행복의 본질을 재정의해야만 했다.

이를 토대로 포스트모던적 방법론이 성행했다. 이 방법론은 고전이론이 정의의 문제에 관해 제안했던 해결책과 거리를 두고자 한다. 폴 매카서는 행복이란 "사람들이 가지고 있다고 생각하기로 결정한 것일 뿐"이라고 정의하며 이 방법론의 초석을 놓았다.

다른 분야에서와 마찬가지로, 행복에 대한 고전적 정의로부터 현대적 정의와 포스트모던적 정의로의 이행은 전 세계 우연 제작자들의 임무 수행 방법론에 결정적인 영향을 끼쳤다.

12

자전거를 탄 사람이 빠르게 가이를 지나쳐 갔다. 자전거 바퀴에서 작은 쉭쉭 소리가 났고, 그는 문득 깨달았다.

넌 우연 제작자잖아. 대체 뭘 기다려야 한다고 생각하는 거야?

누가 정해진 시간에 딱 맞춰 종이라도 칠 줄 알았어? 멋진 자동차가 네 옆에 서고 창문이 열릴 줄 알았느냐고? 헬리콥터가 날아와서 선전포고라도 할 줄 안 거야?

아니지. 그건 너무 뻔하잖아.

너는 미묘한 차이를 발견하는 사람, 가느다란 연관 관계를 발견하는 사람이어야 해. 이 봉투가 너에게 할당됐다는 건, 너처럼 훈련받은 사람만이 볼 수 있을 만한 뭔가가 정해진 시간에, 여기에서 일어나리라는 뜻이야.

“일을 잘할 줄 알았으면 좋겠다.” 한번은 가이가 커샌드라에게 그렇게 말한 적이 있었다. 이 모든 일이 벌어지기 전, 다른 삶에서였다.

"못하면?"

가이는 잠시 침묵을 지키다가 말했다. "그럼 아주 실망스럽겠지."

"내 생각에 너는 너 자신에게 실망하고 나야 만족하게 될 거야." 커샌드라가 조용히 말했다. "그러면 네가 이미 내린 결론을 더 뒷받침할 수 있을 테니까. 너 자신에 대한 부정적인 의견은 더 강화되겠지. 넌 충분히 노력하지 않고서, 충분히 노력하지 않았다는 이유로 너 자신에게 화를 내고 있어."

가이는 대답하지 않았다. 타인이 자신에 대해 더 많은 것을 알고 있다는 사실에 짜증을 내도 괜찮은 건지 궁금해졌다.

"게으름뱅이." 커샌드라는 그를 온기로 가득 채워준 다정함을 담아 말했다.

가이는 고개를 들어 우연 제작자의 눈으로 거리를 훑기 시작했다. 아이팟에 집중하면서 걸어가는 교정기를 낀 여자아이가 보였다. 그 아이는 몇 초 후 레게 머리를 한 젊은 남자와 부딪치기 직전이었다. 버스 정류장에서 조느라 버스를 놓칠 것 같은 나이 든 여자도 있었다. 이발소 문 근처에 서서 행인들을 바라보느라, 가게에 수도꼭지를 틀어놓고 나왔다는 걸 눈치채지 못하고 있는 이발사도 있었고…….

길 건너 건물에서 창문 다섯 개가 열렸다. 그중 딱 하나에만 사람이 서서 거리를 내려다보고 있었다.

누군가가 던진 반쯤 꺼진 담배가 인도 가장자리로 떨어졌다.

지나가는 자동차 밸브에서 털털거리는 소리가 났다.

그리고 그 일이 일어났다.

정해진 바로 그 시간, 바로 그 순간에 가이는 보았다. 마치 머릿속 카메라가 찰칵하며 자세한 거리 사진을 찍은 것만 같았다.

젊은 여자가 진열창에 걸고 있던 간판은 아직도 걸리지 못하고 있었다. 하지만 여자의 옆에 놓인 간판 속 화살표는 오른쪽을 가리키고 있었다.

교차로에 선 경찰관도 그 순간 정확히 같은 방향으로 팔을 들고 있었다. 그리고 균형을 잃은, 젊은 레게 머리 남자는 균형을 되찾느라 춤 비슷한 것을 추면서 동쪽으로 팔을 들어 올렸다.

이발사도 오른쪽을 보고 있었다. 반쯤 꺼진 담뱃불이 인도로 떨어진 뒤 가리킨 것과 같은 방향이었다.

그리고 위에서, 저 높은 곳에서는 새 떼가 정확히 똑같은 방향으로, 화살표 모양의 대형을 이루어 움직이고 있었다.

가이는 돌아서서 달리기 시작했다.

이젠 어쩌지?

이젠 어떻게 해?

가이는 거리를 따라 달리며 다음 단서를 찾았다.

이젠 어디로 가야 하는 거야?

그리고 대체 언제부터 임무가 이런 식으로 배정된 거지?

가이는 계속해서 달리다가 길이 끝나는 지점에 멈춰 서는 택시를 보았다. 문이 열리고, 키가 크고 옷을 잘 차려입은 여자가 내렸다. 그녀는 돈을 낭비해 살 수 있는 가장 좋은 귀고리를 차고 있었다. 그래, 타이밍이 맞네. 가이는 그렇게 생각했다.

세 걸음, 두 걸음, 한 걸음.

가이는 딱 적당한 시간에 차에 탔고, 택시에서 내린 여자가 문을 닫아주었다.

"출발!" 가이가 기사에게 소리쳤다.

기사는 천천히 그를 돌아보았다. "흠. 어디로 갈까요?"

가이는 빠르게 주위를 훑었다. 그는 오른쪽 주차장에서 빠져나오는 파란 자동차를 보고 가리켰다. "저 차 쫓아가주세요!"

기사는 잠시 그를 보더니, 다시 운전대를 마주 보았다.

"흔한 행선지는 아니네요." 그가 말했다.

"가요!"

그들은 거의 15분간 자동차를 쫓아갔고, 마침내 가이는 옆

차선에 버스 세 대가 서 있는 것을 발견했다. 버스 세 대에 모두 같은 광고가 붙어 있었다. "변화의 때가 왔다. 체리 맛 다이어트 아이스티."

"변화의 때가 왔다." 가이가 웅얼거렸다. "자." 그는 왼쪽 차선의 빨간 미쓰비시 자동차를 가리키며 말했다. "이젠 저 차를 따라가주세요."

"돈만 낸다면야." 기사는 어깨를 으쓱했다.

몇 분 뒤, 빨간 자동차는 바다가 보이는 작은 전망대에 멈춰 섰다. 미쓰비시 운전자가 차에서 내려 천천히 계단을 올라가더니, 난간 옆에 서서 담뱃불을 붙였다.

가이는 재빨리 택시기사에게 돈을 주었고, 기사는 여전히 궁금증이 가득한 표정으로 그를 보았다. "이젠 뭘 할 건지 알려 줄 거요?"

"아뇨, 그냥 가세요."

기사는 실망해 한숨을 쉬었다. "알았수. 잘 가쇼."

"안녕히 가세요."

전망대에는 기분 좋은 아침 산들바람이 불고 있었다.

두 사람이 난간 옆에 서 있었다. 담배를 피우며 경치를 구경하는 미쓰비시 운전자와, 작은 이어폰으로 노래를 들으며, 조용히 노래를 흥얼거리는 콧수염이 가느다랗고 키가 크고 날씬

한 남자.

가이는 그리로 다가가 담배 피우는 남자 옆에 서서 목을 가다듬었다.

담배를 피우던 사람은 한 모금을 더 빨아들이더니 그를 힐끗 보았다.

가이도 마주 보았다.

남자는 약간 움찔하더니 가이의 시선을 돌려주었다.

가이는 계속 그를 바라보며 인내심 있게 기다렸다.

눈 맞춤이 오랫동안 이어졌다.

남자가 의아하다는 듯 한쪽으로 고개를 기울였다.

가이가 대답 대신 미소 지었다.

"무슨 일입니까?" 그가 마침내 물었다.

"저는 가이입니다." 가이가 말했다.

담배 피우던 남자는 잠시 조용히 있더니, 담배를 떨어뜨리고 신발 굽으로 비벼 껐다.

"그래요?" 그가 말했다.

"네." 가이가 말했다.

좀 전까지 담배를 피우던 남자는 마지막으로 가이를 한 번 보더니 돌아서서 자기 자동차로 걸어가며 웅얼거렸다. "세상엔 미친놈이 많다니까. 수두룩 빽빽이야." 그가 차에 타고 떠나

버렸다.

그때, 등 뒤에서 가느다란 콧수염을 기른 키 큰 남자가 묻는 소리가 들렸다. "당신 뭐가 문제요? 사람들은 몇 분이라도 머리를 비워보겠다고 여기에 오는 겁니다. 가만히 좀 두면 안 되는 겁니까?"

가이는 사과를 하려다 말고 멈추었다.

가이는 콧수염 남자의 눈을 똑바로 바라보다가 말했다. "내가 그쪽 머리 좀, 걷어차면, 안 되는 겁니까?"

가느다란 콧수염이 가이를 돌아보았다.

그리고 그 아래 있던 입술이 말려 올라가 미소를 짓자, 그 콧수염도 살짝 들렸다.

13

피에르는 5급 우연 제작자라고 자신을 소개했다.

가이는 그 말이 무슨 뜻인지 즉시 알아들었다. 피에르는 '검은 모자'였다. 광범위한 반향을 일으키는, 특별히 복잡한 우연을 일으키는 자. 검은 모자들이 준비한 우연은 처음에 끔찍해 보이는 경우가 많았지만, 다른 우연과 필수적인 결과 들의 씨앗을 담고 있었다. 그들은 질병, 비극, 끔찍한 사고, 수십 년이 지난 뒤에야 세상을 더 나은 것으로 변화시켰음이 밝혀지곤 하는 사건 들을 다루었다. 그리고 수십 년이 지난 뒤에도 이들이 언제나 이해받는 것은 아니었다.

검은 모자들은 동경의 대상이었지만 외로운 이들이었다. 그들의 작업은 오류가 없어야 했다. 모든 민족의 역사를 바꾸는 변화를 일으키는, 6급 우연 제작자의 작업에나 비견할 수 있을 정도로 정확해야 했다. 게다가, 머나먼 미래에야 드러날 현실의 긍정적 변화를 일으키는 사람을 누가 친구로 두고 싶어 하겠는가? 검은 모자들이 그런 이름으로 불리는 건 눈에 띄지 않고, 관심을 끌지 않고서 현실의 가느다란 실을 조작하는 데 너무 능숙하기 때문만이 아니라 그들이 하는 작업이 너무 어두운 것이기 때문이기도 했다. 정당한 이유가 있다 한들 비극을 만들어내는 사람과 함께하고 싶어 하는 사람은 아무도 없었으니까.

두 사람은 서로 만난 전망대에서 그리 멀지 않은 작은 카페에 앉았다.

피에르는 키가 크고 깡말랐으며, 공학도가 스케치한 것처럼 턱과 코가 각져 있었다. 그가 미소 짓거나 입을 열 때마다 조금씩 춤을 추는 듯한 가느다란 콧수염이 그의 얇은 윗입술을 장식했다. 피에르는 가이가 모르는 외국 글자 모양의 커프스 단추가 달린 검은 정장을 입고 검은 양말을 신었으며, 500달러짜리 신발을 신고 있었다.

피에르는 신사였다. 아니면 그에게는 신사처럼 보이는 게 중요한 듯했다. 사실, 가이는 그 두 가지가 같은 것이라는 생각이 들었다.

"세상에서 가장 아름다운 게 뭔지 알아?" 한번은 커샌드라가 그에게 물었다.

“뭔데?” 가이가 물었다.

“나는 네 진짜 모습을 모르고, 너는 내 모습을 모른다는 거.” 커샌드라는 옷 주름을 조금 잡아당겨 폈다.

“무슨 뜻이야?”

“우리는 각자의 아이가 상상하는 그대로의 모습과 목소리, 냄새를 가지고 있잖아. 만일 다른 사람이 상상한 너를 길거리에서 만난대도 난 널 알아보지 못할 거야.”

“그 사람은 날 다르게 상상할 테니까?”

“응.” 그녀가 말했다. “좀 목마르다.” 그녀가 덧붙였다. 가이는 짧게 숨을 들이쉬었고, 커샌드라는 손에 나타난 차가운 유리잔의 주스를 한 모금 마셨다.

가이는 잠시 생각했다. “난 어디서든, 언제든 널 알아볼 수 있을 것 같아. 네가 어떻게 생겼든지 말이야. 난 네 눈에 떠오른 표정, 네 웃음을 알아볼 수 있어. 세상에는 변하지 않는 것도 있거든.”

“글쎄.” 커샌드라가 생각에 잠겨 말했다. “어쨌든, 난 그게 아름다운 일이라고 생각해.”

“우리가 서로의 진짜 모습을 모른다는 게?”

“딱히 그렇다기보다는. 우리가 외모에 한정되지 않는다는 게 말이야."

"그런 식으로는 생각해본 적 없네."

"난 사람들이 상상한 내 모습에 갇혀 있다는 느낌을 받지 않은 적이 단 한순간도 없어. 이 업계에 오래 있다 보면, 내가 과연 나인지, 사람들이 원하는 존재일 뿐인지 더는 확신할 수가 없으니까. 난 하마터면 나 자신을 잃어버릴 뻔했어. 현실에서 아무도 날 보고 싶어 하지 않는다면, 아마 난 사실 누군가에게 보일 가치가 없는 거겠지?"

"무슨 소리야? 당연히 넌 보일 가치가 있어." 그가 말했다.

"우린 내면의 모습을 밖으로 비추기보다는, 외적인 모습을 안으로 흡수하는 경우가 더 많아. 안 그래?" 커샌드라가 물었다. "나한텐 그런 일도 일어날 뻔했어."

"그래서 어떻게 됐어?"

"그러다 널 만났어." 커샌드라가 말했다. "구원받은 거야."

가이는 당황해 입을 다물었다.

"우린 당신이 필요합니다." 피에르가 말했다.

"제가요?" 가이가 물었다.

"여기 '당신'이 또 어디 있나요?" 피에르가 물었다. "네, 당신이죠."

"전 그쪽에서 필요한 일을 할 만한 등급이 아닐 텐데요." 가이가 말했다.

"맞습니다." 피에르가 고개를 끄덕였다. "하지만 제가 만들려는 특정한 우연의 일부에 한해서 당신이 필요해요. 임무에 2급 우연 제작자를 활용해도 좋다는 특별 승인도 받았고요."

원래 가이 같은 우연 제작자는 피에르 같은 우연 제작자가 다루는 문제를 건드리지 못하게 되어 있었다. 즉, 가이는 이 임무의 범위조차 알아서는 안 됐다.

가이가 몇 주 동안 작업했던 임무라도 5급 임무의 극히 일부분에 해당하는 것일 수 있었다. 가이가 벽 전체에 계획한 우연이라도 피에르에게라면 공책 한 장 안에 다 들어갈 수 있었다. 충분히 멀리 떨어진 곳에서 현실을 보는 데 익숙해지고 나면 그렇게 되는 게 분명했다. 모든 것이 모든 것과 연결되어 있다는 걸 알면 큰 것도 작아 보였다.

가이는 자신이 제작한 우연이 더 큰 임무의 일부였던 게 지금이 처음이 아니라는 것을 알고 있었다. 우연의 목표가 충분히 정의되거나 설명되지 않는 때가 있었다. 그런 우연은 다른 임무를 보조하는 것일 가능성이 컸다. 가이는 자신이 만드는 우연이 더 큰 그림의 일부라고 확신할 수는 없었지만, 가끔은 그럴 것으로 추측했다. 다 떠나서, 특정한 사람이 파란 셔츠를 입고 특정한 시간에 특정한 거리를 건너가는 우연을 제작하라는 지시가 담긴 봉투를 받은 이유가 뭐였겠는가?

하지만 5급 우연 제작자가 직접 접근해 오는 건 가이에게 아주 이상하게 보였다. 가이는 자신이 그런 협업에는 별로 어울리지 않는다고 생각했다. 5급짜리의 뭔가를 하고 싶은 마음이 드는지도 알 수 없었다.

"저기요." 가이가 피에르에게 말했다. "정말로 저 같은 사람이 필요하신 겁니까? 저는 최근에야 겨우 250번째 우연을 마무리했는데……."

"압니다."

"당신한테 필요한 게 2급 임무라고 해도, 저는 저보다 실력이 좋고 노련한 우연 제작자들이 분명 있을 거라고……."

"맞는 말이죠."

"제가 그렇게까지 형편없다는 뜻은 아니지만……."

"그럼요."

"그렇더라도 이런 일에 대해서는……."

"잘 들으세요." 피에르가 가이에게 몸을 기울였다. "스스로가 실패작이라고 고백하지 않고도 당신이 이 임무에 어울리지 않는다는 말을 할 최선의 방법을 찾느라 혼란에 빠지기 전에, 일단 내 이야기를 좀 들어보는 게 좋겠습니다."

"어떤 얘기입니까?" 가이가 물었다.

피에르는 미소 지으며 등받이에 몸을 기댔다. "'알베르토 브라운의 이야기'라고 해둡시다."

14

알베르토 브라운은 유난히 비가 심하게 내리던 화요일, 35시간이나 지속된 힘겨운 산통 끝에 태어났다. 그는 울지 않았다. 의사에게 네 번 등짝을 맞고 나서야 울음이라는 유치한 의사소통 수단을 차용해주기로 했다. 의사는 아기가 울음을 터뜨린 뒤에야 훌륭한 아들을 낳았다고 어머니에게 알려줄 수 있었다.

알베르토는 덩치 큰 아기였다. 4.5킬로그램짜리 귀여운 아기가, 사람들을 째려보며 걱정스럽다는 듯 한쪽 눈썹을 치켜올리는 비범한 능력도 발휘했다. 이 아기는 태어난 지 겨우 몇 시간 만에 이런 표정을 또렷이 지어 보였다. 알베르토의 아버지는 할아버지나 삼촌의 이름을 따서 알베르토라는 이름을 선택한 게 아니었다. 그냥 그 이름을 마음에 들어 했다. 어쩌면 언젠가 보았던 영화가 생각났기 때문인지도 몰랐다. 알베르토의 어머니는 마음이 내키지 않는 듯 반대했지만 결국 받아들였다. 하지만 두 달도 채 되지 않아 그녀의 남편은 그리 대단치 않은 액수의 빚과 중고 담배 파이프, 그녀로서는 유래를 알 수 없는 이름을 가진 아기를 남겨두고 사라졌다.

아기 어머니는 이름을 바꿔볼까 고민했지만, 그 이름이 사랑하는 아기 얼굴의 일부가 되었다는 느낌이 들었다. 또 그녀는 운명을 믿었으므로, 아들이 이상하고도 무가치한 인생의 길로 빠져들지 모른다는 걱정에 아들의 이름을 바꾸고 싶지 않았다. 아들의 미래에 어떤 일이 예비되어 있는지 알았더라면, 아무튼 이름을 바꾸기로 했을지도 모르지만 말이다.

세월이 흘러 알베르토는 자라났다.

그러니까, 정말로 자라났다.

알베르토가 두 살 때는 모두가 그를 네 살이라고 생각했다.

다섯 살 때는 여덟 살처럼 보였다.

알베르토는 덩치가 큰 아이였다. 그리고 유난히 힘이 셌다.

그는 조용하고 내성적인 아이였다. 무심한 아이라고도 할 수 있었다. 그의 평온한 태도가 어디에서 유래한 것인지는 분명하지 않았다. 가끔 그에게 도전장을 내밀던 다른 아이들을 신경 쓰지 않아도 될 만큼 힘이 세다는 사실 때문일까, 아니면 너무 생각에 잠겨 있어 다른 아이들이 존재한다는 것 자체를 눈치채지 못했기 때문일까.

알베르토는 유치원에서 처음으로 폭력을 마주했다.

물론, 우연히 그렇게 된 건 아니었다. 폭력이 그 자리에 있다가 알베르토를 보고 덤벼든 것이었다. 폭력은 알베르토처럼 덩치가 큰 벤이라는 아이의 형태로 나타났다. 벤은 그때까지 너무도 즐겨오던 지배력이라는 요소를 새로 온 알베르토라는 아이가 도둑질할까 봐 두려워했다. 알베르토가 나머지 아이들과 잘 지냈으며, 다른 모두에게 다정하고 따뜻하게 대했다는 사실은 벤에게 와 닿지 않았다. 그가 보기에 알베르토는 적이었다. 벤은 아이들을 밀고, 가끔 물고, 유독 심할 때는 세발자전거로 아이들을 치기도 했다. 벤은 "싫어."라는 대답을 받아들이지 않는, 그런 아이였다. 설령 그런 부정적인 반응이 있는 그대로의 현실 그 자체로부터 온 것이라 해도.

벤은 알베르토를 '유독 심한' 경우이자 유치원의 토대를 이루고 있는 취약한 위계질서에 대한 위협으로 보았기에, 세발자전거에 타고 힘찬 전쟁의 함성을 지르며 알베르토에게 달려갔다. 알베르토는 고개를 돌려 자신에게 빠르게 다가오는 아이를 보았다. 그는 자기 몸이 타격을 흡수하고도 꿈쩍하지 않을 것 같긴 하지만, 그러면 아프리라는 점을 깨달았다. 알베르토는 일종의 공포와 한소끔의 불안을 느꼈고, 정말이지 세발자전거에 치이고 싶지는 않다는 걸 확실히 알았다.

이런 생각이 든 바로 그 순간, 벤의 세발자전거 앞바퀴가 빠지면서 자전거가 방향을 틀었다. 벤의 자전거는 알베르토를 지나 그의 뒤쪽 벽에 처박혔다.

벤은 팔이 부러지고 무릎을 삐었다. 두 달 동안 유치원에 돌아오지 않았다. 돌아온 그는 알베르토에게 매우 상냥하게 굴었다.

고등학교에서도 알베르토를 만난 사람은 모두 그를 좋아했다. 여자애들은 그의 인상적인 덩치와 소박한 미소를 좋아했고, 남자애들은 왠지 두려워해야 한다는 건 분명하지만 아직 그럴 만한 이유를 충분히 제공하지는 않은 사람을 대할 때 늘 보이는 태도로 그를 대했다. 알베르토는 모두의 우상이었다. 고등학교에서 알베르토와 어울리던 10대들의 소원은 한 가지뿐이었다—어떤 멍청이가 눈치 없이 그를 때리려고 하는 것.

와, 그러면 무슨 일이 일어날까? 진짜 재밌지 않겠어?

자기들끼리 만날 때면, 아이들은 알베르토가 한 손으로 사람 목을 부러뜨릴 수 있다거나, 손아귀로 세게 잡고 손목을 살짝 비틀기만 해도 상대의 목을 뽑아버릴 수 있다는 얘기를 하곤 했다. 그들은 그런 일이 벌어지는 걸 무척 보고 싶었다.

알베르토가 파리 한 마리 해치는 걸 본 사람은 한 명도 없었지만, 알베르토가 원하기만 하면 충분히 그런 일을 저지를 수 있다는 건 분명했다. 아이들은 알베르토와 새로 온 학생들 사이에 조용히 싸움을 부추겼다. 한순간 사소한 말싸움이라도 벌어지면 친절한 거인의 능력이 드러날 거라는 기대에서였다. 하지만 알베르토가 이미 새로 온 학생과 좋은 친구가 되었거나, 그게 아니면 새로 온 아이가 스스로 알베르토에게 까부는 건 현명한 일이 아니라는 점을 깨달을 만큼 영리하다는 점이 곧 밝혀지곤 했다.

그러므로 어느 날 미겔이, 하필 알베르토가 앉아 있던 도서관에 들어왔을 때 학생들이 느낀 엄청난 흥분은 충분히 이해할 만한 것이었다. 알베르토는 도서관을 무척 좋아해 그곳에서 상당한 시간을 보냈다. 그 결과, 알베르토에게 반한 수많은 여자아이들과 기대감에 부푼 남자아이들이 그 근처에 머물며 누군가가 다가와 그를 후려쳐주기를 기다리곤 했다.

미겔은 여태 거쳐온 모든 학교에서 문제아였다. 거쳐온 학교가 한두 군데인 것도 아니었다. 세 지역의 학교에 대한 짧은 답사기를 쓸 수 있을 정도는 됐다. 글쓰기 능력을 충분히 연마한 그에게 담배 마는 용도가 아니라 글을 쓸 용도로 종이를 사용할 생각만 있었다면 말이다. 나중에 그가 어른이 되어 무장강도 세 건을 저지른 뒤에야 당국은 과거를 돌아보고, 미겔이 실제로 얼마나 문제가 심한 아이였는지 깨달았다.

미겔의 문제—그러니까, 첫 번째 문제—는 빠른 자동차와 싸구려 술을 엄청나게 좋아한다는 것이었다. 이것들은 하나씩 봐도 문제였지만, 저품질 보드카에 취한 채 거친 운전을 한다는 조합은 더 문제가 심각했다. 대체로 가장 심각한 건, 그럴 때마다 미겔이 가장 기본적인 규칙, 즉 '잡히면 안 된다'는 규칙을 잊는다는 것이었다. 그를 체포한 경찰은 유머 감각도 없었고 직업의식이 투철했다. 술이 깨서 무슨 일이 벌어졌는지 깨달은 미겔은 재수가 없었다며 욕을 했다.

그래서였다. 자동차도 면허증도 없는 상태에서 가장 놀기 좋았던 자기 영역이 공사장으로 변했다는 사실까지 알게 된 미겔에게는 그날 학교에 가는 것밖에 다른 대안이 없었다. 그것도 화난 채로.

나중에 감옥에서 범죄자 무리의 우두머리가 될 이 어린 친구에게는 물론 교실로 갈 생각이 전혀 없었다. 그는 앉아서 조용히 세상에 대해 분노할 수 있는 공간을 찾아야 했다. 도서관이 이상적이었다. 그곳에는 망가뜨릴 만한 게 많았고, 말로, 혹은 힘으로 괴롭힐 수 있는 조용하고 천진난만한 학생들도 많았다. 미겔은 알베르토가 존재한다는 걸 알 만큼 자주 학교에 나오지 않았다. 미겔에게는, 15분 정도 도서관에 가만히 앉아 있는 게 한계였다. 실존적 생각 따위는 하지 않는 녀석이었다. 관심을 조금 끌기 위해 그에게 남은 선택지는 도서관 책들을 다시 정리하는 것뿐이었다. 그러니까, 예컨대 '바닥 위에'라고 불리는 분류 체계에 따라서 말이다.

"모두에게 지식을!" 미겔이 소리쳤다. "모두에게 지식을!" 그는 책을 바닥에 던지며, 인디언처럼 그 주변에서 춤을 추기 시작했다.

학생 약 서른 명이 깜짝 놀라 그를 바라보았다. 처음에는 거부감에 본 것이지만 결국은 엄청난 기대를 품게 됐다. 미겔은 충분히 미쳐 있었고, 이곳에서 진짜로 갈등이 벌어질 가능성이 생겨날 만큼 취해 있는 것 같기도 했다.

도서관 사서조차 이 모습을 보았다. 그의 가슴에서도 희망이 깨어났다.

그들은 가만히 앉아서, 알베르토가 눈치채기만을 인내심 있게 기다렸다.

미겔이 두 책장 사이의 통로에 책을 높다랗게 쌓아놓고 그 위에서 춤을 추고 있을 때 알베르토가 눈을 들었다. 미겔은 주머니에서 라이터를 꺼냈고, 알베르토는 꿈쩍하지 않고 그 장면을 지켜보던 모두를 둘러보았다. 알베르토는 긴장감으로 가득 찬 그 분위기가 일종의 충격을 받아 생겨난 걸로 잘못 해석하고 미겔에게 소리쳤다. "야!"

보이지 않는 흥분의 물결이 사람들을 휩쓸었다.

알베르토가 자리에서 일어나 미겔에게 다가갔다. "너 뭐하는 거야?"

미겔이 그를 돌아보았다. "아!" 그가 외쳤다. "여기 곰 인형이 있네! 안녕, 곰돌아?"

"내 생각인데." 알베르토가 말했다. "넌 다른 데 가서 마음을 좀 가라앉혀야 할 것 같아."

미겔은 비웃음을 띠고 그를 바라보았다. "그렇게 생각해?"

"응." 알베르토가 말했다. "네가 도서관 물건을 망가뜨리고 있잖아. 나가."

"내가? 도서관 물건을?" 미겔이 순진한 척하며 말했다. "이거 말하는 거야?" 그는 책 더미 위에서 뛰며 책을 짓밟았다.

"그래." 알베르토가 말했다. 여전히 조용한 목소리였다. "이제 여기서 나가."

"근데 대체 누가 날 나가게 하려나? 네가, 곰돌이가?"

알베르토가 "그래. 필요하다면 내가 할 거야."라고 말하자 학생 서른 명과 사서 한 명의 가슴은 은밀한 기쁨으로 부풀어 올랐다. 구석에 앉아 있던 여드름투성이 소년이 눈을 들어 천장을 보며 조용히 웅얼거렸다. "감사합니다."

미겔은 책 더미에서 내려와 옆 책장 위에 양팔을 괴었다.

"넌 말이야." 미겔은 술주정뱅이 특유의 평온한 말투로 말했다. "덩치가 크고 힘이 세 보일지는 모르지만, 거시기가 콩알만 한 허풍쟁이에 멍청이야. 누가 다치기 전에 너나 밖으로 도망치지 그래."

"폭력을 쓰고 싶지는 않지만……." 알베르토가 입을 열었다.

"당연히 그렇겠지." 미겔이 삐딱한 미소를 지으며 말했다. "폭력은 내가 좋아하는 거거든." 그는 주머니에 손을 넣어 주머니칼을 꺼냈다. 미겔이 칼날을 펼쳐 펜싱 선수라도 되는 것처럼 알베르토에게 휘두르자 칼에서 찰칵하는 소리가 났다. "덤벼봐, 곰돌아." 그가 말했다.

"마지막으로 말하는 거야." 알베르토가 말했다. "말썽부리지 마. 나가."

미겔을 붙잡고 있던 용수철이 튕겨 나갔다. "덤비라고, 이 괴물 돌연변이야!" 그가 소리 질렀다. "책이 그렇게 소중하면 와서 지켜봐!" 그는 옆에 있던 책장을 주먹으로 쾅 쳤다.

그걸로 충분했다.

처음에는 작게 끽끽거리는 소리가 들렸다. 그러더니 또 들렸다. 책장이 우르릉 소리를 내며 넘어졌다.

잠시 침묵이 흐른 뒤, 미겔 맞은편의 책장도 넘어지면서 미래의 갱단 두목을 180센티미터 높이의 책 더미에 파묻어버렸다.

알베르토는 자기 자리로 돌아갔다. 저쪽에 앉아 있던 여드름투성이 소년은 확실히 울고 싶은 충동을 느꼈으나 극복해냈다.

알베르토가 정말로 위험한 사람들의 레이더에 걸려든 것은 더 나이를 먹은 뒤의 일이었다. 그는 동네 식당의 웨이터로 일해서 첫 월급을 받았고, 은행에 가 그 돈을 저금할 생각이었다. 알베르토가 은행원에게 가서 수표를 내려놓자마자 마스크를 쓴 남자가 권총을 휘두르며 은행에 뛰어 들어왔다.

"다들 엎드려!" 그가 외쳤다. "엎드려, 당장!" 다른 손님들—나이 든 여자 두 명, 분홍색 머리카락의 10대 여자아이 한 명, 멍한 표정의 깡마른 젊은 남자 한 명—은 겁에 질려 바닥으로 몸을 날리며, 영화에서 봤던 것과 같은 익숙한 비명을 질렀다.

강도는 계속해서 은행 강도답게 소리쳤다. "닥쳐, 닥치라고, 빌어먹을." 그는 창구에 앉아 있는 은행원 두 명에게 권총을 휘두르며, 즉시 손을 들라고 소리치려 했다. 하지만 그때, 그는 아직 서 있는 누군가를 발견했다.

알베르토가 심각한 표정으로 은행 강도를 바라보았다.

"왜 이런 일을 자초하나요?" 알베르토가 조용히 물었다.

"바닥에 엎드려!" 강도가 소리 질렀다. "안 그러면 대가리를 날려줄 테니까! 너희 에미도 못 알아보게 말이야!"

"지금이라도 멈출 수 있어요." 알베르토는 손짓을 더해가며 그에게 말했다. "은행 강도는 형기가 아주 길어요. 하지만 아직은 진짜 피해를 일으키기 전에 여길 떠날 수 있어요. 평범한 삶으로 돌아갈 수 있어요. 여기 있는 사람들은 아무도 당신이 누군지 몰라요."

"엎드리라고! 엎드려! 지금!" 강도가 소리쳤다. 머리에 뒤집어쓴 스타킹 밑에서 두 눈이 튀어나올 듯했다. "영웅 노릇은 그만둬. 심리상담 놀이도 그만두고!"

"당신은 나를 쏘지 않을 겁니다." 알베르토가 말했다. "당신은 살인자가 아니잖아요?"

"아니, 맞아!" 그는 권총을 들어 알베르토의 머리를 곧장 겨누었다.

"총 이리 주세요." 알베르토가 말했다. "그만합시다."

"이 씨발 멍청한 저능아 같으니!" 강도가 외쳤다. 그는 과거에도 눈 한번 깜짝하지 않고 다섯 사람의 머리를 날려버린 적이 있었다. 대가리 한 통 더 날리는 것쯤이야 큰 문제도 아니었다. "그래, 그렇게 그만하고 싶다니 지금 끝내주지. 끝장내버리겠어!" 그는 그렇게 말하고 방아쇠를 당겼다.

나중에 알베르토를 비롯해 은행에 있던 사람들에게서 증언을 수집한 경찰관은 그때 벌어진 일이 아주 드물게 일어나는 유형의 기술적 오작동이었다고 말했다.

"권총 뒷부분이 그냥 폭발해버렸습니다." 경찰관이 설명했다. "웬일인지 총알이 끼어서 앞으로 발사되지 못했습니다. 그 결과, 총의 뒤쪽 부분이 총알의 폭발력을 전부 흡수했어요. 권총 내부의 폭발력이 너무 좁은 공간에 갇혀 있게 된 바람에 모든 게 뒤쪽으로 날아간 겁니다."

"아주 흥미롭네요." 알베르토가 말했다.

"네." 경찰관이 말했다. "이런 일은 본 적이 없습니다. 이론적으로만 알고 있었죠. 이 친구가 운이 나빴나 보네요." 그는 더 이상 얼굴을 가릴 스타킹이 필요하지 않게 된 강도를 바라보았다. 이제는 아무도 강도를 알아볼 수 없었다.

두 달 후, 싸구려 정장을 입은 심각한 표정의 남자 두 명이 알베르토가 어머니와 함께 살고 있는 집 문을 두드렸다.

"알베르토 브라운?" 둘 중 한 명이 물었다.

"그런데요." 알베르토 브라운이 잠옷 차림으로 말했다.

"같이 가시죠." 두 번째 사람이 말했다.

"어딜요?" 알베르토가 물었다.

"돈 리카르도가 말씀 나누고 싶어 하십니다." 첫 번째 남자가 말했다.

알베르토는 잠깐 생각하다가 물었다. "돈 리카르도가 누군데요?"

두 사람은 약간 당황한 듯했다. 그들은 돈 리카르도를 잘 모르는 사람들과 이야기하는 게 익숙하지 않았다.

"음." 둘 중 하나가 말했다.

"부르시면 거절하지 말고 찾아가 뵈어야 하는 분입니다." 두 번째 남자가 퍽 자랑스러워하며 말했다.

"제가 좀 바쁜데요." 알베르토가 말했다.

"그래도요." 두 번째 남자가 말했다.

"잠깐만요." 알베르토는 그렇게 말하고 문을 닫았다.

깜짝 놀란 두 남자는 밖에서 기다리다가, 알베르토가 어머니에게 외치는 소리를 들었다. "엄마, 돈 리카르도가 누군지 아세요?" 그들은 알베르토 어머니의 눈이 겁에 질려 휘둥그레지는 건 보지 못했으나, 문 너머로 숨죽인 이야기 소리는 들었다. 그리고 둘 중 인내심이 모자란 쪽이 충분히 기다렸다고, 이제는 문을 걷어차고 들어가 알베르토라는 이 멍청이를 억지로 데려갈 시간이 왔다고 생각했을 때 문이 열렸다. 이번에는 알베르토가 옷을 갖춰 입고 현관에 서 있었다.

"그냥 '마피아입니다.'라고 말해줄 수는 없었던 겁니까?" 그가 물었다.

두 똘마니는 서로를 보았다. '그렇게 노골적인 단어는 쓰면 안 돼.' 그들은 속으로 생각했다. '마피아'는 경찰, 시나리오 작가, 터무니없는 얘기를 하는 바텐더들이나 쓰는 단어였다. 우리는 '사업가'라고.

"아무튼, 가죠." 알베르토가 말했다. "어머니가 가야 한다고 하셔서 가는 거예요."

돈 리카르도는 테이블 한쪽 끝자리에 앉아 있었다. 알베르토는 반대편 끝자리에 그를 마주 보고 앉았다. 테이블 길이는 한 3미터쯤 됐다.

"와줘서 고맙네." 돈 리카르도가 말했다.

"'싫다'고 말하는 건 선택지가 아니라던데요." 알베르토가 어깨를 으쓱하며 말했다.

"'싫다'고 말할 선택지는 언제나 있지." 돈 리카르도가 말했다. "하지만 그 여파가 무서워서 사람들이 보통 그런 선택을 하지 않는 거야."

"뭔가 오해가 있었던 것 같습니다." 알베르토가 말했다.

"오해라. 아주 대략적인 단어로군." 돈 리카르도가 말했다. "자세히 말해보겠나?"

"전 여기 오면 안 됩니다." 알베르토가 말했다.

"그래?"

"전 당신들 일하고는 아무 관계가 없어요."

"그럼 왜 왔나?"

"어머니가 가라고 하셔서요."

"아, 효심이라. 효심도 아주 중요하지."

"그럼요."

"내 아들 조니도 아주 효자였어."

"그렇군요."

"내 손에 항상 입을 맞추고, 내가 근처에 있을 때는 상소리도 안 했다네. 내가 참아주지 않을 게 분명한 젊은 여자들은 집에 데려오지도 않았어. 대단한 효자였지."

"자랑스러우시겠네요."

돈 리카르도는 건방진 파리를 쫓거나, 의미 없는 단어의 구름을 흩어버리려는 듯 손을 휙 털었다. "그 녀석은 뭔가를 얻기 위해 힘밖에 쓸 줄 모르는 멍청이였다네. 품위도 없고 창의력도 없었지. 언제나 말썽을 일으켰어. 녀석을 너무 많은 위기에서 건져주다 보니, 어느 단계에는 그런 일이 몇 번이나 있었는지도 헤아리지 않게 됐네. 마약, 성매매 호객, 강도 미수. 언젠가는 그 녀석이 주류 전문점을 턴 다음 맥도날드를 먹으러 갔다가, 지문이 묻은 권총을 그냥 그렇게, 무슨 먹다 남은 감자

튀김 옆 탁자에 놔두고 왔다네. 그야말로 머저리지. '그냥 아예 네놈 방 창문에 철창을 설치하지 그러냐?' 내가 그렇게 물었다네. 그래도 내 아들은 내 아들이었지."

"그렇군요."

"그것도 아주 정확한 사실은 아닐지 모르지만 말이야. 내 아들이었던 것 같기는 해, 유전자에 멍청함이 깃들어 있긴 했지만."

"그래도 아들을 사랑하셨겠죠."

"그야 물론이지. 최소한, 사랑의 한 형태긴 했네. 그 녀석이 죽었을 때는 마음이 아팠어."

"유감입니다. 어쩌다 그런 일이 일어났나요?"

"그 머저리가 은행을 털려 했거든. 사실 이번에는 은행을 제대로 골랐는데, 웬 재수 없는 자식이 내 아들을 막으려고 했다네. 그러다가 결국, 내 아들이 어쩌다가 자기 총에 맞았어."

시간이 좀 걸리기는 했지만 돈 리카르도의 차가운 눈길은 결국 탁자를 가로질러 왔고, 알베르토에게 닿아 이 상황을 그에게 명백히 이해시켰다.

"제가 알기로는." 알베르토가 말했다. "아주 드물게 일어나는 오작동 때문이었다던데요."

"그래, 그럴지도 모르지." 돈 리카르도가 말했다. "하지만 그렇더라도 말이야, 영웅 노릇을 하려던 그 재수 없는 멍청이가 그 자리에 없었더라면…….”

“아드님이 돌아가신 건 정말 유감입니다.” 알베르토가 말했다.

“그렇겠지.”

“하지만 그 일은 저와 아무 상관도 없습니다.”

“내가 보기엔 아닌데.”

알베르토는 의자에서 불편하게 몸을 꿈지럭거렸다.

돈 리카르도는 여전히 움직임이 없었다.

“이쪽에서 보기에는—그러니까, 내가 보기에는 말이지.” 돈 리카르도가 말했다. “내 아들이 죽은 건 자네 때문이야.”

“저는…….”

“그래서 내가 아주 슬퍼. 난 이 바닥에 속하지 않는 사람들을 끌어들이는 걸 정말 싫어하거든.”

“네?”

“하지만 이런 일을 그냥 모른 척할 수 없다는 내 입장을 자네도 분명 이해할 거라 믿네.” 돈 리카르도가 그렇게 말하며, 새치가 난 관자놀이를 긁적였다.

“뭘 어쩌실 생각입니까?”

“자네한테? 아무 일도 안 할 걸세, 친구. 아무 일도. 하지만 내 세계관으로 볼 때, 자네는 나한테서 아들을 빼앗아 간 셈이야. 그러니 내가 자네 어머니를 빼앗아야겠네.”

알베르토는 심장이 두근거리는 것을 느꼈다.

"저는……."

"지금 우리 애들 둘이 자네 어머니의 집에 가 있네. 앞으로 10분 안에 내가 전화를 걸지 않으면, 자네랑 나는 서로 빚을 청산하게 될 거야. 간단한 일이지."

"불공평합니다."

"인생이 원래 그래." 리카르도는 뭔가 심오한 것을 생각하는 것처럼 입을 꾹 다물었다. 그러더니 이렇게 덧붙였다. "다만, 이 문제를 해결할 다른 거래 방법을 찾을 수도 있겠지."

"무슨 거래죠?"

"나한테 친구가 한 명 있네. 좋은 친구야. 너무 좋은 친구라, 좋은 적이 되기도 했지. 자네도 알겠지만, 사람이 나 정도 자리에 이르면, 그러니까 힘을 쌓으면 말일세, 힘이 엇비슷한 적이 세상에 존재하는 상황을 피할 수 없게 된다네. 마치 음과 양, 흑과 백, 헨젤과 그레텔 같은 상황이지. 그런 사람은 동료라고 부를 수도, 적이라고 부를 수도 있네. 아무튼, 그 사람들은 강해. 어떨 때는 함께 식사하고, 어떨 때는 맞서 싸울 수 있을 만큼 강하지. 개인적인 감정이 있어서 그러는 건 아니야. 원래 이 일이 그렇게 돌아간다네. 돈 구스타보라고 들어봤나?"

"아뇨."

"그래, 그럴 수도 있지. 아무튼, 돈 구스타보는 오래전부터 내 사업 확장을 막는 몇 안 되는 사람 중 한 명이었네. 그렇다고 내 인생에 뭐가 부족한 것은 아니고. 인생이 살 만하다는 건 인정하지. 사업도 할 만하고. 하지만 나아질 여지는 언제나 있는 거니까. 뭐랄까, 그게 인간의 본성이라네. 우리는 늘 더 많은 것을 원하지—아니, 더 많은 것이 필요해. 그게 우리를 움직이는 거야. 우리는 별을 만져보고 하늘을 간지럽히고 싶어 하지. 우리는 절대 이르지 못할 무한을 목표로 삼는다네. 어쩌면 완벽주의일지도 몰라. 인간의 영혼이 그걸 목표로 삼는 거야. 무한 말이네, 친구. 예컨대 나는 돈 구스타보가 죽는 걸 매우 보고 싶어. 그렇게 되면 내게 아주 이로운 일이 될 걸세."

"이롭다고요?"

"그래, 이롭지. 그렇게 되면 지금은 하기 어려운 온갖 일들을 할 수 있게 될 테니까—영역이니, 부하들의 충성심이니 하는 것과 관련된 일들 말일세. 사업을 확장하자면 돈 구스타보가 '사망' 상태가 돼야 해. 헌데 자네도 알겠지만, 나는 차마 그 자를 죽일 수 없다네. 너무 위험한 일이야. 명예와 예의가 걸린 문제거든. 돈 구스타보의 죽음이 어떤 식으로든 내게 연결된다면, 세계대전이 터질 걸세. 그러면 아주 불쾌할 거야. 불명예스럽기도 하고. 그런 일은 하면 안 되지."

"이해합니다."

"이해한다니 다행이군. 자네가 그림에 들어오는 게 바로 이 지점에서거든. 자네는 어떤 식으로도 우리 가족에게 연결되지 않은 사람이니까. 자네는 여기에서부터 '시적 정의'를 준비하면 되네. 조니는 강도였고, 자네가 그 애를 죽였지. 이제는 자네가 강도가 되어 돈 구스타보를 죽이는 거야. 자네가 그자의 집에 침입해 그를 죽이게. 어쩌다 잘못된, 평범한 강도 사건처럼 보이게 만들게나. 그 집에 자네가 원하는 게 있다면 뭐든 가져가도 좋네. 물론, 내가 그 집 도면을 주지. 난 그 집에 들어갈 때 쓰는 비밀번호도 한두 개 가지고 있고, 경비초소 위치도 알고 있어. 식은 죽 먹기일걸세. 그리고 어쩌다 자네가 잡힌다 해도—물론, 우리 모두 그런 일이 벌어지는 건 전혀 바라지 않지만—자네를 나와 연관 지을 수 있는 사람은 아무도 없겠지. 그 대가로, 나는 이 방에서 나가 자네 어머니에게 어떤 비극적인 사고도 닥치지 않게 하라고 내 사람들에게 지시하겠네. 우리 조니의 대가로 돈 구스타보를 달라는 거야."

알베르토는 아기 때부터 그런 표정을 지었듯이, 오른쪽 눈썹을 치켜 올렸다. "당신 대신 살인을 해달라는 거군요." 그가 조용히 말했다.

"그런 표현은 너무 야만적이네만, 꽤 정확하긴 하군." 돈 리카르도가 동의했다.

"내가 따르지 않으면—우리 어머니를 죽이겠다는 거고요."

"이해가 빠르군그래."

"저한테 다른 선택지가 있습니까?"

"물론. 아까도 말했지만 거절이라는 선택지는 언제나 존재한다네. 그 결과를 우리가 바라지 않을 뿐이지. 안 그런가?"

알베르토는 잠시 생각하고 말했다. "맞는 말이네요."

돈 리카르도는 바로 그날 밤에 일을 처리해야 한다고 주장했다.

오늘 밤 돈 구스타보의 집은 거의 빌 것이며, 그게 특별한 기회가 될 거라고. 돈 리카르도는 이 모든 일을 즉시 해치우고 싶어 했다. 알베르토는 나중에 조바심이란 다른 사람이 죽기를 바라는 수많은 사람이 공유하는 특징이라는 걸 알게 된다. 알베르토에게는 건물 도면을 살펴볼 시간이 한 시간 주어졌고, 두 시간 후 그는 구스타보의 집으로 향하고 있었다. 그가 떠나기 전에, 돈 리카르도가 스타킹을 주었다. 조니가 강도질을 한 날에 썼던 것의 나머지 한 짝이라고 했다. "이거야말로 시적 정의 아닌가?"

알베르토는 답이 정해진 질문에 대답하지 않는 것이 자신에게 불리하게 작용할까 고민하며 침묵을 지켰다.

"물론, 세탁은 했네." 돈 리카르도가 말했다.

그렇게 해서 그날 밤 새벽 2시, 알베르토 브라운은 전국 최대 규모 폭력 조직의 수장이 잠들어 있는 침실에, 머리에는 스타킹을 뒤집어쓰고 손에는 권총을 쥔 채 서 있었다. 한때는 다른 폭력 조직의 수장의 아들이 썼던 권총이었다. 그의 앞에는 늙고 창백한 남자가 침대에 누워, 힘겹게 숨을 쉬고 있었다. 알베르토는 그를 죽여야 했다.

지금부터 그가 해야 하는 일은 분명했다. 소리 내기.

충분한 소음이 나면, 눈앞의 남자가 잠에서 깨 침대에 일어나 앉을 것이다. 어쩌면 강도가 들었다는 걸 누군가에게 알리려고 뭐라고 소리를 지를지도 모른다. 이게 강도 사건이라는 걸 모두가 확실히 알고 있는 게 중요했다. 그런 다음에는 알베르토가 그를 쏘아야 했다.

알베르토는 침대에 누워 있는 노인을 오랫동안 바라봤다. 숨 막힐 듯한 기분이 들었다. 이런 일은 하고 싶지 않았다.

알베르토는 손을 뻗어, 방 가장자리의 서랍장 위에 서 있던 화병을 들었다. 다른 손으로는 돈 구스타보에게 권총을 겨누었다.

바닥에 화병을 내려쳐 깨기 일보 직전에, 그는 침대 쪽에서 무슨 소리를 들었다. 고개를 돌리자 돈 구스타보가 움직이는 것이 보였다. 그는 약간 꾸르륵대는 소리를 내더니, 이상한 소리를 수없이 냈다. 또 한 번 꾸르륵대는 소리가 나더니 그의 두 손이 오그라들고 입이 쩍 벌어졌다. 알베르토는 돈 구스타보가 마지막으로 묵직하게 숨을 들이쉬는 소리를 들었다.

그러더니 침묵이 내려앉았다.

알베르토는 골똘히 귀 기울였지만 아무 소리도 들리지 않았다. 그는 화병을 원래 자리에 돌려놓고 천천히 침대로 다가갔다. 허리를 숙이고 노인의 얼굴 가까이 귀를 댄 다음, 가까이, 조금 더 가까이 다가간 끝에 그가 정말로 숨을 쉬지 않는다는 걸 알게 됐다.

그는 일어서서 잠시 생각에 잠겼다. 그는 손을 뻗어 돈 구스타보의 손을 건드렸다. 아무 반응이 없었다. 그는 돈 구스타보의 손목에 손가락을 대고 맥박을 찾아보려 했다. 그런 다음에는 목에도 손가락을 대보았다. 그는 돈 구스타보를 흔들어보고, 좀 더 흔들어보았다.

그런 다음 떠났다.

돈 리카르도는 매우 감명받았다. 아주 기뻐했다.

"어떻게 했나?" 그는 알베르토의 손을 덥석 잡고, 믿을 수 없어 하며 흔들었다. "다들 그자가 자다가 뇌졸중으로 죽었다고 확신하고 있네. 대단하군. 내가 여태 본 것 중 가장 깔끔한 암살이야."

알베르토는 이제 가도 되냐고 조용히 물었다.

"이해가 안 되나?" 돈 리카르도가 그에게 말했다. "자네는 보물일세! 보물! 너무도 희귀한 천부적 재능을 타고났어. 대단하단 말이야."

"이제 빚은 갚은 것 같은데요, 돈 리카르도."

"당연하지! 그렇고말고!" 돈 리카르도가 말했다.

"그러면 가고 싶습니다."

"그래, 그래." 돈 리카르도가 한숨을 쉬었다. "이런 아까울 데가 있나. 그거 아나? 자네는 위대해질 수 있다네. 정말로 위대해질 수 있어. 세상에서 제일 위대해질 수 있단 말일세. 자네 같은 암살자들은 엄청난 부자가 될 수 있어."

"관심 없습니다."

"참으로 아깝군."

"이제 가겠습니다." 알베르토는 그렇게 말하고 떠났다.

2주 후, 두 남자가 알베르토의 집에 찾아왔다. 이번에는 돈 리카르도가 진짜 사업 제안을 하고 싶다고 말했다. 알베르토는 관심 없다고 말했다.

돈 리카르도는 이번 일이 자기를 위한 일이 아니라, 친구를 위한 일이라고 말했다.

알베르토는 관심 없다고 고집스럽게 말했다.

돈 리카르도가 보수를 제시했다.

알베르토는 단호했다.

돈 리카르도는 잠재력의 실현과 기회의 활용, 심지어 토머스 앨바 에디슨에 관해서 기나긴 연설을 했다.

알베르토는 그래도 거절했다.

돈 리카르도는 알베르토가 지난번에 권총을 가져갔을 때, 그 총을 쥐느라 지문을 남겼다고 말했다. 그 총을 지금 돈 리카르도 자신이 가지고 있다고도 했다. 조니가 세 사람을 살해하는 데 사용한 바로 그 총이었다.

알베르토는 입을 다물었다.

돈 리카르도는 경찰이 이 권총을 발견한다면 참 안타까운 일이 될 거라고 말했다.

알베르토는 침묵을 지켰고, 돈 리카르도는 다시 보수를 제시했다.

사흘 후, 알베르토는 진창에 엎드려 새 저격 소총으로 도로가 굽어지는 곳, 작은 범죄 조직의 자금책이 자동차를 타고 지나가게 되어 있는 곳을 겨누고 있었다. 알베르토의 고용주는 그 남자가 경찰에 제보할지 모른다고 의심했다. 그러니 그를 침묵시켜야 했다.

알베르토는 엎드려서 흰색 도요타 자동차가 나타나기를 기다렸다. 흰 차의 앞부분이 도로 모퉁이에 나타났고, 알베르토의 손가락이 방아쇠를 당기려는 그 순간 작은 토끼가 도로에 뛰어들더니 다가오는 자동차 앞에 얼어붙었다. 열렬한 채식주의자이자 연약한 영혼의 소유자였던 도요타 운전자는 토끼를 치지 않으려고 핸들을 홱 틀었다가 자동차에 대한 통제력을 잃고 커다란 떡갈나무를 들이박았다.

알베르토는 저격 소총을 챙겨 떠났다.

일은 그런 식으로 계속됐다.

알베르토는 어떤 사업가의 자동차 밑에 폭탄을 심었다. 하지만 자동차로 가던 사업가가 계단에서 굴러 떨어져 머리에 치명적인 타격을 입었다. 알베르토는 재빨리 폭탄을 해체하고 그곳을 떠났다.

다음 날 급습 작전을 펼치려고 계획하던 고위 경찰관은, 알베르토가 조준경으로 지켜보고 있을 때 닭고기를 데우다가 전자레인지가 폭발하는 사고를 당했다. 작은 닭 뼈가 그 사람의 오른쪽 눈을 관통해 뒤통수로 빠져나갔다.

알베르토 브라운은 북반구에서 가장 성공적인 암살자가 되었다. 파리 한 마리 해친 적이 없었는데도. 시간이 지나면서 그는 그냥 이 일에 익숙해졌다. 그는 단지 모든 것을 준비하기만 하면 됐다—무기를 설치하고, 함정을 파고, 암살을 계획하고, 거의 실행하는 것이다. 그러면 희생자들이 알아서 죽어버렸다. 그를 고용한 사람들은 기뻐했고, 알베르토는 밤마다 푹 잤다.

아주 멋진 일이었다. 어떤 폭력도 필요하지 않았다.

가끔 외롭기는 했다. 그래서 알베르토는 햄스터를 샀다.

그리고 지금은 그가 여기에 와 있다고, 피에르가 말했다.

"여기에요?" 가이가 물었다.

"네." 피에르가 말했다. "어떤 사업가를 죽여야 하거든요. 이번 경우는 조금 묘해요. 무슨 범죄와 연루된 일이 아니라서. 그보다는…… 개인적인 일이죠."

"그게 당신하고는 무슨 상관입니까?" 가이가 물었다.

"이 모든 사람이 정확한 순간에 죽도록 한 사람이 누구였을까요?" 피에르가 물었다.

"설마요."

"농담 아닙니다." 피에르가 말했다.

"하지만 왜요? 이유가 뭡니까?"

"알베르토는 앞으로 15년 후, 테러 조직을 물리치는 아주 중요한 역할을 해야 합니다." 피에르가 말했다. "그 조직을 무찌를 결정을 내릴 수 있는 자리에 이르도록, 우리가 알베르토를 제대로 키워야 해요."

"그래서 그 모든 사람이 살해당하고 있다는 겁니까?"

"그게 재미있는 부분이죠." 피에르가 말했다. "알베르토가 죽여야 했던 사람들은 어쨌거나 죽을 운명이었습니다. 돈 구스타보, 자금책—그 모든 사람이 말이죠. 내가 제작해야 했던 우연은 그 사람을 대상으로 **살인 청부**가 이루어지게 하는 거였습니다. 그러니까, 적당한 사람을 찾아서 어쨌든 죽기로 예정된 사람을 죽이고 싶어 하도록 만들어야 했다는 거예요."

"복잡한 얘기 같네요."

"네." 피에르가 말했다. "하지만 현재 일어나야 할 사건을 다루기보다는 그런 식의 복잡한 문제를 처리하는 게 더 좋더군요."

"무슨 말입니까?"

"지금 알베르토가 살해하려는 사업가는 사실 곧 죽을 예정이 아니거든요."

"당신이 계획한 암살이 아니라는 건가요?"

"네. 이번 건은 진짜 암살입니다." 피에르가 말했다.

"그럼 이제 어떻게 되는 겁니까?"

피에르는 슬프게 고개를 저었다. "흐름을 깨지 않으려면, 그 자를 죽음에 이르게 할 만한 우연을 준비해야 합니다. 그것도 다른 모든 사건과 비슷하게 보이도록, 딱 맞는 시간에 죽여야 하죠. 윗분들한테도 얘기해뒀습니다. 필요한 승인은 모두 떨어졌고요."

"그럼 저한테 해달라는 게……."

"당신은 그 일이 일어나도록, 그 사람을 특정한 시간에 특정한 장소로 데려와야 합니다."

"단순한 타이밍 임무 때문에 저를 찾아오셨다고요?"

"그런 셈이죠, 맞습니다."

"왜 직접 하지 않으시고요?"

"설명하기가 좀 복잡하네요." 피에르가 말했다. "그 시간에 제가 준비해야 하는 다른 일들이 좀 있어서요."

"하지만 왜 하필 접니까?"

피에르는 바지에서 보이지 않는 먼지를 털어내며 가이의 시선을 피했다. "당신이 아는 사람이 표적이거든요." 그가 말했다. "예전에 당신이 그 사람 상상 속 친구였어요. 난 그 관계를 활용할 수 있을 거라고 생각하고요."

가이는 침을 삼키며 무심한 듯 미소 지으려 했다.

"누군데요?" 그가 물었다.

"당신은 그 사람을 마이클이라는 이름으로 알고 있지요." 피에르가 말했다.

가이의 등에 살짝 소름이 끼쳤다. 마이클. 가이가 커샌드라를 만난 건 마이클 덕분이었다.

15

화요일이었다.

마이클은 초록색 장난감 병정 둘을 데리고, 그다지 군사적이지는 않은 속성—하늘을 가르며 날아가는 능력이라거나, 유독 오랫동안 땅에 머리를 처박고 있는 능력 같은 속성—을 그들에게 부여하며 공원에서 놀고 있었다. 가이는 팔짱을 끼고 다리를 꼰 채 그의 옆 벤치에 앉아 딴생각을 하고 있었다. 가끔 마이클이 상상하는 가이는 그냥 가만히 앉아 있는 모습이었다.

두 병정이 서로를 쫓기 시작했지만, 가이는 누가 쫓고 있고 누가 쫓기고 있는 건지 알 수가 없었다—그게 딱히 중요한 건 아니었지만 말이다. 하지만 마이클이 이 놀이에 심취해 영웅들이 낼 법한 다양한 소리를 내며 멀어져가기 시작하자, 가이는 그를 부르며 너무 멀리 가지는 말라고 말했다.

너무 멀리 가버린 아이는 상상 속 친구가 존재한다는 걸 잊는다. 상상 속 친구가 존재한다는 걸 아이가 잊어버린다는 말은, 상상 속 친구가 더는 존재하지 않게 된다는 뜻이다.

가이는 사실 이곳에 좀 더 오래 앉아 있고 싶었다. 그는 며칠 동안 존재를 경험하지 못한 터였다. 그도 얼마간은 자기 자신을 갈망했다.

게다가 그는 마이클을 지켜보고 싶었다. 그가 찻길로 나가지 않게 하고 싶었다. 최소한 가이가 스스로에게 한 말은 그랬다.

한 소녀와 한 여자가 그의 시야에 들어왔다.

소녀는 덩치가 작고 금발이었으며, 긴 머리카락이 거의 허리에 닿았다. 테가 두꺼운 보라색 안경이 빨간 줄로 머리 뒤에 묶여 있었다. 여자는 키가 크고 우아했다. 한 줄기로 길게 땋아 늘인 빨간 머리카락이 그녀의 머리를 왕관처럼 덮고 있었다. 애정을 담은 그녀의 눈이 여자아이를 좇았다.

그들은 그리 멀지 않은 맞은편 벤치에 앉아 있었지만, 물론 그를 보지는 못했다.

가이는 여자를 다시 보았다. 그녀의 움직임에서 보이는 무언가가 그의 마음을 끌어당겼다. 머릿속에 어떤 생각이 스멀스멀 기어들었다. 넓은 의미에서, 자기가 뭘 하는지 제대로 알고 하는 것처럼 보이는 사람을 만나는 일이란 얼마나 드문가. 세상에는 그저 공간을 차지하기 위해서, 자기가 뭔가를 정말로 바꾸고 있다는 느낌을 받기 위해서만 몸을 움직이는 사람들이 너무 많았다. 그들은 손을 흔들고, 고개를 젓고, 불안하게 다리를 떨었다. 만일 움직임에서 소리가 난다면, 사람들 대부분은 자기가 존재한다는 걸 과시하겠다는 이유만으로 주변에 얼마나 많은 소음을 만들어낼까? 반면 그녀에게는 진정성이 있었다—벤치에 앉아 있는 자세, 오른쪽으로 고개를 기울이고 여자아이를 바라보는 모습. 그녀는 빨간색과 흰색 옷을 걸치고 있었지만, 그 옷이 그녀의 정체성을 감추지는 못했다. 왜 모든 사람이 저렇게 느긋할 수는 없는 걸까?

"옷이 멋지네요." 가이가 말했다.

물론, 그녀는 그를 알아보지 못했다. 이제까지 살아오면서 가이는 한 번도 그 점이 거슬리지 않았다. 그는 사람들에게 말을 걸고, 이런저런 이야기를 하고, 생각을 나누곤 했다. 그들이 가이를 상상하는 어린아이가 아니더라도, 그들이 가이를 보거나 들을 가능성이 전혀 없더라도.

"제가 여기 있는 줄 모르신다는 건 아는데요." 가이가 말했다. "하지만 혹시 모르잖아요? 어떤 신비한 방법으로 제 말이 어떻게든 당신에게 영향을 미칠 수도 있죠. 아닐 수도 있고. 사실 그건 중요하지 않아요. 제정신으로 지내려면 가끔은 귀 기울이지 않는 사람에게라도 말을 건네야 하거든요."

소녀는 아주 멋진 인형 옷을 입은 인형 두 개를 가지고 놀며 벤치 아래에 앉아 있었다. 이따금 인형을 들어 올리고 벤치에 앉은 여자에게 뭔가 말하기도 했다. 여자는 미소 지으며 고개를 끄덕이고 뭐라고 대답해주었다.

원한다면, 가이는 그들이 무슨 말을 하는지 들을 수 있었다. 거리가 가까웠다. 하지만 그게 무슨 의미가 있겠는가?

"저는 존이에요." 그가 말했다. "최소한, 지금은 존이에요. 한 시간 뒤에는 프랑수아가 됐다가 칭기즈칸이 되고, 내일은 모트케라는 화가가 되겠죠. 좀 헷갈릴지 모르겠지만, 이 직업을 가지려면 필요한 일이에요. 난 누가 되어달라고 부탁하는 존재를 비추는 거울이거든요. 그럴 수밖에 없잖아요? 내 이름, 성격, 욕망—모든 것이 다른 사람을 외로움에서 건져주기 위해 고안된 건데요.

"아마 당신은 제 말을 영영 이해 못 하시겠죠." 그는 앞으로 약간 몸을 숙이고서 아무것도 모르는, 나무 위를 바라보는 여왕에게 좀 더 다가갔다. "당신은 스스로를 참 잘 아는 것 같네요. 난 당신 같은 사람이 부러워요. 뭐, 사실은 거의 모든 사람을 부러워하죠. 당신은 다른 사람이 써준 각본에 숨지 않고도 당신의 인생을 살고 있잖아요. 저기 저 남자애 보여요? 저 녀석은 이리 다가오는 순간부터 저한테 관심을 기울이지 않고는 못 배길 거예요. 그럼 난 다시 완전히 존이 되어야 하죠. 당신과 이야기할 수 없다는 거예요—아니, 당신한테 말을 걸 수 없다고 해야 하나. 난 다시, 완전한 저 아이의 것이 될 테니까요.

난 나처럼 행동하는 평범한 인간들을 너무 많이 봤어요. 그 사람들은 부럽지 않아요. 그 사람들은 나보다도 상황이 나쁘죠. 최소한 나는 한 번에 한 개씩만 가면을 쓰면 되니까요. 나를 상상하는 사람만 날 볼 수 있잖아요. 하지만 그 사람들은 다른 모든 사람의 상상 속 친구 노릇을 하려고 들어요. 자신을 보는 모든 사람이 씌워준 가면으로 얼굴을 가리고 있다가, 언젠가는 모든 사람이 보고 싶어 하는 사람이 되는 거예요. 진정으로 존재하지는 않는 사람 말이죠.

하지만 당신은 달라요. 내 눈엔 보여요. 당신은 당신 모습 그대로예요. 당신 같은 사람들은 참 드물어요. 당신이 얼마나 행운아인지 알았으면 좋겠네요. 당신은 달라요." 가이는 벤치에서 일어나 주머니에 두 손을 질러 넣고 땅바닥을 내려다보며 조금 더 가까이 갔다. "그리고 아름답기도 해요, 내가 이렇게 말해도 될지 모르겠지만요."

"아무튼, 당신도 외로움을 느낄 때가 있고 당신처럼 외로운 누군가를 상상하고 싶다면, 기꺼이 내가 당신 앞에 나타나서 당신을 더 알아가도록 할게요. 뭐랄까, 다른 사람의 상상력의 산물이 된다는 것도 그리 나쁘진 않거든요. 예를 들면 이런 것도 할 수 있고."

그는 주머니에서 양손을 꺼내 앞으로 뻗었다. "짜잔!" 그가 말했다.

불로 이루어진 작은 공 세 개가 허공에서 나타났고, 그는 그 공을 가지고 저글링을 하기 시작했다.

"이건 배우기가 아주 쉬워요." 그는 공에서 눈을 떼지 않고 말했다. "첫 번째 원칙은 자기 손을 보면 안 된다는 거예요. 허공의 공을 쫓아가면서, 어떻게 잡는지는 보지 않도록 노력해야 해요. 네 개로도 할 수 있어요."—네 번째 공이 나타났다—"개수는 상관없어요. 물론, 불도 붙일 수 있다는 건 상상 속 친구만 누릴 수 있는 괜찮은 특권이지만요. 나머지는 전부 그냥 배워서 익힌 기술이에요. 내 생각엔 그래요. 배웠던 기억은 물론 안 나지만요. 하지만 당신 입장에서 보면, 이런 기술을 배워서 익혀야 한다는 건 확실하죠."

가이는 계속해서 좀 더 저글링을 하다가, 불 공에서 솟아난 희미한 연기의 나선 때문인지 그의 내면을 갉아먹고 있는 다른 이유 때문인지 모를 눈물이 눈가에 괴는 것을 느꼈다. 불 공이 꺼지고 허공에서 사라졌다. 두 손이 양옆으로 축 처졌다.

"그게 다예요." 가이는 부끄러워 고개를 숙이며 조용히 말했다. 이렇게 혼잣말을 하다니 얼마나 멍청한 일인가. 그는 고개를 들었다. 여자아이는 여전히 풀밭에서 인형을 가지고 놀며 조용한 티파티를 지휘하고 있었다. 그리고 그 멋진 여자는 벤치에 앉아 그를 보고 있었다.

그러니까, 똑바로.

가이는 일순간 얼어붙는 느낌이 들었다. 그의 두 눈이 그녀의 두 눈을 바라보았다.

가이는 그녀가 자기 쪽을 바라본 것이 그저 우연일 뿐이라고 믿으며, 일어나 떠나려 했다. 바로 그때 그녀가 말했다. "왜 그만해요? 정말 아름다웠는데."

몇 초가 흘렀지만, 가이는 여전히 입을 열 수 없었다. 마이클은 조금 멀리 떨어져 있었다. 부탁이니까, 지금은 날 계속 상상해줘. 지금만은 멈추지 말아줘. 가이는 생각했다.

"내가…… 내가 보여요?" 그가 물었다.

"네." 그녀가 미소 지으며 고개를 끄덕였다. "그쪽도 내가 보이나 보네요."

"이건 정말……."

"놀랍죠." 그녀가 말했다. "당신이 나한테 말을 걸기 시작했을 때는 어떻게 대답해야 할지 몰랐어요."

"하지만 왜……?"

"난 커샌드라예요." 그녀는 그렇게 말하며, 옆에서 놀고 있는 여자아이를 가리켰다. "이쪽은 내털리고요. 절 상상하는 아이예요."

"정말로, 이건…… 이럴 거라고는……."

"네, 저도요." 커샌드라가 말했다. "하지만 우린 서로를 볼 수 있나 보네요."

그들은 몇 초 동안 침묵을 지켰고, 커샌드라가 마침내 물었다. "여긴 자주 와요? 저 아이랑."

"그렇게 자주는 안 와요." 가이가 말했다. "보통 마이클은 자기 방에서 노는 걸 더 좋아하거든요."

"당신이 좀 더 자주 와주면 참 좋겠네요." 커샌드라가 말했다. "그럼 아이들도 자기들끼리 놀고, 우린 서로 잠깐 얘기를 나눌 수 있을 텐데요."

"그러게요." 가이가 말했다. "제가 마이클을 설득해볼게요. 할 수 있다면요."

"좋아요." 커샌드라가 미소 지었다. 가이의 살갗에 전율이 일었다.

그는 그렇게 커샌드라를 만났다.

"그건 그렇고, 난 존이에요." 그가 말했다.

"알아요. 아까 말했으니까."

"그러네요." 가이는 마이클이 머릿속에서 그를 완전히 지워 버리기 전에 간신히 그렇게 말하고, 사라졌다.

16

에밀리는 그때까지도 침대에 누워, 창문에서 들어와 천천히 천장으로 방향을 바꿔가는 네모난 빛을 바라보고 있었다.

왜 아직 누워 있는 거지?

거의 열 시간 동안 침대에 누워 있고 난 지금, 그녀가 계속 누워 있는 것은 과연 우울해서일까? 아니면 눈을 뜨고 침대에 누워 있는 것이 바로 우울한 사람들이 하기 마련인 행동이며, 그녀가 자신은 우울하다고 확신하고 있기 때문일까?

그럼 다음 단계는 뭘까? 술 마시기? 발코니에 서서 시뻘게진 눈으로 이 도시의 지붕들을 내려다보며 줄담배 피우기? 내적 욕구 때문에 하게 된 행위와, 우리의 감정을 정의하는 데 도움을 주는 이런저런 의례의 한 가지 형태일 뿐인 행위는 어디서부터 구분되는 걸까?

결혼식에서 정말로 우는 사람, 답답해 소리를 지르는 사람,

머리를 뒤로 젖히면서 웃는 사람, 입을 맞출 때 연인의 얼굴을 감싸쥐는 사람 중 내면의 무언가가 시켜서 어쩔 수 없이 그런 행동을 하는 사람은 몇 명이나 되며, 그냥 그런 행동을 해야겠거니 하는 생각에 하는 사람은 몇 명이나 될까?

에밀리는 돌아누워 침대 옆 시계를 보았다. 이런 생각까지 드는 걸 보니 정말 극복했나 보다고, 그녀는 혼자 생각했다. 이젠 핑곗거리가 없었다.

가자, 일어나.

세수하던 중, 에밀리는 전날 밤의 극적인 몸짓을 떠올리면서 혼자 미소를 지을 뻔했다. 가이가 자신을 원하지 않으며 앞으로도 원하지 않으리라는 걸 깨달았음을 확신한 후의, 카타르시스가 느껴지는 통곡. 힘 풀린 다리. 자기연민에 빠져 인도에 주저앉았던 일. 옷도 갈아입지 않고, 내일이 올 이유는 전혀 없다고 느끼며 오래도록 침대에 처박혀 있던 일.

뭔가 하나를 꼭 집어 인생에서 우리를 움직이게 하는 이유로 바꿔놓고, 그게 없으면 아무 의미도 없다고 믿어버릴 수 있다니 이상한 일이라고, 에밀리는 생각했다. 그것과 반대되는 생각에 아주 빠르게 적응할 수 있다는 건 더 이상한 일이었고.

에밀리는 세면대에 기대 있다가 목이 막히는 걸 느꼈다. 눈물이 밖으로 흘러나올 적절한 때를 기다리고 있다가 눈으로 차올랐다. 그녀는 눈물을 삼키고 심호흡했다. 그래, 그래, 목막힐 것 같은 기분은 진짜야. 그녀의 뇌 일부분은 여전히 그 생각을 하고 있었다. 이건 전혀 형식적인 게 아냐.

이럴 계획은 아니었다. 에밀리는 그런 상황이, 그러니까 마음속에서 가이를 정말로 포기하는 상황이 가능할 거라고 생각하지 못했다. 그런데 그런 일이 벌어지고 있었다. 그녀는 낯선 영역에, 공기의 색깔이 약간 다르고 빛이 조금은 다른 속도로 움직이는 공간에 있었다. 심장이 익숙하지 않은 속도로 뛰었다. 가이는 더 이상 그녀의 것이 아니었다.

아냐, 아냐. 이러려던 게 아냐.

에밀리가 계획했던 건 성공이었다. 모든 것이 제대로 돌아가도록 계획을 세웠다.

어제 저녁만이 아니라 평소에도 그랬다. 에밀리의 인생은 다른 방향으로 흘러가야 하는 게 아니었나?

지금 목이 막히는 건 정말이지 왜일까? 진짜로 포기하려 한다는 생각 때문일까? 아니면 일이 계획대로 되지 않은 이런 상황이 그녀 같은 통제광에게는 견디기 힘든 것이기 때문일까?

어쩌면 담배를 피우며 이 도시의 지붕들을 내려다보는 것도 그렇게 끔찍한 생각은 아닐지 몰랐다. 에밀리는 거울 속 자신을 바라보았다. 검은 페인트 한 통을 가져다가 저쪽 방의 벽 전체에 끼얹어버리고 싶은 충동이 몸을 휩쓸었다. 에밀리는 가이와 자신을 엮어보려던 그 한심한 시도를 덮어버리고 싶었다. 모든 것을, 전부 지워버리고 싶었다. 꿈꾸는 능력 자체를 제거하고 싶었다.

세수로는 부족했다. 모든 것을 씻어내야 했다.

그날 남은 시간을 맞을 준비를 조금이나마 더 하고 나서야 에밀리는 수건을 두르고 샤워실에서 나왔다. 현관문 옆에 봉투가 기다리고 있었다.

거의 무의식적으로, 그녀는 즉시 방 쪽으로 방향을 바꿔 옷을 갖춰 입고 자신에게 몇 분을 더 온전히 준 뒤에야 현실 세계로 돌아가야만 하는 상황, 그녀가 해야만 하는 진짜 '일'이 있는 상황을 돌아보았다.

새로운 봉투의 의미는 한 가지뿐이었다. 그녀가 담당했던 회계사가 시를 쓰기 시작한 것이다.

에밀리가 지난 24시간 동안 별 특별한 일을 하지 않았다는 점을 생각하면 좀 이상했다. 어쩌면 그녀가 앞서 했던 모든 행동 중 일부가 마침내 그에게 효과를 일으킨 걸지 몰랐다.

에밀리는 그것도 유효한 우연 제작 기술이라는 걸 알고 있었다. 그런 식으로 임무에 접근할 때는, 사소한 사건을 다양한 빈도로 일으키게 된다. 단, 그 목적은 변화가 일어나는 특정한 순간을 위한 게 아니었다. 대신 표면적으로 보이지 않는 지속적인 흐름을 만들어냄으로써, 조용하고도 거의 인지할 수 없는 효과를 일으켜야 했다.

이런 우연은 대부분의 우연보다 질이 높고 우아한 것, 대체로 3급 우연에 적당한 것으로 간주됐다. 에릭은 이런 우연을 만들어내는 데 성공할 때마다 자랑스러워했다. 그는 이런 우연을 '추적 불가능한' 우연이라고 불렀다. 마치 발신자 표시 금지 전화를 걸어 그 우연을 실행한 것처럼 말이다. 고객으로서는 수십 가지, 때로는 수백 가지 사건이 점차 자신의 인생을 바꾸어놓았다는 사실을 깨닫기가 대단히 어려웠다.

하지만 그건 확실히 에밀리의 방식이 아니었다. 아직은.

어쩌면, 잠깐 자리에 앉아 자신이 한 일을 분석함으로써 미래에 이 기술을 더 잘 활용할 방법을 알아봐야 하는 걸지도 몰랐다.

에밀리는 전날 저녁의 끔찍한 우연에 대해서는 하나도 생각하지 않으려고 애썼다.

다이어그램이 여전히 주변 벽에 그려져 있었다. 원과 선, 그리고 영상 장치, 산악인, 포춘 쿠키에 관한 간략한 목록들……. 그녀는 애써 눈을 돌렸다. 인생이란 그런 것이다. 에밀리가 여러 달에 걸쳐 작업했던 우연은 알고 보니 한심한 구애 시도였고, 그녀가 포기했던 우연은 눈치도 못 채는 사이 알아서 일어났다.

그리고 이제는 새 봉투를 열어봐야 했다.

에밀리는 침대에 앉아 봉투에 들어 있던 종이를 꺼내며, 앞으로 할 일에 관한 계획을 머릿속에서 세워보았다. 지금 그녀에게 필요한 게 바로 이거였다. 현실로 돌아오는 데 도움을 줄, 새롭고 분명한 임무. 가이의 얼굴이 새겨져 있던 모든 순간과 공간을 씻어낼 넘쳐나는 활동.

이번에 제작할 우연은 단순한 타이밍 임무인 듯했다.

누군가가 심장마비를 겪을 예정이었다. 에밀리는 의사가 그 지역에 있도록 준비해야 했다. 임무 내용이 그게 전부였다면 이 임무는 수업 중의 연습 활동에나 어울렸을 것이다. 하지만 물론, 진짜 임무에는 언제나 복잡한 문제들이 포함되기 마련이었다.

표적은 비행기에서 심장마비를 겪어야 했다. 목적지는 어디든 상관없다고 적혀 있었다. 의사도 같은 비행기에 타고 있어야 했다. 물론, 두 고객 중 누구도 가까운 시일 내에 비행기를 탈 계획은 없었다. 심장마비가 일어나도록 예정된 바로 그 순간에 비행기를 탈 계획은 더더욱 아니었고.

에밀리는 어떤 식으로든 둘이 탈 비행기를 마련해야 했다.

그것만으로도 벅찬데, 의사는 비행공포증이 있었다. 다른 의사여도 될까? 에밀리는 페이지를 넘기기도 전에 답을 알고 있었다. 당연히 안 되지.

쉽지 않을 것 같았다.

왜 하필 비행기에서지?

에릭이라면, 극적인 효과를 내기 위해서라고 말했을 것이다. 누가 물어보면, 에릭은 이 우연의 목표는 심장마비 환자를 구하는 것이 아닌 게 분명하다고 말했을 것이다. 이 일에는 결과가 따를 것이고, 결과의 결과가 따를 거라고—의식의 변화가 일어날 거라고. 이 모든 일은, 사람이 다른 사람의 목숨을 구하려는 장면을 목격하고 무언가를 느껴야 하는 다른 승객을 위해 설계된 거야. 그게 에릭이 아무 근거 없이 할 법한 주장이었다.

에릭은 모든 것에 대해 가설을 세우곤 했다. 15년 동안 한 번도 본 적 없는 사람이, 그 사람 얘기를 하고 있는 순간에 정확히 식당에 들어오도록 만들어야 할 이유가 뭐겠어? 일반적으로 말해서, 그저 이상한 기분이 들게 할 뿐이지 별 차이를 만들어내지 못하는 우연을 굳이 제작하는 이유는 뭐겠느냐고. 에릭은 어느 날 수업이 끝나고 나서, 보드카 다섯 잔을 마신 뒤에 자기 가설을 늘어놓았다.

“이렇게 생각해봐.” 그는 필요 이상으로 좀 거창한 손짓을 하며 말했다. “세상 모든 사람이 길게 늘어서서, 무슨 자 위에 서 있는 것처럼 있다고 해보자고. 제일 왼쪽에—그러니까, 저쪽에—는 모든 것이 완전히 우연이라고 정말로 생각하는 사람들이 있어. 그 무엇도 의미가 없고, 의미를 찾거나 의미가 있냐는 물음을 던지는 건 소용없는 짓이라고 생각하는 거지. 인생이란, 실제로는 누구도 던지지 않은 우주의 주사위가 던져진 결과고 그런 식으로 일이 돌아가도 괜찮다고 말이야. 그리고 반대쪽 끝에는 모든 것에, 그야말로 모든 것에 이유가 있다고 생각하는 사람들이 있어. 이 모든 일을 마련하는 누군가, 혹은 뭔가가 있고, 지금 내 신경을 긁는 이 메스꺼움을 포함해 그 어떤 일도 아무렇게나 벌어지는 건 아니라고 생각하는 사람들이지.

이렇게 양극단에 서 있는 사람들이 세상에서 가장 행복한 사람들이야. 어느 쪽이든 간에. 왜인 줄 알아? 그 사람들은 이유를 따지지 않거든. 절대로. 한 번도. 그래 봐야 의미가 없지. 해답이 없다고 믿거나, 다른 누군가가 그 답을 책임지고 있는 만큼 자기가 신경 쓸 바 아니라고 믿으니까. 하지만 이런 사람들은 전체 인구의 1,000분의 1도 안 돼. 사람들은 대부분 그 사이 어딘가에 서 있어. 아니, 서 있는 건 아니다. 나아가니까. 움직이니까. 이쪽이든 저쪽이든 계속 움직인다는 거야. 자기가 어느 한쪽에 속한다고 생각하지만, 어쨌든 가끔은 그 이유가 뭘지 자문하지. 이유야 어쨌든 그 질문을 놓아버리면 행복해질 거라는 사실을 절대 이해하지 못해.

그래서 이런 의미 없는 우연들이 있는 거야. 사람들은 이런 우연을 마주칠 때마다 자 위에서 조금씩 이동하지. 이쪽으로든, 저쪽으로든. 어떨 때는 움직이기가 힘들 수도 있어. 손톱으로 칠판을 긁는 것처럼 말이야. 아니면, 갓 태어난 아기의 손길처럼 기분 좋을 수도 있고. 그래서 우리가 이걸, 이런 우연을 일으키는 거야. 사람들이 자 위에서 움직일 수 있게. 이런 자 위에서의 움직임이 삶이라는 거거든. 원래 그런 거야. 중요한 건 움직이는 거라고. 아무튼, 지금은 거기 그릇에서 올리브 좀 줘. 내가 씨앗으로 바에 있는 여자애 머리를 정통으로 맞춰볼 테니까. 한번 봐봐."

지금 에밀리는 계산에 몰두해 있었다. 인연 맺기 임무도 아닌데 표적이, 고객이 둘인 임무는 처음 받아보았다. 그녀는 둘 모두의 의식 속에 변화를 일으키기 위해 두 갈래의 우연들을 발전시켜야 했다. 둘 중 한 명에게는 사업상 출장이나 가족 모임을 만들어주고, 다른 한 명에게는 명망 있는 학회 참석 기회를 만들어줘야 할지도 몰랐다. 그리고 의사의 비행공포증을 어떻게든 처리해야 했다. 어떻게든.

에밀리는 얇은 소책자들을 침대에 펼쳐놓았다. 상황을 설명하는 책자 한 권, '환자'의 신상명세를 담고 있는 책자 한 권, 의사에 대한 것 한 권, 발생 가능한 우연에 대한 제한 사항,(특별할 건 없었다—심지어 둘이 비행기의 같은 구역에 앉아도 괜찮았다. 단, 왠지는 몰라도 같은 브랜드의 신발을 신으면 안 됐다.) 장소와 일시에 대한 약간의 배경 지식이 담긴 책자들…….

봉투 안에서 다른 서류를 발견했을 때, 에밀리는 잠깐 심장이 멎는 듯했다.

전에 본 적이 없어서가 아니었다. 다만, 그 서류에 눈이 닿는 순간 머릿속에 떠오른 생각이 놀라웠다. 잠깐, 아주 잠깐, 그 서류는 에밀리 자신과 관계된 것으로 보였다.

모든 봉투에는, 모든 소책자 다음으로, 마지막에 사직서가 들어 있었다.

우연 제작자의 개인 정보, 일반적인 사직 사유 몇 가지, 그리고 서명하는 자리. 어느 단계에서든 그만둘 수 있는 선택지가 있는 셈이었다.

보통 에밀리는 이 종이를 봉투에서 꺼내지도 않았다. 그걸 꺼내는 사람은 아무도 없었다. 우연 제작자는 사직할 수 있는 직업이 아니었다—우연 제작자란 그녀의 존재 자체, 지금 이 순간 그녀의 본질이었다. 사직서에 서명한 다음 무슨 일이 일어나는지 아는 사람이 아무도 없다는 사실 또한 사직에 대한 일반적인 거부감에 일조했다. 자기가 원해서 사직서에 서명하고 일을 그만둔 우연 제작자는 단 두 명뿐이었다. 이후 그들에게 어떤 일이 일어났는지 에밀리는 전혀 모르고 있었다. 그녀에게는 사직이 선택지였던 적이 한 번도 없었다.

지금까지는 그랬지. 에밀리는 문득 깨달았다. 그녀는 침대 가장자리에 놓여 있는 서류를 다시 보고, 사직한다는 생각이 머릿속에서 자라난 지 꽤 오래됐다는 걸 깨달았다. 지금은, 오늘은 그 생각이 골칫거리가 될 만큼 자라나 있었다.

에밀리는 발로 사직서를 침대 가장자리에서 밀어 떨어뜨렸다.

심장마비 사건을 준비해야 했다.

몇 블록 떨어진 곳에서는 어떤 평범한 사람이 거리를 걷고 있었다.

그건—평범하다는 건—그의 수많은 능력 중 하나였다.

그는 이 능력에 수반되는 힘을 이미 오래전에 깨달았다. 너무 많은 사람들이 달라지려고, 특별해지려고 서로 꼬리 물기를 하는 세상에서 군중 속에 섞여 들어가 평범해지는 데에는 정말로 드문 능력이 필요했다. 주로 필요한 건 엄청난 의지력이었다. 그는 어느 모로 보나 평범하지 않았으니까.

한편으로 그는 평범해지는 일이 별로 마음에 들지 않았다. 그는 모든 것의 중심에, 피라미드 꼭대기에 있고 싶었다. 파티의 인기인이 되고 싶었다.

그는 아주 다채로운 사람이었다. 최소한 그는 그렇게 생각했다.

그처럼 다채로운 사람에게는 평범한 척하는 게 특히 더 어려웠다. 그는 세상에 선보일 특별한 것들을 너무 많이 갖고 있었다.

하지만 지금 그는 평범했고, 누구의 관심도 끌지 않은 채 거리를 걷고 있었다.

거리에서 그를 스쳐 지나간 사람에게 누군가 "어느 어느 때 지나간 키 큰 남자를 보셨나요?"라고 묻는다면, 그들은 어깨를 으쓱하고 "아뇨, 못 봤는데요. 무슨 얘기하시는 건지 전혀 모르겠어요."라고 말할 가능성이 컸다.

만일 그 누군가가 "혹시 여기에, 뭘 기다리는 것처럼 저 가로등에 한 시간 동안 기대고 서 있던 남자 있지 않았나요?"라고 물으면, 그들은 "가로등에 기대 서 있는 사람한테 하나하나 관심을 기울이진 않죠."라고 말할 터였다. 고집스럽게 "하지만 거의 한 시간이나 그 자리에 있었는데요. 그러는 내내 저 창문을 올려다보고 있었고요."라고 말한대도 그들은 "부탁인데, 저 좀 내버려두세요. 네? 특별한 건 전혀 못 봤다고요." 같은 얘기를 할 터였다.

평범하게 보인다는 건, 투명인간이 되는 것에 가장 가까운 일이었다.

아주 오래된 빙하처럼 인내심을 발휘하면서, 그는 가로등에 기대 에밀리네 집 창문을 한 번 더 힐끗 보았다. 너무 오래 기다릴 필요는 없을 터였다.

타이밍을 잘 맞춘다는 것—그것도 그의 중요한 능력 중 하나였다.

네모난 햇살이 반대편 벽에 거의 다다랐다.

에밀리는 5분도 채 기다리지 못하고, 침대 가장자리 너머에 도사리고 있는 반짝거리는 서류 귀퉁이를 엿보았다. 작은 삼각형 종이는 그녀가 생각했던 것보다 훨씬 매력적이었다. 그냥 바닥에 걷어차버리지 말고 쓰레기통에 넣었어야 했는데. 종이가 계속 그녀를 쳐다보았다.

뭐, 안 될 것 없지. 에밀리는 그렇게 생각했다가, 다시 정신을 차리고 다음 임무에 대한 생각으로 돌아가려 애썼다. 그런

다고 도움이 된 건 아니었지만. 명상 수업을 처음 듣는 신입생이 된 것처럼 그녀는 자신의 생각을 완전히 통제할 수 없다는 걸 깨달았다. 자꾸만 또 자꾸만, 그녀는 침대 아래에 놓여 있는 사직서를 생각하고 싶다는 유혹을 느꼈다. 자꾸만 또 자꾸만, 그 종이에 인생을 완전히 바꿀 기회가 있다는 기분이 들었다.

자꾸만 또 자꾸만, 더는 이곳에 남아 있을 이유가 없다는 생각이 머릿속을 가로질렀다.

네가 정말 원하는 게 뭐야? 에밀리는 자문했다. 네가 사랑하는 사람은 네 안에서는 도저히 보이지 않는 뭔가를 찾겠다며 네 눈앞을 뛰어다니고 있는데, 알지도 못하는 사람들을 위해 우연을 만드느라 인생을 허비할 생각인 거야? 아니, 이런 식으로 마음이 쪼개져 있는데 얼마나 버틸 수 있겠어? 모든 걸 알면서 한마디 말은 못 하고, 맨발로 칼날 위에서 춤을 추면서 아프지 않은 척 미소 짓겠다는 거야?

여기에—여기에 기회가 있잖아.

에밀리는 침대에 앉아 밖을 보았다. 이것보다는 훨씬 많은 것을 할 수 있었다. 다시 시작하면 됐다. 여기서는 더 얻을 게 없었다. 그렇다면, 잃을 게 아무것도 없는 곳으로 가지 않을 이유는 뭔가?

문득, 그녀는 자신이 울고 있다는 걸 깨달았다.

이건 어디서 나온 거야? 에밀리는 급히 두 손으로 얼굴을 가렸다. 피아노 독주회에 나온 작은 여자아이처럼.

더는 이러고 싶지 않았다. 끝없는 계산도, 이런 식의 추격전도 싫었다. 너무 뜨겁게 데운 수건처럼 살갗을 지져오는 이 타오르는 감정이 심장에 놓여 있는 것도 바라지 않았다.

그만, 그만, 그만.

기진맥진했다는 건 인정해도 괜찮잖아? 그리고 에밀리는, 자신이 더 이상 해피엔딩이나 "모든 게 잘될 거야." 같은 위로의 말을 믿지 않는다는 것도 인정할 수 있었다. 그치?

맞지?

에밀리는 새로워지고 싶었다. 깨끗해지고 싶었다. 거칠 것 없어지고 싶었다. 심지어 예전 모습으로 돌아가고 싶기까지 했다. 아마 사직서에 서명하면 그렇게 되는 걸지도 몰랐다. 누가 알겠는가.

잊게 될지도 몰라.

다시 시작하게 될지도 몰라.

누가 알겠어?

에밀리는 물론 강하고 낙관적이어야 했다. 하지만 지금은 그냥 달라지고 싶을 뿐이었다. 완전히 달라지고 싶었다.

그리고 '완전히 달라지는' 방법은 두 가지였다. 하나는 노력과 내적 설득을 통해 빠져나오는 것이었다. 벽에 찍힌 자국이 잔뜩 남아 있는 구덩이에서 오래도록 발버둥 치다가 기진맥진한 채 기어 나오는 방법. 아니면, 단 한 번의 서명으로 그 목표를 이루어내는 방법……. 이제는 더 쉬운 길을 선택하고 싶다는 걸 인정해도 되지 않을까?

그는 길이 끝나는 곳까지 잠깐 걸어갔다가 돌아왔다.

에밀리네 집 창문 아래에 너무 오래 서 있을 수는 없었다. 수상해 보일 테니까.

게다가 시간도 별로 없었다. 그는 그 사실을 알고 있었다.

그는 알맞은 순간을 기다리며 공기 냄새를 킁킁 맡았다.

햄버거가 먹고 싶었다.

하지만 그건 나중에 해도 되는 일이었다.

에밀리는 주방 식탁에 앉아 자기 인생에 대한 글을 썼다.

떠나게 된다면, 최소한 짧은 설명이라도 남겨야 했다.

에밀리가 자리에 앉아 줄줄이 빈 페이지를 채워나가는 동안 얼굴에서는 눈물이 말랐다. 글을 다 쓴 그녀는 떨리는 손으로 종이를 집어 들고, 자기가 쓴 글을 빠르게 읽었다. 이젠 모든 일이 빠르게 일어나야 했다, 생각이 바뀌기 전에. 다시 낙관적인 기분이 들기 전에. 반쯤만 우울한 사람들은 늘, 아무 방비도 되지 않았을 때 희망이 그들을 덮쳐와 모든 절망이 사라져버릴까 봐 걱정하곤 했다. 에밀리는 편지 여러 장을 접어 길고 흰 봉투에 집어넣었다.

봉투를 봉하자마자 에밀리는 봉투가 손 안에서 달아오르는 것을 느꼈다. 무슨 일이 일어나는 건지 깨닫기도 전에 편지에 확 불이 붙었다. 에밀리는 놀라 그것을 떨어뜨렸다. 편지는 바닥에 닿기도 전에 뜨거운 재로 변했다.

사실은 이런 일이 일어날 줄 알고 있었잖아?

세상에는 드러나서는 안 되는 비밀, 규칙에 어긋나는 일이라 이 세계가 폭로를 허락하지 않는 비밀들이 있었다. 그녀는 절대 그녀가 원하는 마무리를 짓지 못할 것이다. 이것도 발을 뺄 만한 이유였다.

에밀리는 그 어느 때보다도 확신에 찬 채 서둘러 침실로 가 바닥의 사직서를 집어 들었다.

그녀는 거실로 돌아가 내용을 채우기 시작했다. 이제는 자연스럽게 행동하는 걸까?

에밀리는 그 순간의 충동에 따라 결정을 내리고 있었다. 빠르고도 무책임한 결정이었다. 너무 멋졌다! 자연스러워졌다

—그 말은 그녀가 진짜라는 뜻 아닐까? 살아 있다는 뜻이 아닐까?

에밀리는 빠르게 사직서를 다 채웠다. 이제야 그녀는 생각을 다스릴 수 있게 됐다. 모든 신경이 재빨리 이 일을 해치우고 돌아보지 않는 데 집중되어 있었다. 종이 아랫부분의 정해진 공간에 서명을 하기 전에 생각할 시간이 4분의 1초쯤 있었지만, 그녀는 아래를 보지 않고 이 4분의 1초를 뛰어 넘어 서명을 마쳤다.

이제 그의 때가 왔다.

그 일이 일어나고 있었다.

케이크가 다 구워졌을 때 오븐에서 작은 종소리가 나는 것과 똑같았다. 이제부터는 정확하게 해야 했다. 그는 그녀의 집 쪽으로 가며, 주머니에 들어 있는 작은 철사를 만지작거렸다.

자물쇠를 따는 것도 또 다른 중요한 능력이었다. 아니, 사실 그건 능력이라기보다는 배워서 익힌 기술에 더 가까웠다.

종이에서 펜을 뗀 순간, 에밀리에게서는 급한 마음이 사라졌다.

그녀는 축 늘어진 채 등받이에 기대, 마음속에 차올랐던 긴장감이 흩어지도록 놔두었다. 그와 함께 눈앞의 종이도 점차 빛이 바래더니 허공으로 천천히 사라졌다. 한 번 깊이 숨을 쉬고, 또 쉰 뒤 그녀는 두려움에 눈을 떴다.

대체 내가 무슨 짓을 한 거지?

그녀는 소파에서 일어나려 했지만, 다리에 몸을 받칠 힘이 없다는 것만 알았을 뿐이었다.

바로 그 순간, 자기 파괴 충동이 제 역할을 마치고 그녀의 몸을 떠난 뒤에야, 그녀가 더는 공식적인 우연 제작자가 아니게 된 뒤에야, 에밀리는 눈앞에 나타난 전체적인 그림을 보았다. 이건 내 일생일대의 결정이었는데, 이런 식으로 내렸단 말이야?

숨쉬기가 힘겨워졌다. 공기가 탁해진 것만 같았다. 이건 내가 정말로 원했던 게 아냐. 에밀리는 혼잣말을 했다. 내가 그런 게 아냐. 절망에 빠진 사령관이 더는 그의 말을 들을 수 없게 된 조종사들에게 고함을 쳐댔다. "중지! 중지!"

에밀리는 서둘러 서명을 지우고 싶었지만, 종이는 더 이상 그곳에 없었고 우연 제작자로서의 그녀도 전혀 남아 있지 않았다. 남아 있는 것이라곤 전체적인 그림을 보고 이 지점까지 그녀를 이끌어온, 벼랑 끝에서 그녀를 밀어버리도록 연결되어 있던 모든 선을 알아볼 수 있는 능력뿐. 안 돼, 안 돼, 안 돼. 이럴 순 없어.

현관문 쪽에서 희미한 소리가 들려 그녀의 주의를 끌었다. 문이 열렸을 때, 에밀리는 미안하다는 듯한 미소를 짓고 문간에 서 있는 한 사람을 보았다. 그녀는 수업이 시작하고 얼마 되지 않았던 그 시절에 머릿속을 파고들었으나 한 번도 감히 물어본 적 없던 질문을 떠올렸다.

몸이 생기를 잃고 소파에 무너져 내리기 전에, 눈을 감기 전에, 마지막 단 한 번의 숨을 내쉰 바로 그 순간에, 에밀리는 만일 수업 도중에 감히 이 질문을 던졌다면 이 모든 일이 일어나지 않았을지 궁금해졌다.

"우연 제작자에게도 우연 제작자가 있나요?"

‘자유로운 선택, 경계선, 그리고 경험에 의한 법칙’ 수업 실습 교재 3부(인간의 경계선)에서 발췌

《‘또한’을 심는 방법》이라는 저서에서, 뮤리얼 패브릭은 대부분의 사람이 선택지를 고를 때 하는 실수 여섯 가지를 설명했다. 우연 제작자들은 고객들이 저지를 수 있는 실수로 어떤 것이 있는지 그려보고자 할 때 패브릭의 방법을 오랫동안 표준으로 활용해왔다.

자제. 패브릭에 따르면, 가장 흔한 실수는 그냥 아무것도 선택하지 않는 것이다. 이런 경우 고객은 감히 위험을 무릅쓰지도 않고, 그 어떤 기회도 이용하지 않으며, ‘현실’이 자기 대신 결정해주기를 바란다. 이런 실수는, 모든 선택은 대안을 제거하는 것이라는 사실에서 기인한다. ‘자제하는 고객’은 선택이 아니라 이렇게 제거되는 대안에 주목하며, 그러므로 수동적인 입장을 선택한다. 패브릭은 아무것도 하지 않겠다는 선택 역시 선택이나 그저 나쁜 선택일 뿐이라고 설명했다. (자제의 문제에 관한 추가적인 연구를 참고하고 싶다면 코헨의 책, 《뭐하러 끼어들어?—줏대 없는 고객들을 위한 우연 제작》을 보라.)

두려움. 패브릭이 한 여러 주장 중에는 올바른 선택이란 보통 가장 두려운 선택이라는 것도 있다. 그 선택이 꼭 가장 위험한 선택이어서가 아니라, 그런 선택을 하려면 용기를 좀 더 보태야 하기 때문이다. 대부분의 고객은 처음부터 이러나저러나 골랐을 법한 선택지—덜 두려운 선택, 혹은 익숙하며 현재의 신념이나 생각 패턴의 변화를 요구하지 않는 선택지—를 길고도 복잡한 숙고의 과정을 거쳐 궁극적으로 선택하는 편을 선호한다.

자기 망상. 몇몇 고객들은 올바른 선택이란 사실 좀 더 두려운 선택이라는 것을 알고 있다. 이런 두려움을 피하기 위해, 그들은 올바르지 않은 선택마저 두려워하다가 결국 그처럼 올바르지 않은 선택으로 이어지는 복잡한 자기기만 기제를 만들어낸다.(이때의 올바르지 않은 선택은 보통 아무것도 하지 않겠다는 결정이다. 첫 문단을 보라.) 학계에서는 이런 실수를 '잘못 짚은 용기' 혹은 MC Misplaced Courage라고도 부른다.

후회. 고객은 선택의 시점으로 계속해서 돌아와, 목적을 충족할 만한 선택지가 더 이상 없고 모든 선택이 틀린 선택이 될 때까지 그 선택을 다시 살펴보곤 한다. 마이클슨이 말한 '우연의 황금률' 중 첫 번째 규칙은 이 실수에서 유래한 것이다. "고객이 돌아가 고민하도록 내버려두지 말라. 고객이 B급 이상의 머저리인 경우에는 특히 그렇다."

선택지의 과잉. 수많은 고객은 자신들이 정말로 '선택하고' 있다는 확신을 하기 위해 최대한 많은 선택지를 마련하려 한다. 우연 제작자들도 가끔은 경우의 수가 크면 보람차고 더 나은 선택을 할 수 있다고 생각하는 오류를 범한다. 사실, 패브릭은 어느 한계를 넘어서면 가능성이 여러 가지라는 사실이 좋은 선택을 내릴 능력을 저해하며 도움이 되지 않는 데다가, 위에서 개략적으로 설명한 네 가지 실수 중 한 가지를 저지를 가능성을 유의미하게 상승시킨다고 주장했다.

독창성. 자신감이 부족하고 영향의 불안◆에 시달리는 고객들은 그저 독창적이거나 특별해 보인다는 이유만으로 특정한 가능성을 선택하는 경향이 있다. 패브릭이 수집한 자료에 따르면, 특별해지기 위해 내린 선택의 80퍼센트는 궁극적으로 '흔해 빠진 데다 멍청하고 재앙에 가까운' 선택으로 분류됐다.

우연을 제작할 때면, 기억하라. 우연 제작자가 고객의 자유의지에 영향을 끼치는 일은 금지되어 있으나, 발생할 가능성이 있는 실수를 미리 제거하는 일, 혹은 우연을 올바른 방향으로 이끌어가기 위해 표준적인 선택의 오류를 활용하는 일은 허용된다.

◆ '영향의 불안anxiety of influence'은 본디 문학비평가 해럴드 블룸이 제시한 개념으로, 작가들이 선대 작가들의 영향을 받을 수밖에 없다는 불안감을 극복하고자 벌이는 심리적 투쟁을 의미한다.

17

마이클은 사장실 책상 의자에 털썩 주저앉아 같은 문단을 세 번째로 읽어보려 애썼다. 그는 35층에 있는 자기 사무실에 앉아 가구에서 나는 떡갈나무 향을 들이마시고 있었다. 17세기 중반 네덜란드 화가들이 그린 유화가 그를 둘러싸고 있었다. 그러나 그는 여전히 일에 집중할 마음가짐을 갖기가 어려웠다.

이런 날이 가끔 있었다.

마이클은 겨울의 그날 이후로 이런 날을 너무도 많이 겪어왔다. 그는 읽던 서류를 책상에 던져놓고 의자에서 일어나, 등 뒤의 커다란 창문 쪽으로 돌아서 도시를 내다보았다.

처음에는 이런 날들과 맞서 싸우려 했다. 정확히 무엇 때문에 이렇게 자괴감이 드는 건지, 무엇 때문에 마음이 불편한 건지 이해해보려 했다. 밤에 꾸는 그 반복적인 꿈 때문일까? 아침에 일어나 집을 나설 때까지, 이번에도 아내가 그가 있는 쪽으로 돌아눕지 않았다는 사실 때문일까? 출근하다가 지나친 유모차 때문일까?

마이클은 그날의 균형을 흩뜨린 요인을 손가락으로 딱 짚어낼 수만 있다면, 그 일상적인 불만감을 쓸어내고 다시 효율적이고 빈틈없으며 카리스마 넘치는, 그가 되어야 하는 사업가의 모습이 될 수 있을 거라고 생각했다.

시간이 지나면서, 그는 이런 나날이 있으리라는 사실을 받아들이게 됐다.

아침에 일어나 가슴속에 커다란 구멍이 뚫려 있는 듯한 기분을 느끼는 나날들. 한때 그의 아내였던 사람의 유령 같은 모습을 삼켜버린 검은 구멍. 그들이 함께 깨어나던 아침이면 으레 느껴지던 낙관적인 기분까지 함께 삼켜버린 그 검은 구멍.

누군가 조용히 문을 노크했다.

문이 살짝 열리고 비서가 나타났다.

"마이클?" 그녀가 불렀다.

그는 뒤로 돌아, 미소 짓는 상사의 역할로 은근슬쩍 돌아갔다. "네, 비키?"

그는 비서들에게 자신을 부를 때 늘 이름으로 불러달라고 말했다. 사실, 모든 직원에게 그랬다.

"결재하실 서류가 몇 건 있어서요." 비키가 말했다.

"그래요." 마이클은 커다란 방을 가로질러 갔고, 비키는 문을 닫더니 그에게 서류 여러 장을 건넸다. 그는 건성으로 서류를 훑어보았다.

충동은 매번 강해졌다. 이번에 마이클은 비키가 평소보다도 가깝게 서 있다고 느꼈다.

그는 서류 한 장에 서명하고 다음 서류로 넘어가며, 거기에 적혀 있는 내용이 정말로 철저히 주의를 기울여야 하는 내용인 척했다. 그녀의 향기가 콧구멍을 가득 채웠다. 그는 둘 사이의 거리를, 그들이 서 있는 각도를 극도로 예민하게 인식했다. 그의 오른쪽 어깨가 그녀의 왼쪽 어깨에 가까이 붙어 있었다. 그녀의 긴 금발(참 근사하게도, 오늘 그녀는 머리를 뒤로 묶지 않았다), 초록색 두 눈, 입술, 그녀의 늘어진 블라우스…….

마이클은 언제나 자제력이 강한 사람이었다. 하지만 제아무리 그라도, 사람이 외로움을 얼마나 버틸 수 있겠는가?

그는 다음 장인 마지막 장으로 넘어갔다. 비키가 조금 세게 숨을 몰아쉬었다. 느껴졌다. 이 감정을 느끼는 건 그 혼자만이 아니었다.

마이클은 둘의 팔이 닿도록 조금만 움직이거나, 손을 뻗어 그녀의 허리를 쓰다듬을 수도 있었다. 거기에는 천박한 점이라고는 전혀 없을 것이다. 멋진 일이 될 게 분명했다.

이 여자라면.

마이클은 너무도 외로웠다.

마이클은 자신이 아주 조금만 움직여도 이 여자가 자기 것이 되리라는 걸 알고 있었다. 확실했다. 그는 자신이 주변에 있을 때 비키가 움직이는 모습을 통해, 그녀가 자신을 바라보는 방식을 통해 이 점을 오랫동안 느껴왔다. 그는 어떤 대가를 치르고서라도…….

마이클은 서류를 비키에게 돌려주었다. 비키가 서류를 받아들면서 둘의 손가락이 거의 닿을 뻔했다.

"이게 전부인가요?" 그가 물었다.

"네." 비키가 말했다.

그들은 서로를 마주 보며 서 있었다.

가깝다. 너무 가깝다. 우연이라기에는 너무 가까웠다. 마이클은 그녀의 눈을 바라보며, 그녀도 자신을 마주 본다는 걸 알 수 있었다. 하지만 행동해야 할 사람은 마이클 자신이었다. 그가 해야 할 일이라고는 단지 조금 허리를 숙여서…….

4초가 흘렀다. 남녀가 서로 시선을 교환한 4초가 그저 4초일 뿐인 경우는 없었다. 마이클은 돌아서서 책상으로 돌아갔다.

"잘됐네요." 그는 아무 일도 일어나지 않았다는 듯 말했다.

"네, 감사합니다." 비키도 장단을 맞추었다. "나가보겠습니다."

비키가 방을 나섰다.

마이클은 심호흡을 하고, 옳은 일을 해보려고 노력하다가 이번에는 거의 박살날 뻔했다고 느꼈다. 그는 의자에 주저앉아 창문 쪽으로 몸을 돌리고, 뜨끈한 두 눈을 비볐다. 뭐, 오늘이 그런 날 중 하루인 것만은 분명했다.

가이는 비서가 약간 뺨을 붉히며 고객의 사무실을 나서는 모습을 보았다.

비서가 자신을 볼 수 없다는 걸 알고 있었기에 조금 난처했다. 가이는 최악의 관음증 환자가 된 것 같은 기분이었다. 상상 속 친구를 그만둔 이후로는 누가 자기 쪽을 보면서도 알아보지 못한다는 느낌이 낯설게만 느껴졌다. 기분의 힘은 놀라웠다.

피에르는 해야 할 일을 명백하게 알려줬다. 이건 마치 특공대 임무 같았다. 들어가서, 실행하고, 빠져나온다.

가이는 피에르가 만들고 있는 복잡한 우연의 세계에서 작은 톱니바퀴일 뿐이었다. 그리고 마이클이 정해진 시간에 죽게 되는 그 일은 바로 그날, 겨우 몇 시간 안에 일어나야 했다.

"제가 돌아올 때도 여기 계실 건가요?" 가이가 피에르에게 물었다.

"아뇨." 피에르가 말했다. "긴급한 일이 몇 가지 있어서요. 우린 몇 시간 뒤에 보게 될 겁니다."

그래서 가이는 지금 혼자서, 한때 어린 마이클이었던 사람의 사무실 앞에 서 있었다. 세상 모든 아이 중 하필 그 마이클이라니.

하지만 가끔은, 그냥 해내야만 하는 일도 있는 법이다.

가이는 마이클과 함께였을 때 자신이 정확히 어떤 모습이었는지 떠올리려 노력했다. 옷의 색깔, 눈동자의 색깔.

그는 심호흡을 하고 나서, 오래전에 그랬듯 닫힌 문을 통과해 안으로 들어갔다.

마이클은 왜 이런 날이 찾아오곤 하는지 알고 있었다.

그 까닭은 그와 미카가 현재 부부보다는 룸메이트처럼 살고 있기 때문이었다. 더 나쁜 건, 집 계약 기간이 아직 끝나지 않아서 한 집에 머물고 있을 뿐인 룸메이트 같았다는 점이다.

마이클이 평생을 통틀어 가장 사랑한 사람이 그와 한 마디도 섞지 않으려 했다. 사고가 일어난 뒤로 그녀는 유령처럼 살고 있었다. 낮에는 필라테스에 가고, 저녁에는 앉아서 텔레비전만 쳐다보며, 밤에는 그를 등지고 조용히 흐느꼈다.

애도란, 알고 보니 끝도 없이 할 수 있는 일이었다.

마이클은 아직 야심으로 가득한 젊은 사업가였을 때 아내를 만났다. 아직은 강의를 들으러 학회에 다니던 시절에. 그 시절에는 얼굴도장만 찍으려고 가는 게 아니었다. 당시에 그를 움직이던 힘은 이미 모든 것을 이룬 사람으로서의 타성이 아니라 새로운 아이디어였다.

두 사람 모두를 아는 친구가,(당시만 해도 마이클에게는 그를 진짜 친구라고 여길 만한 타당한 이유가 있었다) 마이클이 여태 본 것 중 가장 미소가 짙게 깃든 눈을 가진 여자를 소개해줬다. 그리고 마이클은 그녀와 조금 시간을 보낼 수 있으면 좋겠다고 생각했다.

첫 데이트를 하고 2주 후, 마이클은 그녀가 평생을 함께 보낼 여자라고 확신했다. 마이클은 그런 식의 선언을 하는 사람을 늘 비웃어왔다. 나중에야 그는 그런 느낌을 설명할 다른 방법은 없다는 걸 깨달았다.

그들은 그녀의 집에 있었다. 그날 저녁 어디에 갈지 계획하다가, 마음 깊은 곳에서부터 똑같은 장소와 사람과 선택지에 질려버리고 말았다. 그들은 각자에게 똑같은 비밀이 있다는 걸 알게 되었다. 그 비밀이란, 둘 다 세상 나머지 사람들이 '좋은 시간 보내기'라고 부르는 행동에 싫증났다는 것이었다. 온갖 조합의 커피와 레스토랑, 나이트클럽, 극장을 다 시험해보고 나니 문득 그들이 정말로 원하는 것은 그냥 단둘이 있는 것뿐이라는 생각이 들었다.

마이클은 둘의 연애가 바로 그날 저녁 끝나게 될 거라고 확신했다. 사교적인 여가 생활을 바탕으로 서로 재치 있는 말을 계속해서 규칙적으로 주고받는 관계—마이클은 오직 그런 관계에만 익숙했다. 데이트도 안 하고 아무 활동도 하지 않을 거면, 무엇을 바탕으로 계속 관계를 이어나갈 수 있겠는가? 마이클은 여자에 관련된 모든 일을 늘 그런 식으로 다루어왔다. 그는 재치, 서로 나눌 수 있는 신나는 관심사, 온갖 종류의 멋진 머리 식히기 방법으로 여자들의 마음을 얻었다. 그러나 솔직함은 그의 무기가 아니었다. 파이트 클럽에서처럼, 연애의 첫 번째 규칙은 연애에 관해 이야기하지 않는 것이라는 게 그의 생각이었다. 중요한 건 최악의 상황, 즉 평범한 일상으로부터 거리를 두는 일이었다. 늘 신나는 일이나 놀랄 거리를 제공하고, 침묵으로부터, 또 날씨나 일상에 관한 이야기로부터 거리를 두는 것 말이다.

마이클은 갈 곳이 없다고 생각하게 된 만큼, 또 아예 어디도 나가고 싶지 않다는 기분을 느낀 만큼, 둘의 관계를 부식하는 침묵이 끼어들까 봐 두려웠다. 둘 사이에 펼쳐져가던 즐겁고 신나는 무언가를 매일 매일의 생기 없음이 망치게 될까 봐 걱정됐다.

바로 그때였다. 마이클이 처음으로 발견한 수없이 많은 낡은 책들과 LP 음반들에 둘러싸인 채 그녀의 거실에 앉아 있을 때. 둘은 벽 너머로 이웃이 흥얼거리는 소리를 들으며 무의식적으로 서로의 숨소리를 맞춰가고 있었다. 둘 다 계속 침묵을 지키고 있던 그때, 마이클은 문득 다른 형태의 연결을 발견했다. 더 이상은 재미가 문제가 아니었다. 뭔가 다른 것이 있었다. 좀 더 느리고, 부담이 덜하며, 두텁게 감싸안아주는. 적절히 침묵하며 시간을 보내기 전까지는 상대방을 정말로 사랑한다는 걸 알 수 없는 게 분명했다.

그처럼 두터운 어떤 연결 속에서, 미카가 일어나 책장으로 갔다. 그런 다음, 그녀는 소파에 앉아 마이클에게 자기 옆에 앉으라고 손짓했다.

"이리 와서 이것 좀 들어봐." 그녀는 그렇게 말하고, 귀퉁이를 접어둔 책을 펼쳤다.

그들은 밤새 그 자리에 앉아 있었다. 미카는 부드럽게 노래하는 듯한 목소리로 책을 읽었고, 마이클은 단어 사이사이의 침묵에 귀를 기울였다. 그러다가 아침이 밝아오자 그는 그녀가 평생을 함께 할 여자라는 걸 알게 됐다.

그러고 나서는, 둘이서 일주일에 한 번이나 두 번쯤 밤마다 서로에게 책을 읽어주었다. 사랑 수치는 높아지고 피로 수치는 낮아지는 그런 순간마다.

마이클은 그녀에게 닐 게이먼과 조너선 사프란 포어의 작품을 읽어주었고, 미카는 그에게 빅토르 위고와 알베르 카뮈의 작품을 읽어주었다. 그는 테리 프래쳇의 글로 그녀를 기쁘게 해주었고, 그녀는 어니스트 헤밍웨이로 그를 뒤흔들어놓았다. 그는 할런 코벤으로 그녀를 어루만졌고 그녀는 마크 트웨인으로 그를 놀라게 했다.

그 모두가 둘의 손님이었다. 스릴러, 드라마, 익숙한 것과 잘 모르는 것. 닥터 수스가 쓴 책까지 읽었다. 그 모두가 서로 책을 읽어주는 긴 밤 동안 둘이 만들어낸, 세상의 눈에서 멀리 떨어진 연인 사이에서 오간 대화의 일부였다.

12월 3일 아침에 모든 것이 바뀌었다.

마이클은 그날을 자기 인생의 중심점이라고 생각했다. 그날은 영혼이 딛고 서 있는 사건들이 이루는 가우스 곡선의 정점이었다. 이전까지는 모든 것이 점점 높아지고, 이후로는 모든 것이 흩어지기 시작하는 점.

미카는 거의 2년 동안 그의 아내였다.

마이클의 삶에 영감을 불어넣은 그녀는 그날 아침 자동차에 탔다. 수학 선생으로서 또 하루를 보낼 준비를 하고서 말이다. 미카는 작은 자동차에 시동을 걸려고 손목을 살짝 비틀었다. 그렇게, 그녀는 사랑의 종말을 알리는 시계의 카운트다운 장치를 켰다.

마이클이 높은 소리로 목이 막히는 듯 웃어도 당황하지 않던 유일한 여자는 엘라 피츠제럴드의 CD를 배경음악으로 틀어놓고 차를 몰아 떠났다. 에어컨은 환기 모드에 맞춰져 있었다. 마이클이 함께 아이를 낳아야겠다고 결심한 그 여자는 늘 그러듯 혼자 노래를 흥얼거렸다. 그렇게 흥얼거리는 걸 좋아하는 사람이었으니까. 그러면서 그녀는 가끔 거울을 힐끗거렸다. 그날 아침 전화를 받았을 때만 해도 마이클은 둘의 삶에 얼마나 깊은 균열이 생길지 몰랐다. 그녀가, 그의 인생에 유일한 '그녀'가 거울을 너무 자주 들여다보다가 세 살짜리 남자아이를 쳐버린 뒤에도.

마이클은 정확히 무슨 일이 일어난 건지 이해하지 못했다.

세 살짜리 아이가 찻길로 나올 때까지 어떻게 아무도 보지 못했던 거지? 왜? 그 형편없는, 한심한 부모는 어디에 있었다는 거야?

누가 부채질로 꺼버린 촛불처럼, 그날 이후 미카는 훅 꺼져 버렸다.

그녀는 집에 돌아왔다. 하지만 마이클은 느리게 진행되는 재판과 불면의 밤과 끝없는 흐느낌과 자기 혐오가 벌어지기 전부터도 그녀가 입은 새 갑옷을 뚫을 수 없었다. 미카는 자기에게 그럴 자격이 없으니까, 없으니까, 없으니까 인생에서 아무것도 원하지 않는다고, 않는다고, 않는다고 끝없이 소리 지르며 설명했다. 첫 번째 심리상담사와 두 번째 심리상담사와 세 번째 심리상담사와 부부 상담 전문가와 알약. 차에 타려 할 때마다 그녀가 토하려 했던 일. 그녀가 광기에 사로잡힌 채 작은 글자로 빽빽이 채우고, 그다음에는 어느 춥고도 가시 돋친 날 밤 집 뒤에서 절망의 눈물을 터뜨리며 태워버린 일기장. 돌아누운 싸늘한 등. 두 사람이 서로 아픈 곳을 가격하려 했던 짧고도 날카로운 말싸움. 자신이 했던 모든 일과 한때는 자신의 일부였던 낙관적인 태도에 대한 미카의 혐오. 이 모든 일을 겪기 전에도, 미카가 집에 돌아왔던 그날 밤에 마이클은 이미 두꺼운 검은 천이 그녀의 심장을 감싸 질식시키고 있다는 걸 느꼈다.

마이클은 온갖 치료를 시도했다.

잠깐 여행을 데려가기도 했다. 그 여행을 통해 미카가 마음을 열고, 이미 벌어진 일에 관해 조금이나마 이야기를 할 수 있을 거라고 생각했다. 그녀는 울고 자신은 그녀를 위로하고 둘이 서로 끌어안은 다음 조금 더 이야기를 나누고 화제를 바꿀 수 있을 거라고. 그런 다음에는 아침에 잠깐 하이킹을 하고 결국 그녀를 미소 짓게 만들 뭔가 바보 같은 말을 하고 나서, 집에 돌아오면 느리지만 아름답게 내면을 치유하는 과정이 시작될 거라고 상상했다.

마이클은 일부러 그녀와 말다툼을 벌이고, 나중에 집으로 돌아가면 연극하듯 무릎을 꿇고 용서를 구하는 자신의 모습을 상상했다. 그러면 그녀가 다시 한번 그 지혜로운 눈길을 던질 수 있게 될 거라고 상상했다. 미카가 자신에게 매달리며 자신이 얼마나 필요한 사람인지 말해줄 거라고, 그러면 자신은 그녀의 힘을 북돋고 그녀를 일으켜 세울 거라고. 키스로만, 오직 입맞춤으로만 그녀를 치료해줄 수 있을 거라고.

마이클은 며칠 동안 연락을 끊을 생각이었다. 그리고 미카가 결국 전화를 걸어 얘기하자고 부탁하는 모습을 상상했다. 그러면 자신은 화를 풀고, 둘 다 전화기를 붙잡고 울게 될 거라고 생각했다. 그러면 마이클은 둘 모두가 잊고 있던 침묵을 그녀에게 떠올리게 해주고, 예전으로 돌아갈 수 있음을 보여줄 수 있을 것이다. 마이클은 미카에게 그녀는 그의 방식대로 사랑받을 자격이 있다는 것을 보여줄 터였다.

이 모든 상상이 무의미했다.

그들은 산장에서 사흘간 말없이 지냈다. 그러면 작은 말다툼이 괴물이 되었다. 마이클은 의도치 않게 그녀의 영혼에서 작은 조각을 하나 더 뜯어낼 문장을 내뱉게 됐다. 그녀가 한 번도 전화를 걸지 않았으므로, 마이클은 그녀에게 사랑받을 자격이 있다는 말을 할 수 없었다.

사실, 최근에 마이클을 무릎 꿇린 이런 패배감은 그동안 그가 한 번도 상상해본 적이 없는 것이었다. 미카가 판 집이라는 참호로 돌아가고 싶지 않아, 일을 마친 뒤까지 사무실에 머무는 지경에 이르다니. 이런 일은 한 번도 생각하지 못했다.

마이클은 자신이라면 그 어리석은, 도덕적으로 너무 많은 문제가 있는 사내 연애라는 상황에 빠지지 않을 거라고 생각했다. 불륜을 저질러 봐야 조금 더 생기를 느끼고, 그저 자기 파괴의 충동을 좀 더 경험할 수 있을 뿐일 테니까. 그러나 미카만 미친 사람이 되어야 한다는 법이라도 있나? 만일 문제의 12월 3일에 누군가가 마이클에게 다가와, 그가 손만 까딱하면 비서와의 불륜이라는, 소설에나 나오는 낡디 낡은 클리셰에 빠지게 될 만큼 외롭고 답답하고 불만족스럽고 화가 나는 상황에 빠질 거라고 말해줬다면, 그는 그 자리에서 그 사람을 해고했을 것이다. 무례하고 멍청하고, 직장에서 술을 마셨다는 이유로.

하지만 결국 이 꼴이 되고 말았다. 다음번에는 정말 불륜을 저지르고 말 게 분명했다.

"아, 제기랄." 마이클은 자기도 모르게 혼잣말하고, 손가락으로 붉어진 눈을 누르며 도시를 다시 내다보았다.

"그래, 무슨 뜻인지 알겠어." 그는 등 뒤에서 어떤 목소리를 듣고 재빨리 뒤를 돌아보았다.

어떤 사람이 재미있어하며 책상에 앉아 있는 것을 본 마이클은 몇 초가 지나서야 그가 누구인지 알아보았다. 그리고 알아보았을 때는, 이날이 유독 형편없는 날이라는 게 명백해졌다.

마이클에게도 명함이라는 테두리 안의 사람으로 정의되기 전, 자존심을 살 수 있을 만큼 돈이 많아지기 전의 시절이 있었다. 그때 마이클은 열 살 미만인 사람들이 맺는 인간관계를 사실상 이해하지 못하는 키 작은 어린애였다.

그는 쉬는 시간이면 혼자 교정을 돌아다니며, 다른 아이들은 어떻게 그토록 자연스럽게 의사소통하는지 궁금해하곤 했다. 그는 대화를 나누거나 무리를 이루어 놀거나 작은 인간으로 이루어진 학급 앞에서 이야기해야 할 때면 머리가 멍해져 입을 꼭 다물곤 했다. 그는 다른 사람들이 자신을 어떻게 보는지 확신할 수 없었고, 그가 하는 말 한 마디 한 마디를 그들이 검사하고 멋대로 재단할 거라고 확신했다.

어린 시절의 그는 실패를 피하고자 아예 행동하지 않는 편을 선택하는 사람들의 화신이었고, 모든 사교 활동에 비합리적인 위험 요소가 있다고 생각했다.

그가 사람들 앞에 서는 일에 대해 큰 흥분을 느낀 건 나중의 일이었다. 그때 마이클은 과제로 준비했던 고래의 삶에 관한 그 재앙 같았던 발표를 하느라 반 아이들 앞에 섰다. 그때 마이클의 내면에서 무언가가 무너졌다가 다시 세워졌고, 일주일 후 그는 교정에서 벌어진 축구 경기에 끼어들어 골을 넣고 세상에 자기 모습을 드러냈다. 참 쉬운 일이었다.

하지만 그때까지, 마이클에게는 그만의 작은 장난감 병정들이 있었다. 벌레들의 삶을 관찰하며 주변의 불평 없는 자연 세계를 대상으로 작고 지저분한 과학 실험을 하던 동네 공원이 있었다. 그리고 '중간 존'이 있었다.

중간 존은 마이클의 상상 속 친구였다.

중간 존은 마이클의 삼촌처럼 키가 크지는 않았으므로, '큰 존'이라고는 할 수는 없었다. 그리고 반에서 가장 작은 아이인 사샤처럼 키가 작지도 않았으므로 '작은 존'도 아니었다. 그는 '중간 존'이었다. 처음에, 중간 존은 주로 겨울에만, 마이클이 공원에 나갈 수 없을 때만 그와 함께 지냈다. 그들은 마이클의 방에 앉아 함께 시간을 보내곤 했다. 가끔 마이클은 그에게 말을 걸어, 학교에 대해서나 그날 못 한 일에 관해 이야기하곤 했다. 그러면 존은 아주 지혜로운 얘기를 해주었다. 최소한, 아주 지혜롭게 들리는 이야기였다. 그의 말은 마이클의 결정에 힘을 불어 넣어주는 동시에 변화의 가능성을 제공했다. 마이클은 침대에 누워서 그가 한 말이 정확히 무슨 뜻인지 이해해보려 했다. 가끔 그는 존을 다시 상상해내서, 무슨 뜻으로 한 말이냐고 묻기도 했다. 그러면 존은 다시 어떤 식으로든 해석될 수 있는 설명을 내놨다.

하지만 보통 그들은 장난감 병정들을 가지고 놀았다. 아니면 마이클이 존에게 세상 이야기를 해주거나 혼자서 장난감 병정을 가지고 놀았고, 존은 그 자리에 앉아 마이클이 혼자가 아니라고 느끼도록 도와주었다.

나중에는, 날씨가 괜찮을 때면 둘이서 공원에 나가곤 했다. 마이클은 주위를 뛰어다니며 공원에 숨어 있는 생물들을 꼼꼼히 관찰했다. 가끔 그는 존을 불러 새로 발견한 것을 보여주었다. 존은 미소 지으며 고개를 끄덕이곤 했고, 가끔은 다가와 살펴보기도 했지만, 보통은 벤치에 앉아 마이클을 보면서 멀리서 그를 지켜주었다. 그는 멋진 정장을 입고 있었는데, 공원에서 놀다가 옷을 더럽힐 수는 없었기에 어쩔 도리가 없었다.

이따금 중간 존은 이런 말도 했다. "언제나 무슨 결정을 내려야 하는 건 아니야. 그냥 벌어지는 사건들을 느끼면서 일의 흐름에 몸을 맡길 수도 있어. 그러면 알아서 결정이 내려질 거야. 산다는 건 나중이 아니라 지금 당장 해야 하는 일이거든." 이 말의 의미는 그리 분명하지 않았다. 마이클은 다른 문장, 이를테면 "세상의 큰일은 대부분 특별한 지혜나 용기, 재능을 발휘한 사람이 아니라 포기하지 않은 사람 때문에 이루어졌어." 같은 말을 들을 때 좀 더 마음이 편안했다.

마이클의 엄마가 무슨 이유에서인지 허락해주지 않았기 때문에 둘이 밖에 나가 놀 수 없었던 이상한 시기도 있었다. 마이클은 혼자서 병정들을 가지고 놀았고, 중간 존은 서서 창밖을 보았다. 문득, 마이클은 고개를 들고 대체 중간 존이 창가에서 뭘 하는 건지 이해해보려 애썼다. 중간 존이 거의 꼼짝도 하지 않고 그 자리에 서 있어서, 마이클은 물어보지 않을 수 없었다. "괜찮아?"

중간 존이 대답했다. "미래의 어느 날에는, 누군가가 너한테 사랑이란 게 뭔지에 대해 온갖 얘기를 늘어놓을 거야. 그 사람들이 하는 말을 믿지 마. 사랑은 터지는 게 아니야. 폭발도, 특수효과 같은 것도 아니야. 하늘을 수놓는 불꽃놀이나 커다란 현수막을 달고 날아가는 비행기도 아니야. 사랑은 천천히, 조용하게 살 속으로 스며드는 거야. 눈치채지 못하는 사이에, 교회에서 발라주는 성유처럼. 그냥 따뜻함 같은 게 느껴질 뿐이지. 그러다가 어느 날 눈을 뜨면, 피부 속의 너 자신이 다른 누군가로 감싸여 있다는 걸 알게 돼."

"그래서 괜찮다는 거야, 뭐야?" 마이클이 물었다.

그래, 그랬다. 중간 존은 그런 식이었다. 하지만 보통 때는 더 확실한 얘기를 했었다. 그러다가, 마이클이 생애 첫 골을 넣고 나자 중간 존이라는 책임감 있는 어른은 사라져버렸다.

그런데 지금, 중간 존이 나타나다니. 그는 더 이상 아주 오래전 그때만큼 인상적으로 보이지는 않는 정장 차림으로 다리를 꼬고 책상에 앉아, 모든 것을 말하는 동시에 아무 말도 전해주지 않는 미소를 짓고 있었다.

마이클은 다시 창을 돌아보며, 이건 사실이 아니라고 애써 자신을 설득했다.

"있잖아, 내가 여기 온 건 이유가 있어서야." 중간 존이 말했다. "너한테 내가 다시 필요한 것 같아서."

대답하지 않을 거라고, 마이클은 생각했다. 신경쇠약이란 이런 건가? 여덟 살, 아홉 살 때 상상했던 사람이 어른이 된 지금 찾아오다니? 이제 약이라도 먹어야 하나?

"넌 미친 게 아냐." 존이 말했다. "그냥 얘기할 상대가 필요한 거야. 네가 날 찾을 땐 늘 그랬지."

"난 너랑 얘기할 필요가 없어." 마이클이 말했다.

"아, 대답했네—한발 나아진 셈이야." 존이 말했다. 그는 책상에서 일어나 마이클 옆에 서서, 그와 함께 바깥 풍경을 내다보았다. "그래서, 무슨 일인데, 마이클? 형편이 많이 나아진 건 알겠는데."

"아무 일도 없어."

"너 아주 골치 아파 보여."

"어린 시절 상상 속 친구가 나타나 말을 걸고 있잖아. 내가 해병대처럼 머리를 깎은, 싸구려 정장을 입고 있는 사람과 얘기하고 있다고. 이건 자연스럽지 않아."

"아주 자연스러운 일이야." 존이 말했다. "사람들이 언제나 하는 일이지."

"아냐."

"그래, 꼭 나랑 얘기를 하는 건 아니겠지만 사람들은 언제나 자기 자신과 잡담하곤 해. 얼마나 많이 그러는지 알면 놀랄걸. 가끔은 머릿속으로만 얘기하고, 가끔은 소리 내서 얘기하지. 나이랑 상관없이 일어나는 일이야. 도움이 필요한 사람들은 보통 자기 자신에게 의지하거든."

"난 도움 필요 없어."

"정말이야?"

마이클은 대답하지 않았다. 저 아래 거리에서는 작은 자동차들의 움직이는 모습이 규칙적으로 반복되고 있었다.

"넌 화난 게 아냐." 존이 말했다. "절망한 것도 아니고, 실은 외로운 것도 아니지. 너는 그리워하고 있는 거야—그게 네 마음이야."

중간 존은 잠시 말을 끊고, 마이클이 자기 말을 이해할 때까지 기다렸다.

"너는 한때 알고 지냈지만, 네가 집에 돌아가면 더는 그 자리에 없는 여자를 그리워하고 있어. 한편으로는 그 여자가 영영 사라져버린 걸까 봐 걱정하고 있고, 한편으로는 더 나아갈 수 없을까 봐, 그녀를 떠날 수 없을까 봐 두려워하고 있지. 네 안의 무언가는 지금도 그 여자가 돌아와주기를 바라고 있으니까."

"헛소리 마." 마이클이 말했다.

"하지만." 존은 그의 말을 못 들은 체하고 계속했다. "그때마다 너는 단숨에 그녀를 되찾아오려고 해. 너는 옛사랑을, 옛날의 그 이해심 많던 사람을, 예전의 미카를 되찾아야 한다고 생각하고 있어. 하지만 네가 찾아오는 건 새로운 미카일 거야. 새로운 미카도 멋진 사람이고 사랑받는 사람이겠지. 하지만 그 미카는 다른 층이 한 겹 더해진 새로운 사람일 거야. 새로운 사랑이 단번에 만들어지는 경우는 없어. 그건 너도 이미 알잖아. 그런 일은 천천히, 한 단계씩, 한 방울 한 방울씩 일어나는 거야."

"난 더 이상 밑바닥부터 시작할 수 있는 나이가 아냐."

"아니긴 왜 아냐? 그렇게 해야만 해. 너는 익숙한 뭔가를 다시 만들어내게 될 거야. 인내심이 많이 필요하겠지. 침착해야 하고."

"난 지쳤어. 우린 이제 늦었다고, 존."

"아니, 절대 아니야."

"아니, 맞아, 제기랄."

그들은 몇 초 동안 아무 말 없이 서 있었다. 존이 말했다. "내 생각에 사랑이란 수량화하기가 매우 어려운 감정이야. 측정하기 몹시 어렵지. 우리는 사랑을 느끼는 경우가 너무 드물고, 간혹 사랑에 빠지면 너무 깊이 빠져들어. 그래서 우리가 뭔가를 얼마나 원하고 필요로 하고 사랑하는지 결코 스스로 정의하지 못해. 그래도 괜찮아—세상에는 측정하지 못하는 게 당연한 것들도 있어. 반면 그리움은 훨씬 선명한 감정이지. 얼마나 심한 그리움을 느끼는지 재보면 우리가 사라져버린 사람을 얼마나 보고 싶어 하는지 알 수 있어. 넌 운이 좋은 거야, 마이클. 너는 아직 사랑을 되돌려놓을 수 있는 지금 그 그리움을 경험하고 있잖아. 사람들은 대부분 너무 늦은 뒤에야 그리워하기 시작해. 하지만 너는 지금 빠져 있는 깊은 구렁에서 위를 올려다보기만 하면 돼. 너 자신에게 그럴 기회를 주기만 하면, 얼마나 높이까지 올라갈 수 있는지 알 수 있어. 마이클, 미카가 죽지 않는 한 넌 그녀를 사랑하고 그녀에게 사랑받는 방법을 다시 알아낼 수 있다고. '너무 늦었다'는 건 다른 종류의 사건에나 해당되는 표현이야.

대부분 사람에게 그리움이란 그저 자신들이 정말로 사랑했었다는 증거—너무 늦게야 찾아오는 증거—일 뿐이야. 하지만 너는 바꿀 수 있어. 너는 전혀 늦지 않았어, 마이클."

마이클이 그를 보려고 눈을 돌렸을 때, 중간 존은 사라지고 없었다.

18

알베르토 브라운은 영화를 다 본 다음 표적을 죽이기로 했다.

알베르토가 좋아하는 코미디 액션 영화였다. 이미 두 번이나 본 것이었다. 또 봐도 재미있기에는 너무 비현실적인 영화. 표적이 건물에서 나오기까지는 대략 세 시간이 남아 있었다. 그런 다음, 표적은 왼쪽으로 방향을 꺾어 정확히 22미터를 걸어간 끝에 차고 입구에 이를 터였다. 알베르토는 22미터 떨어진 곳에서 그를 죽이게 될 것이다. 어떤 식으로 일이 벌어질지 궁금했다.

그가 아는 한 건물 수리 공사는 없었다. 그러므로 20층에서 망치가 떨어질 가능성은 작아 보였다. 그가 기각한 다른 시나리오는 자동차가 통제를 벗어나 인도로 달려오는 경우였다. 22미터 전체에 걸쳐 그런 사고를 예방할 말뚝이 박혀 있었다. 표적이 꽤 건강해 보였으므로, 갑작스러운 심장마비는 논리적이지 않게 보였다. 노상강도 사건이라도 일어나려나?

알베르토는 지금까지의 모든 표적이 이 세상에서 사라진 방식을 적어둔 작은 노란색 노트패드를 가지고 있었다. 이상한 사고, 급작스러운 사건—그런 거라면 전부 본 듯했다. 그는 일종의 패턴을 찾아보려 했다. 한편으로는 이 모든 일이 그냥 우연히 일어나는 것일 리 없다는 생각이 들었다. 다른 한편으로는, 자신이 행운의 사나이거나 그 정반대인 걸지도 모른다는 생각도 들었다. 아니, 둘 다일지도.

뭐, 머잖아 어떤 일이 벌어질지 알게 될 것이다. 금방이라도. 영화가 시작하려 했다. 영화가 끝나자마자 거리 위쪽에 미리 정해둔 위치로 간다면 암살이 일어나기 한 시간 전에 도착하게 될 것이다. 이런 식의 시각 계산은 합리적으로 보였다.

그는 영화표를 샀다.

❦

중간 존은 그 층 맨 끝의 화장실에 서서 자기 모습을 거울에 비춰보았다. 거울 속 모습은 이 세상 오직 단 한 사람에게만 보여야 하는 길고 강인한 얼굴에서 평범한 우연 제작자의 조금 더 부드러운 모습으로 천천히 바뀌었다.

이 우연 제작자의 두 눈은 촉촉했다. 몇 번 쓸데없이 깜빡이고 나면 정말로 눈물이 흐를지도 모를 일이었다.

믿었을까? 사람은 단지 상상 속 친구가 한 이야기라는 이유만으로 그 말을 믿는 걸까?

당시에 커샌드라는 그렇다고 주장했다. 믿음과 사랑은 함께 간다고. 그게 이 문제에 관한 커샌드라의 일반적인 입장이었다.

커샌드라는 눈을 감고 물었다. "준비됐어?"

"응." 그가 말했다.

커샌드라는 그를 등지고 서 있었지만, "진짜 준비됐어?"라고 말할 때 그녀가 미소 짓고 있었다는 걸 그는 소리로 알 수 있었다.

"응." 그가 다시 대답했다. "네가 대체 이걸 어떻게 하는 건지 모르겠어. 난 못 할 것 같아. 너랑 함께라도!"

"믿음과 사랑은 함께 가는 거야." 커샌드라가 말했다. "역사가 흐르는 이상 '날 사랑해줘.'라는 말과 '날 믿어줘.'라는 말은 협력하게 돼 있어. 그 둘은 언제나 손을 잡고 함께 걸어."

그는 약간 초조해하며 몸 앞으로 두 팔을 뻗었다.

"재미있는 느낌이야." 커샌드라가 말했다. "방금 말이야. 내가 누군가를 믿는 상황은 한 번도 안 겪어봤거든."

"그냥 뒤로 누워." 그가 말했다. "내가 잡아줄게."

"나한텐 누굴 믿을 만한 이유가 없었어. 그 사람들이 날 믿었지. 그 사람들한테 내가 필요했을 뿐, 나한테 그 사람들이 필요한 건 아니었어. 그런데 이제는 갑자기, 내가 믿어야만 하는 사람, 나를 해치지 않을 사람이 있다는 걸 알게 됐어."

"음." 그가 말했다. "얘기가 좀 엉뚱한 방향으로 흘러가는 것 같은데? 우린 신뢰 얘기를 하고 있었잖아. 누굴 해치느니 마느니 하는 얘기를 하는 게 아니었다고. 난 절대 널 다치게 하지 않을 거야. 긍정적으로 생각해, 알았지?"

"응, 그래, 나도 알아. 하지만 사실 신뢰의 힘은 거기서 나오는 거 아냐? 네가 날 해칠 수도 있다는 사실에서 말이야."

"응…… 그래…… 어쩌면."

커샌드라가 웃었다. "너무 근사해."

"근사하다고?"

"사람들이 이런 연습을 하는 것도 이상할 게 없어. 날 다치게 할 수 없는 사람과는 관계도 맺을 수 없는 거야. 그게 묘미야. 난 살면서 한 번도 누군가에게 이 자리를 내준 적이 없어. 그러다 보니까 기분이…… 정말이지……."

"정말 어떤데?"

"인간이 된 것 같아." 그녀는 두 팔을 펴고 뒤로 넘어지며 말했다.

가이는 얼굴을 씻어 내렸다. 잠에서 깬 뒤에 그러듯, 차가운 물을 얼굴에 끼얹어 현실감을 되찾았다. 눈앞의 거울은 혼란스러워하는 사람을 담고 있었다. 작은 물방울이 턱에서 뚝뚝 떨어졌다.

가이는 지금 느껴지는 기분을 자신에게 설명하려 했지만 마치 미끄러운 두 손으로 겁에 질린 물고기를 잡으려는 것 같았다.

어쩌면, 신뢰를 저버린 다음에는 이런 기분이 드는 걸지도 몰랐다.

가이라는 존재를 어려울 때면 곁에 있어줄 사람, 위로가 될 만한 무슨 말을 해줄 사람이라고 믿는 누군가의 신뢰를 저버리는 짓. 사실 그는 어여쁜 문장으로 경멸받아 마땅한 의도를 감싸고 있을 뿐이었다. 마이클은 그가 언제나 곁에 있어줄 거라고 믿고 있었다. 예전에는 실제로 그랬을지도 모른다. 하지만 지금 가이는 원하는 방향으로 세상을 움직이기 위한 아르키메데스의 지렛대처럼 그간 받아온 맹목적인 신뢰를 이용하고 있었다. 마이클은 영영 모를 테지.

아주 잠깐, 가이는 일종의 안도감이 느껴지는 것도 같았다.

이보다 나쁜 상황은 아니라는 데서 느껴지는 안도감. '변화의 힘'이니 뭐니 그가 믿지도 않는 말을 하지 않고도 이 혐오스러운 임무를 수행할 수 있었다는 안도감. 가이는 그리움이 사랑의 척도라고 진정으로 믿었다. 더 많은 것을 내어주어 치료한다는 사랑 특유의 처방은 언제 써도 늦지 않는다고. 그런다고 뭐가 달라지는 건 아니겠지만. 이 아이, 그러니까, 한때 아이였던 이 사람은 오늘이 끝날 때쯤 더 이상 살아 있지 않을 것이고, 이런 치유법을 써볼 수도 없을 것이다. 하지만 가이가 완전히 거짓말만 한 건 아니었다. 신뢰를 완전히 저버린 건 아니었다. 그는, 마지막 이 순간만큼은 친구로 있을 수 있었다.

그리고 어쩌면, 가이는 마음속 깊은 곳에서 일말의 행복감마저 느낀 것일지 몰랐다.

자신의 일부를 누군가에게 줄 수 있었으니까. 자신의 진짜 일부를.

가이는 너무 오랫동안 일을 해왔다. 그 자신의 의견을 표현하지 않고, 그를 상상하는 사람들의 생각을 그대로 읊어가면서. 그가 옳거나 그르다고 생각하는 것에 대해서는 아무 입장도 취하지 않고 우연을 만들어가면서.

그러나 이번만큼은 그가 누군가의 곁에 서서, 정말로—믿을 수 없게도—전적으로 자신의 것인 생각을 이용해 그 사람을 도울 수 있었다. 자신이 직접 인식한 것을 통해, 타인의 것이 아닌 생각으로.

가이는 거울 속 모습을 보았고, 처음으로 자신이 다른 이의 그림자를 보고 있는 게 아니라는 기분이 들었다.

마이클에게 한 조언을 스스로에게도 쉽게 할 수만 있었더라면.

가이는 고분고분한 그림자가 될 필요가 없었다.

그 누구를 위해서도 그럴 필요 없었다. 피에르를 위해서도.

그는 너무 많은 것을 설명할 필요 없이 자명한 것으로, 아무 의미 없는 선언으로 받아들였다. 그냥 피에르에게 가서, 마이클이 오늘 죽을 필요는 없다고 설득할 것이다.

마음속에서 뭔가 새로운 것이 두근거렸다. 어쩌면 책임감일지도 몰랐다. 어쩌면 그것이, 이 오랜 시간 동안 그에게 부족했던 것이었을지도 몰랐다.

그리고 그는 살아 있다고 느꼈다—커샌드라와 있었을 때처럼.

19

"나는 거." 그녀가 말했다.

"그게 다야?" 그가 그녀에게 물었다. "그냥 나는 거?"

"일단은." 커샌드라는 그렇게 말하고, 미안하다는 듯 어깨를 으쓱했다. "시간이 좀 더 지나면 또 원하는 게 뭔지 생각날 거야."

"진짜? 상상하는 대로, 원하는 대로 너 자신을 만들어낼 수 있다는데, 너는 고작 '나는 거'를 선택하겠다고?"

"내가 원하는 대로 나 자신을 만들 수 있다고?" 커샌드라가 웃었다. "나한테는 나 자신을 만들어낼 수 있다는 것만으로도 충분했어. 내가 이 일을 하면서 얼마나 많은 등장인물 역할을 했는지 알아? 그 모두가 아름답고 멋진 인물이었어, 정말이야. 아무도 날 못생겼다거나 멍청하다고 상상하진 않았어. 이를테면 내털리는 나를 아주 멋지게 상상해줬고. 난 이 머리카락이 아주 마음에 들어. 하지만 이건 내털리가 나한테 상상해준 머리카락이지 내 머리카락이 아니야. 물론, 고귀하고 자신감 있는 사람이 되는 것도 재미있어. 내털리가 원하는 대로 말이야. 하지만 이제 나한텐 네가 있으니까, 웬만하면 나 자신이 되고 싶어. 그러니까 네 말이 맞아. 내가 나 자신을 상상할 수 있다면, 그게 딱 내가 하고 싶은 일이야. 나는 다른 사람이 아니라 나 자신을 상상할 거야. 하지만 그래도 날 수 있다면 좋겠어. 높은 곳으로 날아올라서, 나를 제멋대로 재단하는 모든 사람들한테서 벗어나 바람 따라 움직이고 싶어."

"그래, 인정." 그가 말했다. "그럼 꽤 멋지겠다."

"넌?" 그녀가 물었다. "네가 너 자신을 상상할 수 있다면 뭘 상상할 거야?"

"흠." 그가 말했다. "솔직히, 정말 상상하고 싶은 구체적인 뭔가가 있는 것 같지는 않아."

"조금 전만 해도 날 놀리더니……."

"그러게 말이야. 난 그냥……."

"그리고 넌 항상 다른 사람들이 상상해주는 일을 하는 데 질렸다고 말하잖아. 너 혼자서, 스스로 뭔가를 하고 싶다고."

"맞아." 그는 난감해서 머리를 긁적였다.

"그래서 뭘 하고 싶은데?"

"난…… 난 잘 모르겠어……."

문득, 그는 주위를 둘러보고 불안해졌다.

"마이클 어디 갔지?" 그가 물었다.

"뭐?" 커샌드라가 말했다.

"마이클 말이야, 마이클 어디 있어?" 그는 일어나서 불안하게 주위를 둘러보았다.

"가버렸어." 커샌드라가 조용히 말했다.

"아냐, 아니야." 그가 말했다. "그럴 리가. 근처에 있는 게 틀림없어. 내가 아직 여기 있잖아."

"아니." 커샌드라는 그의 눈길을 피했다. "내가 봤어. 마이클은 장난감 병정을 챙겨서 집에 갔어."

"그럼 창문에서 날 보고 있거나, 뭐 그런 건가 보네."

"아닐걸."

중간 존은 마이클의 집을 올려다보았다. 마이클의 방 창문은 닫혀 있었다.

"집에 있으면서 내가 여기 있다고 상상하는 건가?" 그는 큰 소리로 물었다.

"그럴 것 같진 않은데."

"그럼 내가 어떻게 아직 여기 있는 거야? 걔가 날 상상하지 않는데, 내가 어떻게 아직 여기 있는 거냐고?"

커샌드라는 팔로 자기 몸을 감싼 채 시선을 옆으로 돌렸다.

"어쩌면…… 그게…… 내가 보기엔, 내가 너를 여기 있다고 상상하는 것 같아."

그는 놀라서 그녀를 돌아보았다.

"네가?"

"응."

"그게 가능한 줄 몰랐는데……."

"나도야……." 커샌드라가 말했다. "하지만 난 마이클이 떠나는 걸 봤고, 네가 날 두고 사라지는 게 싫었어. 그래서 네가 계속 내 옆에 앉아 있는 걸 상상했어."

그는 할 말을 찾으려고 애썼고, 커샌드라는 그의 침묵을 분노로 해석했다. "내가 너한테 뭘 시킨 건 아니잖아!" 그녀가 애원했다. "그런 건 전혀 아니야. 난 그냥 존재를 상상했을 뿐이야. 어떤 행동이 아니라 네 존재 전체를. 정말이야. 정말이라고."

그는 다시 벤치로 가 그녀 곁에 앉았다.

"알았어." 그가 말했다. "고마워."

그들은 아무 말 없이 잠시 앉아 있었다.

"괜찮은 거 맞지?" 커샌드라가 불안한 듯 물었다.

"세상에서 제일 괜찮은 일이야." 그가 말했다.

태양은 하늘에서 천천히 가라앉기 시작한 터였다.

외톨이 개가 그들 앞을 지나갔다. 녀석은 훅 끼쳐 오는, 익숙지 않은 향기를 차분히 따라가는 데 몰두하고 있었다.

"우리가 서로를 상상할 수 있을 줄은 몰랐어." 그가 말했다.

"근데, 사실 안 될 건 뭐야?" 그녀가 물었다.

그녀는 목깃의 레이스를 만지작거렸다. 뭔가 말할지 말지 고민하는 듯했다.

"뭔데?" 그가 물었다.

커샌드라는 그녀를 상상하고 있는 소녀, 내털리 쪽으로 허리를 숙였다. 내털리는 내내 두 사람 옆에서 노느라 바빴다. "내털리? 귀염둥아?"

내털리가 고개를 들었다.

"시간이 늦었어." 커샌드라가 말했다. "집에 가야 할 것 같아."

"응." 내털리가 말했다. "같이 갈 거야?"

"아니." 커샌드라가 그녀에게 미소 지었다. "난 여기서 좀 더 쉬다 가려고. 알았지? 여기서 내일 다시 만나자."

"그래." 아이는 일어나, 더러워진 무릎을 건성으로 털어냈다. "안녕, 캐시."

"잘 가, 귀염둥아." 커샌드라가 말했다.

아이는 떠났고, 커샌드라는 가이를 돌아보았다.

"날 상상해." 그녀가 말했다.

"난……."

"날 상상해. 내가 계속 여기 있게 해줘."

"하지만 어떻게?"

"부탁이야." 그녀는 사라지기 시작했다. 거의 깜빡이는 듯했다. "난 우리가 시간의 제약을 받지 않았으면 좋겠어. 날 상상해."

그는 심장이 두근거리는 것을 느꼈다.

그녀를 상상한다는 건 정말 무슨 의미일까?

그녀는 누구일까? 무엇일까? "하지만 난 네 존재를 결정하고 싶지 않아." 그가 눈을 감으며 속삭였다.

"내가 여기 있게 해줘." 그는 아주 멀리서 들리는 것 같은 그녀의 목소리를 들었다. "내가 여기 있는 걸 바라지 않아?"

"나도 그러길 바라." 그가 말했다.

그녀의 생김새나 체취, 촉감 같은 게 아니었다. 그런 건 세부사항이었다. 다른 무언가, 다른 무언가가 있을 게 틀림없었다. 그는 그녀의 존재가 내면에 불러일으킨 느낌을 떠올렸다…….

그리고 그녀를 상상했다.

둘은 벤치에 나란히 앉아 있었다.

머리 위 하늘이 불그스름한 보라색으로 물들어 있었다.

그의 커샌드라가, 미소 짓는 눈가에 눈물이 맺힌 채 그 자리에 있었다.

"행동이 아니라." 그가 그녀에게 말했다. "그냥 존재. 네가 아까 말했던 것처럼 했어. 그냥 네가 여기 있다고 상상했어. 너 하고 싶은 건 다 해."

그녀는 천천히 고개를 끄덕이고 미소 지었다.

그녀의 긴 머리카락이 머리 주변에서 펄럭였다. 그녀가 웃었다.

"왜?" 그가 물었다.

"내 머리가 날리고 있다고 상상하는 거야?" 그녀가 미소 지으며 물었다. "바람이 하나도 안 부는데……."

"야." 그가 말했다. "나한텐 첫 상상이라고. 아직 그렇게 노련하지 않아."

"나도야." 그녀가 말했다. "하지만 내가 너를 더 깔끔하게 면도하거나, 네 눈 색깔을 바꾸지는 않잖아."

"내 눈 색깔이 어때서?"

그녀가 웃었다. "아무것도 아냐. 완벽해. 멋진 눈이야."

그는 고개를 저었다. "이건 말도 안 돼. 나를 상상하는 너를 상상하는 나를 상상하는……."

"그래, 그래. 무슨 말인지 알아. 순환이지." 그녀가 말했다. "받아들여."

"하지만 논리적이지가 않아." 그가 다시 말했다.

"언제부터 논리가 사랑이랑 연결돼 있었다고?" 그녀가 조용히 물었다.

"뭐랑 연결돼 있다고?" 그는 무방비 상태에서 한 대 얻어맞은 듯했다.

"뭐? 내가 금지된 말이라도 한 거야?" 그녀가 미소 지으며 물었다. "모두가 이런 식인 거 아닐까? 이렇게 완성된 원 같은……."

그들은 과장하지 않으려고 신중하게 서로를 상상했다.

그들은 정말로 완성된 작은 원이라고, 그는 혼자 생각했다. 세상은 사라질 수 있었고, 세상의 모든 사람들도 상상을 멈출 수 있었으며, 진짜 현실을 포함해 모든 현실은 썩어 문드러지고 녹아내려 허무 속으로 빨려 들어갈 수 있었다. 하지만 그들 둘은 계속 남아 서로를 이렇게 붙들어놓을 수 있었다. 나머지는 더 이상 존재하지 않더라도.

"날고 싶어?" 그가 물었다.

"응." 그녀가 말했다.

"네 날개를 상상해볼까?"

"아니, 그냥 하늘을 가로지르는 나를 상상해줘. 그거면 충분해."

곧 그녀는 허공으로 떠오르기 시작했고, 그도 즉시 그녀를 따라 떠올랐다. "어엇!"

"가까이 있어." 그녀가 말했다.

그들은 서로의 곁을 날아가며 점점 더 높이 떠올랐다. 서로에게서 눈을 떼지 않았다.

"지금만큼은 상상을 멈추지 말아줘." 그가 조용히 말했다. "날 놓지 마."

"안 놓을 거야." 커샌드라가 속삭였다. "걱정 마."

그들은 발아래 나무들을 지나, 그 어떤 그림자도 노을빛을 가리지 않는 곳으로 올라가기 시작했다.

"너도." 커샌드라가 눈을 크게 뜨고 속삭였다. "멈추지 마. 놓지 마."

"절대 안 놔." 그가 말했다.

《우연 제작업 발전사의 핵심 인물들》에서 발췌

필독 자료: H. J. 바움

많은 사람들이 휴버트 제롬 바움을 역사상 가장 위대한 우연 제작자로 여긴다.

활동 초기에 바움은 자격증을 갖춘 꿈 방직공이었으며, 꿈 방직공으로 일하는 중 꿈을 만드는 데에서 발휘한 독창성과 전문성으로 세 가지 상을 받았다. 그 시기에도 바움은 해당 분야에서 활동하는 사람 중 최연소자에 속했다. 그가 속한 부서의 문서 아카이브에는 유난히 높은 수준의 복잡성과 완성도를 갖춘 최소 55건의 꿈이 보관되어 있으며, 꿈을 꾼 사람들의 삶에 긍정적 영향을 미친 꿈 최소 170건도 인용되어 있다.

꿈 방직업계에서 은퇴하기 2년 전에, 바움은 유수의 도슨 상 '정신적 외상 치료를 위한 꿈의 활용' 부문에서 수상함으로써, 꿈 방직공으로서는 최연소로 이 상의 수상자가 되었다.

이 시기가 지난 뒤 바움은 '연상 작용 설계를 위한 특수부서'로 이동했으나 몇 년 후에는 그곳을 떠났다. 바움에 관한 전기인 《바움—첫 번째 도미노를 쓰러뜨리다》에서, 그는 사무실에만 머물지 않고 외부의 활동에 참여하고 싶다는 강력한 욕구를 느꼈다고 설명했다.

바움이 우연 제작자로서 작업을 시작했을 당시에 우연 제작업은 영아기를 막 벗어난 단계였다. 당시의 우연 제작자 대부분은 높아 봐야 3급 우연을 만드는 작업에 참여했으며, 그 우연들조차 그저 클리셰 흘리기나, 개연성이 떨어지는 탓에 우연적으로 보일 뿐인 '시끄러운' 우연에 불과했다.

꿈 방직업계에서 쌓은 광범위한 경험과 연상 작용 설계를 위한 특수부서에서 축적한 지식의 도움을 받아, 바움은 우연 제작에 활용할 수 있는 새롭고도 복잡하며 좀 더 우아한 접근법을 창안했다. 그가 보기에 우연은 일종의 '방직'이기도 했다. 그리하여 바움은 후대의 우연 제작자들이 일하는 방식을 바꿔놓은 여러 가지 우연 준비 단계를 처음으로 시작했다.

우연 제작자로 일하는 동안—여러 소식통에 따르면, 그는 지금도 활동하고 있다고 한다—바움은 알렉산더 플레밍의 실험실에서 곰팡이가 피어난 일, 다시 말해 페니실린의 발견을 야기했고, 전자기와 엑스레이의 발견을 예비했으며, 폭풍이 잦아드는 시간의 틈새를 만들어 노르망디 상륙 작전을 가능하게 하는 등 역사상 가장 복잡하고 인상적인 우연 중 몇 가지를 만들어냈다. 이외에도 그는 다른 주요한 역사적이고 유난히 복잡한 우연을 만들어냈는데, 그중 대다수는 여전히 기밀이며 일부는 영원히 공개되지 않을 것이다.

바움은 날씨의 활용과 관계되어 있거나, 날씨의 변화를 활용하거나, 그 두 가지 경우에 모두 해당되는 변화(여기에는 상당한 연구와 높은 수준의 정확성이 요구된다)를 일으키는 영역, 그리고 우연의 틀 안에서 다수의 신분을 활용하는 영역 등 두 가지 주요 분야의 달인으로 간주

된다. 그가 특히 좋아한 의상과 신분에는 불분명한 억양의 키 큰 기차 승무원과 나이 든 정원사, 보통 클래리스라는 이름으로 불리던 통통한 미용사가 있다.

바움은 진짜 모습을 드러내는 경우가 거의 없으며, 최근에는 에스파냐에서 열린 우연 제작자 과정의 졸업식에서 목격됐다. 현재 소재는 불명이며, 우연 제작자로서 활동하고 있는지도 알 수 없다.

20

피에르는 머릿속으로 그날 해야 할 일의 세부 사항을 죽 훑었다.

계획의 절반은 이미 실행됐다. 잠시 후에는 버스 정류장에 도착해야 했다. 그는 버스 정류장에서 말싸움을 일으킬 예정이었고, 그 싸움에서 심하게 화를 낼 생각이었다.

그에게는 화내는 일이 늘 힘들었다. 화가 나려면 화날 때의 심장 박동을 가져다가 딱 맞는 순간에 두어야 했으며, 그 순간이 바로 화낼 순간이라는 것을 상기해야 했다.

물론, 그는 지금 피에르의 모습이 아니었다. 키가 아주 작고 머리가 좀 벗어졌으며, 절뚝거리는 걸음걸이에 까칠한 수염에는 땀이 차 있었다.

그는 지난 석 달 동안 이 라디오 방송국 주변을 헤매며 사람들과 말을 거의 섞지 않았지만, 얼마쯤 지나자 사람들은 그가 으레 그곳에 있으려니 생각하고 굳이 닦아내지 않아도 될, 자동차 앞유리에 묻은 대단찮은 먼지라도 되듯 그를 무시했다. 이제 그는 그 사람들에게 아주 익숙한 존재였으나, 그들은 그가 누구인지 전혀 몰랐다.

이미 밝혀진 것처럼, 누군가의 주목도는 주어진 공간에 있는 사람의 숫자와 반비례 관계를 맺고 있다. 라디오 방송국은 충분히 컸고, 방송국 내의 복도도 충분히 길었다. 덕분에 그의 주목도는 그가 미리 그어둔 빨간 선 바로 아래에 머물러 있었다. 아무도 그에게 말을 걸고 싶어 하지는 않지만, 모두가 그를 친숙하게 느끼는 수준.

그는 천천히 라디오 방송국을 빠져나왔다.

평소처럼 아무도 그를 알아채지 못했다. 사람들이 무슨 이유에서인지 아직도 '테이프 보관실'이라고 부르는 곳 앞의 탁자 위에는 그날 방영할 프로그램의 순서에 따라 정리된 디스크가 여러 더미로 쌓여 있었다.

출입구의 비서, 테이프 보관실 관리자, 그냥 근사해 보이고 싶어서 불도 붙이지 않은 마리화나를 물고 다니는 아나운서—피에르가 재빨리 지나치며 두 상자에 담긴 디스크들을 바꿔치기했을 때, 그들 모두가 그 자리에 없었다.

아주 간단했다. 아나운서는 자기가 정해진 노래를 틀고 있다고 생각할 것이고, 뭔가 잘못됐다는 걸 눈치채고 나서 원래의 디스크를 찾으려고 할 때는 이미 시간이 너무 늦었을 것이다. 그는 기술적 문제가 있다며 무슨 말을 웅얼댄 다음, 상황을 받아들이고 다른 노래를 틀어줄 것이다. 가끔은 마리화나에 불을 붙이지 않아도 머리가 좀 느리게 돌아갈 수 있었다.

그래서, 그는 피에르가 고른 노래를 재생하게 될 터였다.

이게 바로 우연 제작자 과정의 첫 번째 수업인, '노래 조작' 이었다.

이건 뭐랄까, 너무 기초적이었다.

그는 미소 지었다.

21

에밀리는 새하얀 승강장에 앉아 기차를 기다렸다.

그런 것 같았다.

완전히 하얗기는 했지만, 이곳은 확실히 기차역처럼 보였다. 그리 멀지 않은 아래쪽, 눈앞에 있는 선로를 잘못 알아볼 수는 없었다. 그러니까, 그녀는 기차를 기다리고 있는 듯했다. 발치의 여행 가방도 또 하나의 중요한 단서였다. 그녀가 가방을 꾸리거나 한 건 아니었지만.

한편, 그녀는 기차역으로 이동한 것도 기억나지 않았다. 아까 그녀는 자기 아파트에서 사직서에 서명하고 있었다. 완전히 살아 있었다. 그런데 지금은 여기에, 어떤 역에 있었다. 죽어 있기도 했다.

죽은 것 같은 느낌은 아니었다. 시원한 공기가 코를 통해 가슴으로 들어오는 것이 느껴졌고, 몸무게가 의자를 누르는 것도 느껴졌으며, 약간 배고프기까지 했다. 하지만 그녀는 죽었다. 그건 꽤 분명했다. 스트레스를 일으키는 생각이었다. 하지만 앞으로 무슨 일이 벌어질지는 몰라도 최악은 이미 지나왔다는 느낌이 들었다. 그래서 딱히 걱정할 것은 없었다. 이건 웬 이상한 호기심일까. 다가올 일에 대한 아주 작은 공포조차 없다니.

그녀는 그 공간 속에서 자기가 어디쯤 있는지 알아보려 주변을 둘러보았다. 승강장은 좌우로 끝없이 뻗어 있었다. 하얗고 티 하나 없이 깨끗했으며, 그녀가 앉아 있는 의자를 제외하면 의자가 하나도 없었다. 눈앞에 승강장이 끝나는 곳에는 계단이 있었다. 계단 밑, 발 아래 땅에는 검은 기차선로가 두 줄 깔려 있었다. 그 뒤로는 가벼운 산들바람에 흔들리며 저 멀리까지 이어져 있는 흰 풀밭이 있었다. 작은 나무들도 흰색이었다. 그 나무들이 지그재그를 그리며 지평선을 가득 채웠다.

등 뒤로 조금 떨어진 곳, 그녀의 오른쪽에서는 높고 각졌으며 꼭대기에는 스피커가 달린 기둥이 눈에 띄었다. 그래, 머잖아 기차가 도착하는 게 확실했다. 그녀는 계속 두리번거리다가 기둥 뒤의 작은 부스를 보았다. 그것도 물론 흰색이었다. 작은 창문이 달려 있었고, 창문 위에는 옅은 회색으로 이렇게 적혀 있었다. '안내.'

안내?

여기 안내소가 있단 말이야?

그녀는 자리에서 일어났다. 순간적으로 예전 삶의 짐이 담긴 여행 가방을 가져가고 싶다는 충동을 눌러 참아야 했다. 아무도 여행 가방을 훔치려 하지 않을 것이다. 설령 훔친다 한들 뭐가 달라지겠는가?

그녀는 무슨 일에든 대비할 마음을 먹으며 안내소 창가에 다가갔다. 창문 너머에는 밝은 파란색 면 셔츠를 입은 몸집이 아담한 여자가 앉아 있었다. 미소에서 생겨난 주름이 그녀의 얼굴 주변으로 침착하게 가지를 뻗었고, 그녀의 검은 머리 끄트머리는 목 옆의 주름을 간지럽혔다. 그녀는 사전의 '상냥하다' 항목 옆에 실을 만한 삽화 같은 모습이었다.

아담한 여자가 눈을 들더니 미소 지으며 에밀리를 보았다.

"이 팻말을 봤을 때의 느낌은?" 그녀가 물었다. "여덟 글자고, 세 번째 글자는 'R'이에요."

에밀리는 약간 혼란스러운 얼굴로 그녀를 보았다. "네?"

여자는 자기 앞에, 창문 밑 탁자에 놓여 있던 물건을 집어 들었다. 반쯤 푼 십자말풀이였다. "여덟 글자예요." 그녀가 다시 말했다. "'끝내주다terrific'일 리는 없어요, 첫 글자가 'T'가 아니니까."

"'놀라움surprise'이요." 에밀리가 말했다.

"맞아요! 그러네요!" 여자는 기뻐하며 빠르게 휘갈겨 썼다. "그걸로 가로 2번도 풀 수 있겠어요. 끝 글자가 'E'니까요."

"가로 2번은 뭐예요?" 에밀리가 물었다.

"균형 있게 받아들여야 하는 것이요." 여자가 말했다. "열 글자네요."

에밀리는 잠시 생각했다. "답이 뭐예요?" 결국 그녀가 물었다.

"'모든 것everything'이요." 여자가 말했다.

"모든 것?"

"뭐, 그렇지 않나요?" 여자가 눈썹에 주름을 잡았다. "잘 맞는 것 같은데. 아까 가로 6번을 풀어서 'I'는 알고 있었거든요."

"가로 6번은 뭔데요?"

여자는 눈앞의 페이지를 잘 살펴보았다. "여기 있네요. '역에서 기다리고 있는 여자의 이름.'" 그녀가 말했다. "에밀리Emily 맞죠?"

"맞…… 아요." 에밀리가 말했다.

"그럼, 맞네요." 여자가 말했다. 그녀는 십자말풀이를 접어 옆으로 치웠다. "그럼, 어떻게 도와드릴까요?" 그녀가 물었다.

"음……." 에밀리는 약간 말을 더듬었다. "그게, 구체적으로 바라는 건 없어요. 제 말은, 정보가 좀 필요하다는 느낌은 확실히 들지만 뭘 여쭤봐야 할지도 모를 만큼 애초에 정보가 적어서요."

"제가 질문도 알려드리길 바라세요?" 여자가 물었다.

"아뇨, 전 그냥……."

"아니, 아니, 괜찮아요. 괜찮대도요. 예를 들면, '제가 죽은 건가요?'라고 해보세요."

"제…… 제가…… 죽은 건가요?"

"네!" 여자가 기쁘게 대답했다. "하지만 꼭 그렇기만 한 건 아니고요. 말하자면 죽은 거예요. 아주 잘했어요, 좋은 질문을 던지네요. '기차는 언제 오나요?'는 어때요?"

"그걸 물어볼 생각은 안 해봤는데, 전……."

"글쎄, 해봐요. '기차는…….'"

"기차는……."

"언제 오나요?"

"기차는 언제 오나요?"

"언제든 손님이 원할 때 오지요." 여자가 손을 흔들었다. "이젠 직접 해보세요."

"아까 제가 죽은 거냐고 여쭤봤을 때 '꼭 그렇기만 한 건 아니다'라고 하셨는데, 그게 무슨 뜻이에요?"

"아, 훌륭한 질문이네요."

"감사합니다."

"잘 나아가고 있어요."

"감사합니다."

"……."

"……."

"……."

"그래서 답은요?"

"아, 그래요. 그렇지." 여자가 말했다. "하마터면 답을 잊을 뻔했네요. 당신이 꼭 죽은 것만은 아닌 이유는, 솔직히 말하지요. 오직 사람만이 죽기 때문이에요. 그리고 당신은, 이걸 어떻게 말해야 하나, 사실 인간이 아니죠. 그러니까, 어쩌면 인간일 수도 있겠지만, 당신은 약간 다른 상태였다는 거예요."

"저는 우연 제작자였어요."

"그래요. 그리고 지금은 다음 역할로 나아가는 길이죠. 말하자면 여긴 대기실인 거예요."

"대기실이요?"

"그 비슷한 거지요."

"그럼, 왜 기차역처럼 생긴 거예요?" 에밀리가 물었다.

"나도 모르지요." 여자가 어깨를 으쓱했다. "그게 당신이 이 경험을 하기로 선택한 방식이에요. 사람은 저마다 이 일을 다양한 방식으로 경험하기로 선택한답니다."

"그럼 당신은……?"

"그냥 당신의 정신세계 속에서 경험하고 있는 사람일 뿐이에요, 맞아요."

"제가 당신을 상상하는 건가요?"

"아뇨. 경험하는 거예요. 나는 상상이 아니랍니다. 나는 존재해요. 당신은 그냥 이런 방식으로 나를 보는 편을 선택한 거지요. 그건 그렇고, 날 이런 모습으로 경험해줘서 고마워요. 머리 모양이 마음에 드네요."

"별말씀을요."

"하지만, 그건 그렇고, 흰색은 왜 이렇게 많이 쓴 거예요?" 아담한 여자가 물었다.

"모르겠어요." 에밀리가 말했다. "몇 초 전만 해도 저는 제가 이걸 만들었다는 걸 몰랐어요."

"아름답지 않다는 건 아니에요. 아주 깨끗하네요."

"감사합니다."

"별말씀을요."

에밀리는 기차역을 다시 살피며, 다가올 일에 대한 단서를 찾아보았다.

"그럼 이젠 무슨 일이 일어나나요?"

"우연 제작자라면 누구나 그렇겠지만." 안내소의 여자가 미소 지으며 말했다. "당신은 여기에서 환승 시간을 기다리는 중이에요. 준비가 되면 기차가 와서 다음 역으로 당신을 데려가겠지요."

"다음 역이 어딘데요?"

"삶이요." 여자가 말했다.

"삶이요?"

"삶이요. 진짜 삶이요. 모든 직업 중 최고지요. 정규직에, 풀타임에, 다른 것도 전부 포함이고. 자유의지, 모순적인 감정, 기억, 건망증, 성공, 실망, 그 모든 정신없는 것들을 누릴 수 있을 거예요."

"제가…… 제가 그냥 인류mankind의 구성원이 된다고요?"

"정확히 말하면, 여성womankind의 일원이 되는 거지요."

"부모도 있고요?"

"정확히 말해 두 분이 계시죠."

"진짜, 평범한 세상에요?"

"그럼요."

에밀리는 심호흡하고, 이해한 내용이 마음속에 스며들기를 기다렸다.

"알겠지만." 여자가 말했다. "당신은 우연 제작자로서는 죽었을지 몰라도 인간으로서는 아직 태어나지 않은 거예요. 그러니까 당신이 죽었다고도 할 수 있겠지만, 그게 완전히 정확한 말은 아니지요. 난 당신에게 잘못되거나 부정확한 정보를 줄 수 없고요."

"사직서에 서명하면 누구나 이런 일을 겪나요?" 에밀리가 물었다.

"은퇴한 우연 제작자 모두에게 이런 일이 일어난다고 말하는 게 더 맞겠지요. 사직서를 내고 자발적으로 은퇴할 수도 있겠지만, 비자발적으로 은퇴할 수도 있으니까요." 여자가 말했다.

"비자발적으로요?"

"뭐랄까, 서류에 서명하는 것 말고도 죽는 방법은 많거든요."

"사람이 되면 제가 우연 제작자였다는 걸 기억하게 될까요?"

"그건 절대 금지돼 있어요." 여자가 말했다. "그래서 여행 가방이 있는 거지요."

에밀리는 의자 옆에 놓여 있는 빨간 여행 가방을 돌아보았다. "여행 가방이요?"

"네. 그 여행 가방에는 당신의 기억이 전부 들어 있어요. 기차에 타면, 여행 가방은 화물칸으로 옮겨질 거예요."

"그러면……."

"그러면 분실되는 거지요, 당연히. 여행 가방에는 으레 그런 일이 일어나니까요. 여행 가방은 승객과 같은 목적지에 도착하게 되어 있지 않아요. 여행 가방이 주인과 같은 목적지에 도착하는 건 일종의 작은 사고죠. 최소한, 여기서는 그렇답니다."

에밀리는 뒤돌아 자리로 돌아갔다. 왠지 안내소로 가는 길보다 그곳에서 돌아오는 길이 더 멀게 느껴졌다. 그녀는 자리에 앉아 여행 가방을 넓적다리에 올려놓았다. 생각보다 가벼웠다. 그녀는 자물쇠 두 개에 양손을 얹고 힘을 주었다. 두 번 '찰칵' 소리가 나더니, 그녀의 손에 닿은 뚜껑이 흔들렸다. 그녀는 나무들이 이루고 있는 지평선의 흰 줄무늬를 잠시 바라보다가 여행 가방을 열었다.

그녀가 제작했던 첫 우연이 거기에 있었다.

그 입맞춤이, 절대 잊지 못할 그 입맞춤이 있었다. 늘 그 키스를 좀 더 또렷하게 기억했어야 한다고 생각했는데. 꿈에서 계속 쓰는 바람에 그 기억은 모서리가 살짝 닳아 있었다. '현대 우연 제작의 역사' 수업을 듣는 중에 비가 내렸는데, 밖으로 나가 그 비의 냄새를 맡고 싶은 마음을 참을 수 없었던 기억도 보였다.

그리고 레몬 바닐라 아이스크림의 맛 밑에 그 향기도 들어 있었다. 또 가장 약하고 밋밋한 커피부터, 실수로 두 스푼을 넣는 바람에 새벽 네 시까지 잠을 이루지 못했던 커피까지, 그녀가 여태 마셔온 모든 커피가 순서대로 들어 있었다.

그녀가 꾸었던 꿈들도 들어 있었다. 접힌 채, 그녀가 아직 완전히 깨지 않았다는 듯 약간 촉촉하게 젖어 차곡차곡 쌓여 있었다. 최악의 꿈이 맨 밑에, 여행 가방의 깊은 어둠에 삼켜진 채 있었고 멋지고 끝내주는 꿈들은 장난스럽게 맨 위에서 반짝였다.

놀라웠다—어떻게 이 모든 게 이 작은 여행 가방에 들어가는 거지? 발바닥에 느껴지던 풀의 감촉, 실패의 쓴맛, 가장 좋아하는 신발, 늘 그녀를 담당했던 웨이트리스의 이름, 카페에 함께 갔던 가이와 에릭의 기억, 따끔하기도 하고 눈부시기도 한 마음들, '거의' 이룰 뻔했던 것들, 성공, 잠들기 직전 늦은 밤에 문득 떠올랐던 작은 통찰들,(아침에도 그런 일이 있었다. 이미 잊었다고 확신했는데.) 대장이 암기하라고 했던 스무 가지 규칙, 생각에 잠길 때면 따라서 아름다워지던 가이의 두 눈, 네온 전등에서 나는 소리, 사직서에 서명한 직후 덮쳐온 몸이 마비될 듯한 두려움.

그리고 그 편지도 있었다. 끝내버리기 직전에 가이에게 쓴 편지. 그런 일이 불가능하다는 걸 깨닫기 전에, 남기고 떠나고 싶었던 것. 가방 속에는 전혀 타지 않은 채, 여전히 길고 흰 봉투에 들어 있는 편지가 온전히 있었다.

그녀는 몇 번 짧은 숨을 들이쉰 뒤 봉투를 꺼내 들고 여행 가방을 딸깍 닫았다.

그녀는 서둘러 안내소로 갔다. 아담한 여자가 펜을 허공에 들어 올렸다. 눈은 앞의 십자말풀이에 집중하고 있었다. "지금 드는 기분은요?" 그녀가 물었다. "다섯 글자예요."

"준비됐어요ready." 에밀리가 말했다.

"흠…… 그럴 수도 있죠." 여자가 말했다. "가로 14번과 맞는지 확인해봐야겠네요." 그녀는 다시 눈을 들었다. "네, 어떻게 도와드릴까요?"

"계속 나아가는—그러니까, 삶으로 나아가는—우연 제작자들은 모두 이곳을 거치나요?" 에밀리가 떨리는 목소리로 물었다.

"네, 아마 그럴 거예요." 여자가 말했다. "자주 일어나는 일은 아니지만요. 사실, 우연 제작자가 그리 많은 것도 아니고 죽고 싶어서 안달인 것도 아니잖아요. 하지만 결국은 이곳을 거치게 된답니다."

"부탁 하나만 들어주실래요?"

"안 될 리 있나요?" 작은 미소.

"이걸 좀 전해주실래요?" 에밀리가 봉투를 건넸다.

여자는 봉투를 받아 살펴보았다. 왠지 에밀리는 봉투 안에 들어 있는 것이 무엇인지 여자가 정확히 알고 있다는 걸 알 수 있었다.

"규칙을 비껴가는 방법을 아는군요?" 여자가 물었다.

"그런 셈이에요." 에밀리가 말했다. "그 사람이 여기 도착하면 꼭 전해주세요. 키는 이 정도고……."

"무슨 말인지 알아요." 여자가 말했다. "그러니까, 누구 얘긴지 안답니다."

"정말요?"

"그럼요. 당신은 가로 14번 얘기를 하고 있거든요. '그 젊은 남자.' 여기, 당신이 말한 '준비됐어요ready'랑 정확하게 맞아요." 아담한 여자가 미소 지으며 말했다. 에밀리는 펄쩍 뛰고 싶었다. 다시 승강장 끝으로 뛰어갔다가 돌아오고 싶은 충동을 느꼈다.

멀리서 다가오는 기차의 경적이 들렸다.

"그리고 저건." 여자가 더 활짝 미소 지으며 말했다. "이젠 당신이 정말 준비됐다는 신호랍니다."

22

건물 로비에는 사람들이 와글거렸다. 가이는 옆쪽 구석에 있는 작은 소파에 앉아 양복쟁이들이 입구와 엘리베이터 사이의 공간을 서둘러 오가는 모습을 지켜보았다.

아직도 밖으로 나가 피에르를 만나기로 한 장소로 갈 마음이 들지 않았다. 앞에 걸려 있는 커다란 시계를 힐끗 보자 곧 일어나 움직여야 한다는 게 분명해졌다. 너무 피곤했다.

그랬다. 알고 보니 형태를 바꾸는 일은 힘들었다. 하지만 그건 부분적인 이유일 뿐이었다. 가이 내면의 자아가, 그가 익숙하게 여기는 모든 것과 본질적으로 모순적인 행위를 하지 말라고 경고하고 있었다.

피에르를 설득해봐야 하나? 뭐라고 하지? 정확히 무슨 주장을 내세운다는 거야? 어떤 자료에 근거해서 피에르에게 대안을 제시하지?

로비를 가로질러 가는 높은 사람 중 소파에 파묻혀 있는 우울한 젊은 남자에게 관심을 기울이는 이는 한 명도 없었다. 사실, 그래야 할 이유가 뭐겠는가?

지금 그가 입구의 자동문으로 다가가면 그 문이 관심을 기울일까? 아니면, 그가 너무 무의미하고 줏대도 없는 존재라 센서조차 문을 열어줘야 할 누군가가 있다는 걸 알아채지 못할까?

어쩌면 해가 질 때까지 그냥 이 소파에 앉아 있어야 할지도 모르겠다. 그러면 피에르가 대체 무슨 일인지, 왜 그가 모든 계획을 망쳤는지 확인하러 오겠지. 그걸로 그의 경력은 분명 끝장날 것이다. 뭐, 그러라지.

첫 임무에서는 얼마나 힘이 넘쳤던가. 그전에, 기말고사를 볼 때만 해도 그랬다. 정글을 헤치고 나아가며 빠른 걸음으로 걷고, 눈에는 힘을 준 채, 다리 근육이 고통으로 비명을 지르는 가운데서도, 달이 뜨기 전에 고객을 찾아내겠다는 결심만은 단단했다. 그 일이 끼칠 영향을 모를 때는 모든 것이 참 쉬웠다.

그건 형편없는 임무였고 그는 지금도 자신이 정확히 무엇을 달성했는지 몰랐다. 하지만 최소한, 어쩐지 그는 그 일이 중요한 일이라고 스스로를 설득할 수 있었다.

그리고 그 일이 정말로, 정말 중요한 지금 그는 움직일 수가 없었다. 실패.

그는 비상구로 가 문을 열었다.

가이는 머뭇거리며 사무실 문을 밀었다.

"자, '들어와'라는 말의 어느 부분이 알아듣기 힘들던가?" 대장이 말하는 소리가 들렸고, 그는 서둘러 문을 활짝 열었다.

대장은 나무 책상 뒤에 앉아, 뭔가 기다리는 듯 눈썹을 치켜 올렸다. 그의 앞 책상에는 커다란 갈색 서류철과 글씨가 빽빽하게 프린트된 종이, 고개가 위아래로 흔들거리는 작은 개 인형이 놓여 있었다. 가이는 대장이 들어오라고 말하기 전에 늘 일부러 그 개의 머리를 톡 건드리는 것인지 궁금했다.

"들어와." 대장이 손으로 그에게 지시했다. "앉아."

사무실은 검소하고 엄격한 분위기였다.

네모난 창문에서 들어온 햇살이 텅 빈, 매끄러운 작업용 책상에 시간과 상관없이 늘 네모난 빛을 드리웠다. 구석에는 윗부분을 열어 술을 보관하게 되어 있을 게 틀림없는 커다란 지구본이 있었고, 맞은편 구석에는 뭐가 걸려 있는 적이 없는 코트 걸이가 있었다. 오른쪽에는 유리문이 달린 커다란 책장이 있었다. 노르스름한 흰색 표지의 책 한 권과 잎사귀 하나만이 싹을 틔우고 있는 작은 화분을 제외하면 그 책장은 비어 있었다. 가이는 늘 그 식물이 진짜인지, 조화인지 궁금했다.

가족사진은 없었다. 당연히 컴퓨터도 없었고, 달력 한 장 없었다.

그러나 고개를 끄덕이는 개에게서 먼 쪽, 책상 한구석에는 높은 사람들이 흔히 가지고 노는 장난감이 놓여 있었다. 가이 생각에는 '뉴턴의 진자'라고 불리는 장난감인 것 같았다. 각자 줄 두 가닥으로 연결된 다섯 개의 반짝이는 은색 구슬이, 지루함을 느낀 대장이 그중 하나를 공중으로 들어 올렸다가 놓으며 좌우로 규칙적인 추 운동을 시작하게 만들기를 기다리고 있었다.

가이는 대장 맞은편에 앉아 기다렸다.

대장은 종이 한 장을 집어 들더니 콧노래를 흥얼거렸다.

"그래서." 그가 가이를 돌아보았다. "어땠나?"

"저는……." 가이가 말했다. "그러니까, 제 생각에는 괜찮았습니다. 아닌가요?"

"자네가 말해보게."

"음, 네. 괜찮았습니다."

"뭐가 괜찮았나?"

"수업이요."

"수업?"

"수업에 대해서 물으신 거 아닙니까?"

대장은 등받이에 몸을 기대고 그를 골똘히 바라보았다. "내가 자네의 어떤 점을 마음에 들어 하는지 아나?"

"네. 그러니까, 아뇨." 가이가 말했다.

"다른 사람들의 인정을 받고자 하는 욕구와, 그 인정을 얻기 위해 최소한의 행동만을 할 수 있는 능력이 훌륭하게 균형을 이루고 있다는 점이야."

"무슨 말씀이신지 모르겠습니다." 가이가 말했다.

"아, 내가 하는 모든 말을 자네가 알아들을 거라고는 생각 안 하네." 대장이 말했다. "최소한 지금은 말이야."

"음, 네." 가이가 말했다.

대장은 의자에 앉아 몸을 앞뒤로 흔들며 계속 그를 바라보았다.

"제 성적은요?" 가이가 물었다.

대장은 대답하지 않았다. 뭔가 생각하는 것 같았다. 가이는 기다렸다. "조심해." 여기 들어오기 전에 에릭과 에밀리가 그에게 말했었다. "대장, 오늘 기분이 좋더라."

"그래, 성적." 대장은 몽상에서 빠져나와 앞에 놓인 종이를 힐끗 보았다. "역사 성적은 끔찍하고, 인간 조작 이론에 관해서는 나쁘지 않다. 우연의 기술적 분석은 훌륭하고, 기타 등등. 걱정하지 말도록. 자네가 역사상 핵심적인 우연 제작자들을 모른다는 건 사실 어처구니없는 일이야. 하지만 이론 시험 따위로 낙제시키기 위해 자네를 데려온 건 아니지. 우린 사람 선발하는 방법을 잘 안다. 자네가 실기 시험을 잘 칠 거라는 것도 확신하고 있고. 사실, 난 자네 셋 모두가 그럴 거라고 확신하고 있다."

"그렇게 생각하신다니 다행이네요." 가이가 말했다.

대장은 자리에서 일어나 두 손을 주머니에 넣고 방을 돌아다니기 시작했다.

"유달리 실력이 좋은 우연 제작자들은 두 부류가 있다." 그가 말했다. "사람도 두 부류가 있지. 자기 인생을 살아가는 사람과, 인생이 자기를 이끌어가도록 하는 사람이다—능동적인 사람과 수동적인 사람."

"네?"

"능동적인 우연 제작자는 머리가 좋지만, 위험할 수 있다. 그런 사람은 자기가 세상을 통제할 수 있다는 걸 알고 있고, 그 통제력을 활용할 방법도 알고 있어. 그런 사람은 자기 자신을 창조자 혹은 예술가로 생각한다. 자네 친구 에릭이 능동적이야.

가끔은 그게 꽤나 짜증나지. 수업 도중에, 이 재수 없는 녀석은 승인받지 않은 우연을 활용해 최소 세 번 자기가 데이트할 기회를 마련했고, 내가 끼어들어 계획 마지막 단계를 실행하지 못하게 막지 않았더라면 복권에도 당첨됐을 거야. 그 녀석이 천재여서 망정이지, 아니었다면 나는 그 녀석을 쫓아냈을 걸세. 그건 능동적인 우연 제작자를 쓸 때 감수해야 할 위험이야.

반면 자네는 너무 수동적이어서 지켜보고 있으면 재미있다네. 자네는 자신을 예술가라기보다는 공무원으로 보고 있지. 자네는 삶이 자네를 이리저리 밀고 다니는 데 너무 익숙해져 있어서, 우연이라는 개념이 자네에게는 너무 자연스럽게 보이지. 자네는 모든 지휘관이 꿈꾸는 존재야. 자네는 봉투를 받으면 우연을 만들고, 봉투를 또 받으면 또 우연을 만들지. 얼마나 편한가? 그러나 한편으로, 자네를 가까이서 들여다보면 좀 슬프다네."

가이는 딱히 귀 기울이지 않고 있었다. 에밀리가 그에게, 대장은 비비 꼬아 말하는 성격이며 이번 과정의 마지막 임무를 내주기 전에 세련되고 과장된 방식으로 자존심을 뭉개놓으려 든다고 경고했기 때문이다. "나더러 자신감 부족이래. 그러면서 덕분에 완벽주의적인 성향을 강화하는 데 도움이 될 테니 얼마나 좋으냐는 얘기를 15분 동안 했어." 그녀가 걱정하듯 말했다. "2분만 더 있었으면 난 그냥 자리를 박차고 나왔을 거야. 아니면 대장 무릎을 걷어차든지. 진짜 세게."

하지만 이제는 대장 말을 못 들은 체하기가 어려웠다.

대장이 가이의 얼굴 바로 앞에 자기 얼굴을 들이밀었다.

"이 업계에서 발전하고 싶다면." 그가 가이에게 말했다. "사건을 배달하는 피자 배달부보다 조금이라도 나은 존재가 되고 싶다면, 자네는 자제를 자제하려고 노력해야 하네. 자네에게 익숙한 행동 방식이 아닌 만큼 편안하지는 않겠지만, 보람은 더 클 거야. 알았나?"

"알겠습니다." 가이는 온 힘을 다해 버티면서, 머리를 뒤로 젖히지 않으려고 애쓰며 말했다.

결국, 대장은 수업 마지막 임무가 들어 있는 서류철을 그에게 건넸다. 대장은 방구석의 지구본으로 다가가, 지금 처음 봤다는 듯 골똘히 대륙들을 살펴보았다.

가이는 서류철을 열고 내용물을 죽 넘겨보았다.

그는 대장을 올려다보았다. "여기에 적혀 있기로는 제가……."

"그래."

"하지만 그건……."

"맞아."

"그냥 나비가 날개를 한 번 파닥거리게 만드는 건데요."

대장이 짧게 웃었다. "역사 공부를 진지하게 하지 않으면 이런 일이 벌어지는 걸세. 이 임무를 가볍게 보지 마. 나비가 날개를 한번 파닥이게 만드는 건 단순한 문제가 아니라네."

"좀 복잡할 수 있다는 건 알지만……."

"나비란 고집스럽고 재수 없는 존재야. 과거에는 자기의 중요성을 몰랐지만, 오늘날에는 자기 가치를 정확히 알고 있지. 녀석들이 원하지 않는데 날개를 움직이도록 설득하는 건 몹시 어렵다네. 나비를 찾는 건 쉬운 부분이야. 그놈을 설득하는 게 어려운 부분이 될 걸세. 타이밍 얘기는 아직 꺼내지도 않았고."

"이게 이번 수업의 마지막 임무라고요? 브라질로 가서 숲속을 돌아다니다가, 나비를 찾아서 한 번 날개를 움직이게 설득하는 게? 이건 너무…… 너무…… 80년대 스타일이네요."

"양 날개가 아니라 한쪽 날개만 움직여야 하네. 잘 읽어봐."

"하지만 에릭은 새로운 마을을 세울 사람 세 명을 만나게 하는 임무를 받았잖아요. 에밀리는 프라하의 어떤 사람이 카드 게임을 발명해내게 하는 임무를 받았고……."

"그리고 자네는 이 임무를 받았지. 내면화하고 실행하게. 자네가 하는 모든 일이 달 착륙처럼 극적일 필요는 없어. 작고 평범한 행위도 중요하다네."

"제 생각에는……."

"내 생각에는 얘기가 끝난 것 같군." 대장이 말했다.

대장은 은색 구슬 하나를 들어, 그것이 곡선을 그리며 떨어지도록 놔두었다. 열의 반대쪽 끝에서 구슬 두 개가 튀어 올랐다.

"저게 가능해요?" 가이는 그렇게 물으며, 도발적인 사무실 장난감을 가리켰다.

"이건 우리가 여기서 하는 모든 일의 원칙일세. 어리석군. 가서 나비 일이나 해." 대장이 그에게 말했다. "아주 분명하게 말하는 걸세."

가이는 서류철을 받아 자리에서 일어났다. 튀어 오르는 구슬의 모습이 계속 그의 눈에 거슬렸다. 한쪽 끝에서 구슬을 하나 떨어뜨렸는데, 반대쪽에서는 두 개가 튀어 오르다니.

"가끔은 이렇게도 되는 거야." 대장이 말했다.

"알겠습니다." 가이가 말했다.

"아니, 모르고 있네. 하지만 알게 되겠지."

23

"버스에라도 치인 것 같은 얼굴이네요."

가이는 피에르를 보았다. "기분이 별로 좋지 않아요." 그가 말했다.

"이번 임무가 불편하게 느껴진다는 건 알지만, 가끔은 이런 일도 해야 합니다. 알잖아요."

"이건 불공평합니다. 제가 할 수 있을지도 잘 모르겠고요."

그들은 낡고 외딴 버스 정류장에 있었다. 가이가 부서진 의자에 앉아, 등을 구부리고 팔꿈치는 무릎에 괴고 있었다. 피에르는 그를 마주 보고 팔짱을 낀 채로 서 있었다.

"이봐요." 그가 말했다. "이건 정말 쉬운 일입니다. 달걀을 깨야 오믈렛을 만들 수 있다느니, 나무를 베어야 장작이 나온다느니 하는 온갖 흔한 얘기를 하진 않을게요."

그는 버스 정류장에서 약간 멀어져, 지평선에서 구부러지는 길을 바라보았다.

"사실은 단순합니다. 마이클은 당신이 사랑하는 사람인 것 같네요. 하지만 그는 알베르토 브라운의 성공적인 암살 경력이 깨지지 않도록 죽어야만 합니다. 이런 암살 기록이 유지되어야 하는 이유는, 알베르토 브라운이 앞으로 4년간 충분히 신뢰를 쌓아 미국에서 가장 큰 마피아 조직에 들어갈 수 있어야 하기 때문입니다. 이런 신뢰 덕에 그는 전설적인 인물이 되어서, 5년 후에는 그 조직의 수장으로 선발되고 다른 세 거대 조직과의 합병을 시작해 250년 만에 가장 큰 범죄 카르텔을 형성할 겁니다. 이 합병 덕분에 알베르토 브라운은 다수의 소규모 테러 조직과 관계를 맺고 사업을 시작할 수 있게 되죠. 그러다가 몇 년 뒤, 모든 일이 무르익었을 때, 내 계획의 마지막 단계로 그가 카르텔을 산산조각 내고 그와 연관된 테러 조직들에 치명타를 날릴 겁니다. 그게 한 곳 이상에서 최소 30년간의 평화를 이끌어낼 테고요.

근 60년에 걸친 우연을 제작하기 위해 한 사람을 죽이는 겁니다. 거기다 직접적으로 죽이는 것도 아니죠."

"피에르……." 가이가 말했다.

"'피에르' 하지 마세요." 피에르가 조용히 말했다. "나는 할 일이 있습니다. 마련해야 할 것들이 있어요. 이미 당신에게 맞줘 모든 걸 계획했습니다. 기사는 피곤해하고 있고, 걱정에 빠져 있고, 그 무엇에도 집중하지 않고 있어요. 당신은 버스에 탈 겁니다. 버스 앞에, 기사 옆에 앉을 겁니다. 착하게 기다리다가, 적절한 지점에 이르면 딱 맞는 시점에 뭔가 질문을 던져 기사가 잠깐 고개를 돌려 우리 고객을 치게 하는 겁니다."

"마이클은 우리 고객이 아니에요."

"우리 관점에서는, 우연이 그를 중심으로 돌아가니까 엄밀히 말해……."

"마이클은 우리 고객이 아닙니다!" 가이가 소리쳤다.

둘 사이에 몇 초간 침묵이 흘렀다.

"나한테 소리 지른 겁니까?" 피에르가 물었다.

"굳이 고객이라면." 가이가 조용히 말했다. "내 고객이죠."

"나한테 소리를 질러요?"

"난 마이클이 외롭지 않게 해줘야 하는 사람이었습니다. 내가 그 애와 놀아주고, 꿈을 찾을 수 있을 거라고 그 애를 설득했던 사람입니다. 나는 그 애가 뛰어다닐 때 그 애를 지켜주던 사람이에요. 그 애한테 친구는 있다가도 없고 없다가도 있는 거라고 설명해주려 애썼던 사람이 나라고요. 나 자신은 친구가 있었던 적이 있는지 잘 모르면서도 말입니다. 그런데 이젠 내가 그 애를 죽여야 하는 사람이 되었어요."

피에르는 잠시 조용히 있더니 다시, 차가운 목소리로 물었다. "너, 이 별것도 아닌 게, 나한테 소리를 질러?"

"틀림없이 다른 방법이 있을 겁니다." 가이가 고개를 들었다. "난 당신이 일부러 그 방법을 피하려 한다고 생각해요."

피에르가 그를 돌아보았다.

"내 말 잘 들어." 피에르는 화가 나 눈이 붉어진 채로 말했다. "잘 들으라고. 네가 정신 나간 학생 둘이 복도에서 마주치는 우연을 준비하느라 바빴을 때, 나는 대통령들의 탄생을 준비하고 있었어. 네가 멍청한 팝송을 라디오 편성표에 넣어 싸구려 로맨스에 배경음악을 깔아주고 있을 때, 나는 내가 앞서 태어나도록 했던 대통령을 암살할 인물들의 출생을 계획했어.

넌 하찮은 존재야. 아무것도 아니야. 너는 입만 나불대길 좋아하는 하급 직원일 뿐이라고. 너는 네가 이 세상에서 뭔가를 바꾸고 계획한다고 생각하지만, 네가 하는 일이라고는 아무 의미 없는 실존적 장난을 치는 것뿐이야. 게다가 넌 그걸 하는 와중에도 다음번에 받을 형편없는 봉투를 기다릴 뿐 아무 목표도 없이 방황하지. 누군가가 호주로 가는 비행기에 올라 자아 찾기를 위한 여행을 떠나야겠다고 마음먹게 했다는 이유로 큰 그림을 다 보고 있는 줄 알아? 너는 네 인생을 이루고 있는 요소 중에 세 개 반조차 그 잘난 벽에 그릴 줄을 몰라.

너 자신을 봐. 넌 누군가 너를 쓰러뜨려주기를 기다리는 도미노야. 네가 세상에 끼치는 영향은 그게 전부라고. 너는 움직이지 않는 표적이야. 네가 하려는 그 영웅적인 구조 작전을 제외하면—누가 시켜서가 아니라 너의 내면으로부터 나와서 한 일이 하나라도, 단 하나라도 있나?"

가이는 애써 평정심을 유지했다. 그는 화를 억누르며 바닥을 보았다. "난 사랑을 해봤습니다." 그가 조용히 말했다.

피에르는 구역질했다. "사랑을 해봤어? **사랑을 해봐**? 네 상상 속 친구 말하는 건가? 상상이 언제부터 사랑과 같은 거였지?"

가이는 믿을 수 없다는 듯 고개를 저었다.

"사랑에는 변화가 필요해. 사랑에는 노력이 필요해. 사랑은 말 잘 듣는다고 주는, 너한테도 기분 좋을 만한 일을 하나쯤 만들어주려고 뿌리는 사탕이 아니야. 사랑은 힘겨운 노력이야. 세상에서 가장 힘든 일이지. 네가 그 상상 속 친구에게 정확히 어떤 노력을 들였지? 너는 네 마음에 드는 인물을 가져다가 충분한 달콤함을 퍼부은 끝에, '사랑에 빠졌다'고 너 자신을 설득하게 됐을 뿐이야. 게으른 인간에게 사랑이란 없어."

이제 피에르는 멈추지 못하고 식식대고 있었다. "세상에, 진작 알아보고 널 포기했어야 하는 건데. 이럴 줄 알았어. 내 관점에서, 이번 임무는 퍼주는 거나 다름없었어. 내가 인적 없는 공원에서의 퍽치기를 준비할 수 없었을 거 같아? 엘리베이터 사고라든지? 정말로 내가 널 그 빌어먹을 상상 속 친구로 변장시켜, 마이클에게 건물을 나서 정확한 시간에 길을 건너라고 설득해야만 한다고 생각하나? 온갖 사고란 사고의 절반쯤을 일으키고 자신을 우연 제작자라고 부르는 사람치고, 넌 자기 생각을 너무 많이 해. 넌 같은 일을 너무 오랫동안 해왔어, 다섯 살짜리 여자애가 배앓이를 하게 만드는 일에 몇 시간씩 골머리를 썩이곤 했지. 그래, 그래. 난 널 다 알고 있어. 네 임무들을 검토했으니까. 이번 임무는 네 발전에 박차를 가하고, 네가 배짱 있는 결정을 내릴 수밖에 없도록 만드는 임무였어야 한다고. 꽃으로 세상을 바꿀 수 있을 거라고 생각해? 아니, 아니지, 아가야. 꽃은 단 한 번도 세상을 바꾼 적이 없어. 창이 바꿨을 수는 있지. 총이라면 확실히 바꿀 수 있고. 폭탄은 세상을 바꿨고, 앞으로도 계속 그럴 거야. 내 말 믿어. 하지만 꽃은 아니야. 그리고 이제 이 세상에서 뭔가를, 뭔가 큰 것을 움직이고 싶다면 이런 감정적이고 감상적인 태도는 버려야 해."

"난 작은 것들을 바꾸는 게 좋아요." 가이가 조용히 말했다.

"그럼 여기에, 네 작고 안전한 틀 안에 머물러. 5년 후에 이혼할 부부의 만남을 계획하고, 사람들이 모든 걸 다 버리고 실현할 방법도 없는 자신의 '꿈'을 이해하게 해—그 꿈을 이루려는 시도는 아무 의미도 없다는 걸 10년 후에야 깨닫게 만들도록 하란 말이야. 인생이 끝나는 날까지 벽에 그림이나 그려. 회한에 젖고 답답한 마음으로 가득한 채 사직서에 서명할 날까지. 네 친구처럼."

가이가 놀라 눈을 들었다. "뭐라고요?"

"에밀리 말이야." 피에르가 만족스러운 듯 미소 지으며 말했다. "에밀리에게도 이 일에 필요한 재능이라곤 없었나 보지."

가이의 얼굴이 허옇게 질렸다.

에밀리가 사직서에 서명했다. 대체 무슨 생각이었던 걸까?

가이는 생각에 집중하려 했지만, 피에르의 비웃는 목소리가 여전히 머릿속을 파고들고 있었다.

"에밀리는 자기가 다른 우연 제작자들의 뒤처리를 하고 있다는 걸 알았을까? 진짜 우연 제작자들이 톱질을 할 때 바닥에 떨어진 톱밥 속에서 패턴을 만들어내고 있다는 걸 말이야. 그럴지도 모르지. 어쩌면 에밀리는 그냥 질려버린 걸지도 몰라. 자기 역할이 중요하지 않다고 느끼면 그런 일이 일어나거든."

피에르는 거리를 돌아보았다. 지평선에서 작은 점이 눈에 들어오기 시작했다.

"버스가 오는구나, 아가야. 지금이라도 배짱을 기를 시간은 있단다. 세상에 진짜 변화를 만들어내는 기분이 어떤지 처음으로 맛볼 기회는 아직도 열려 있어. 아니면 그냥 여기 남아서, 네가 얼마나 윤리적인지 너 자신에게 얘기해주고 인도에 깔린 바나나 껍질만큼만 중요한 존재로 지내라고. 뭐랄까, 그 바나나 껍질도 사람들을 미끄러뜨려 넘어지게 할 수는 있거든."

가이는 버스의 엔진이 우르릉하며 다가오는 소리를 들었다.

버스 정류장의 뜨거운 공기가 그들을 휘감았다. 피에르는 여전히 거리를 향해 꼿꼿이 서 있었다. 가이는 여전히 부서진 의자에 수그리고 앉아 있었다.

"감히 어떻게 그럴 수가 있죠?" 가이가 마침내 말했다.

"뭐라고?" 피에르가 한쪽 눈썹을 치켜 올렸다.

"당신은 정확히 언제부터 이렇게 된 겁니까?" 가이는 다가오는 버스보다 큰 소리를 내며 물었다. "정확히 언제 미쳐버린 거냐고요. 대체 언제부터, 당신 목적에 맞는다는 이유만으로 누군가의 죽음을 계획할 만큼 특별한 사람이 됐다고 생각하게 된 겁니까? 언제부터 그 정도로 오만해진 거예요?"

"잘 들어……."

"아니, 당신이나 잘 들어요!" 가이가 소리쳤다. "당신은 대통령을 만들고 혁명을 일으킨 사람이라면서, 불필요한 죽음을 피하지 않고는 이 상황에서 빠져나갈 방법을 마련하지 못한다는 겁니까? 아뇨, 그럴 리가요. 못 믿겠습니다. 당신이라면 할 수 있어요! 당신이라면 이것보다 훨씬 나은 걸 계획할 수 있어요. 하지만 그러면 충분히 극적이지 않은 거잖아요? 그러면 당신에게 권력이 있다는, 누구라도 된 것 같은 짜릿한 느낌이 들지 않는 거겠죠! 제가 바꾸는 조그만 현실들은요, 요원님, 인간의 인생입니다. 정확히 어느 단계에서 이 점을 잊은 겁니까? 어느 단계에서 모든 걸 큰 판돈이 걸린 게임처럼 취급하게 된 겁니까?"

"진정해. '배짱을 기르라'는 말이 이딴 식으로 배짱을 부리라는 뜻은 아니었어." 피에르가 차갑게 말했다.

"닥쳐요!" 가이가 소리쳤다. "영혼을 잃고 세상을 당신처럼 보게 되느니, '작고 무의미한' 존재로 남는 게 낫겠습니다. 우연을 만들 방법은 **선택**하는 거예요. **선택**하는 거라고요. 알아서 일어나는 일이 아니에요. 그리고 지금 나는 내가 우연을 만들 방법을 선택하고 있습니다. 그 방법에는 사람을 죽이는 일이 포함되지 않을 겁니다."

"진정하……."

"닥치라고요! 나는 존재하는 내내 명령을 수행해왔습니다. 그간 내내, 미친 사람처럼 뛰어다니며 우연을 계획하고 준비하고 만드는 동안에도, 사실은 수동적이었어요. 상상 속 친구로서 내가 수동적이었던 이유는 그럴 수밖에 없었기 때문이에요.

나는 의견을 표현해서는 안 됐고, 날 상상하는 사람의 감정과 모순된다면 아무것도 바꾸면 안 됐습니다. 한번은 반항하며 감히 날 상상하는 사람에게 반기를 들었고, 몇 년 동안 존재하지 못하는 벌을 받았지요.

그런 다음에는 능동적으로 살고 뭔가를 바꾸며, 내가 맞는다고 느끼는 쪽으로 그것들을 움직여갈 기회를 얻었어요. 하지만 그러는 대신, 나는 봉투의 노예가 됐습니다. 난 나 자신이 시스템의 일부가 되게 내버려뒀습니다. 그렇게 하면 편하고 기분이 좋았고, 소속감도 느껴진다는 단순한 이유에서였죠. 처음 봉투를 받은 날부터 오늘까지, 나는 수행해야 하는 임무를 바라보았을 뿐입니다. 나는 당신처럼 되는 안전한 길을 따라 걸어왔어요. 자신이 만든 우연으로 영향을 받는 사람들은 보지 못할 만큼, 훌륭한 실적을 냈다며 자아도취하고 있는 당신 같은 사람 말입니다. 하지만 더는 아니에요."

버스는 30미터나 40미터쯤 떨어져 있었다. 이제는 버스 냄새가 났다.

"나는 버스에 타지 않을 겁니다." 가이가 말했다. "당신이 직접 해요."

"타야 해." 피에르가 말했다. "다른 선택지는 없어. 네 열렬한 연설은 존중한다만, 우리는 임무를 수행해야 해."

"그리고 **당신의** 열렬한 연설도 존중합니다만." 가이가 말했다. "엿이나 쳐드세요."

버스가 옆에 멈췄다.

문이 열렸다.

"두 가지만 얘기하지." 피에르가 버스의 첫 번째 계단에 발을 얹으며 말했다. "지금은 내가 이 일을 하겠지만, 너는 말이야, 친구—너는 사람에 관련된 우연을 더 이상 제작하지 못하게 될 거야. 네가 남은 평생 동안 파충류와 벌레들 인연 맺기 임무나 배정받도록 내가 직접 손을 쓰지.

그리고 둘째, 수동적으로 사는 데 질렸다고 헛소리를 하는데 말이야. 너의 그 작은 반항조차 아무것도 하지 **않는** 것이라는 사실을 생각해봐야 하지 않을까? 내 생각엔 그리 능동적인 것 같지 않은데. 늘 그랬지만, 반항할 때조차도 넌 쉬운 길을 택하지."

문이 탁한 공기를 뿜어내며 닫혔다. 버스는 달리기 시작해 보이지 않게 되었다.

가이는 거의 1분 동안 그 자리에 앉아 있었고, 타오르는 태양이 그의 주변에서 소용돌이치는 먼지구름을 비추었다.

그런 다음, 그는 일어나 달리기 시작했다.

24

뭐, 그리 잘한 것 같지는 않은데. 그는 그렇게 생각했다.

버스 창문 너머로 풍경이 빠르게 그를 스치고 지나갔다.

그렇게까지 몰입할 필요는 없었다. 애초의 계획을 지키며, 즉흥적인 행동을 삼갔어야 했다. 하지만 그는 스스로 설정해 둔 한계를 넘어서지는 않았다. 별일 아니야. 우린 여전히 계획대로 나아가고 있어.

그는 자기가 했던 말 때문에 마음이 불편했다. 가이는 그런 말을 들을 만한 사람은 아니었다. 전반적으로 보면 그는 정말 괜찮은 사람이었다.

그래, 너무 오버했어.

버스가 도시에 접어들었다. 여기에서 그 일이 벌어질 예정이었다.

"대통령의 탄생을 준비했다"니. 그건 정말 중대한 실수였다.

"대통령의 탄생을 준비"하는 일 따위는 불가능했다. 사람은 태어난 다음에 대통령이 되기로 선택하는 것이지, 태어나기 전에 그러는 게 아니었다. 자유의지의 네 번째 법칙. 시험에도 나왔던 문제다. 가이가 이 실수를 알아차렸다면 모든 걸 망칠 수도 있었다. 이렇게 오랜 세월이 지났는데도 가끔은 초보자 같은 실수를 저지른다. '대통령의 탄생'이라니—진짜, 이러기야?

좌우간, 더는 어긋나는 일이 없고 모든 계산이 잘되었기를 바랄 수밖에 없었다.

어쨌거나, 이건 그저 하나의 작은 문제일 뿐이었다. 이 역겨운 느낌은 전혀 불필요했다.

여기가 교차로네.

잠시 후면 버스가 우회전한다.

여기에 그가, 아무것도 의심하지 않고 있을 것이다. 그리고 이제, 딱 맞는 순간에 그는 약간 몸을 숙여서…….

"저기요, 저쪽 정류장에서 정차하셨어야 하는 거 아니에요?"

버스 기사는 그에게로 고개를 돌렸다. "뭐라고요?"

하지만 그는 기사를 보고 있지 않았다. 지금 버스 앞에 나타난 사람을 보고 있었다. 그는 그가 손을 흔드는 것을 보았고, 잠깐 그와 눈이 마주쳤다. 그리고 사고가 났다.

이렇게 생각하지 않을 수가 없었다. '임무 완수.'

우연 제작자 후보생에게 동기를 부여하기 위해 작성된 문서에서 발췌

이 과정을 듣는 모든 학생에게:

아시겠지만, 약 한 달 후면 이론 교육 과정이 끝나고 우연 제작자로서의 수련생 생활이 시작됩니다.

주의하십시오!!

몇 년에 걸쳐 유감스러운 관행이 뿌리내렸습니다. 우연 제작자 과정 졸업생들이 '졸업 우연Graduation Coincidences, GCs'이라는 것을 만들어낸 겁니다.

、전문가의 지도를 받지 않고, 사전 승인 없이 진행된 '재미있고' '멋지고' '재치 있는' 우연은 심각한 결과로 이어질 수 있습니다!!!•

아무리 재미있더라도 모든 비허가 우연 제작 활동은 엄격하게 금지됩니다!!!

GC를 만드는 학생은 자격을 정지당하고 제적당할 수 있습니다!!!

경고했습니다!!!

안전하고 조용하게 과정을 마무리합시다!!!

- 헐리우드 여배우 두 명이 같은 드레스를 입고 시상식에 도착하게 하거나, 텔레비전 생방송에 방송사고를 내거나, 설사를 하는 사람들로만 카페를 가득 채우는 등 겉보기에는 무해한 우연도 광범위한 영향을 끼칠 수 있습니다. 무책임한 우연을 계획하면, 그로부터 생겨난 영향력이 누적됩니다. 그 여파를 완화하기 위해 다른 우연 제작자들이 골머리를 썩으며 열심히 일해야 합니다.

25

알베르토가 들어갔을 때 방은 약간 시원했다.

그는 떠나기 전 늘 에어컨을 켜두었다. 돌아왔을 때 방이 기분 좋은 상태인 건 중요한 일이었다. 하지만 지금 그는 그 점에 관심을 두지 않고 있었다.

그는 침대에 눕지도, 밖을 내다보지도, 얼음을 곁들인 위스키 한 잔을 들고 바깥 현관에 앉지도 않았다. 그는 기쁜 건지 겁이 나는 건지 알 수 없는 상태로 그냥 짐을 싸기 시작했다. 암살자는 겁을 먹어서는 안 되는 법이었다. 그러니까 기쁜 게 틀림없었다.

그는 표적이 건물을 떠나는 모습을 보았다. 그는 키가 컸고, 짙은 파란색 정장을 입고 있었으며, 걸음이 빠르고 정확했고, 두 손은 주머니에 넣은 채 꽉 쥐고 있었다. 또 하나의 표적. 전반적으로, 그냥 또 하나의 표적일 뿐이었다. 하지만 그때 세 가지 놀라운 일이 벌어졌다.

처음으로 놀라웠던 일은 그의 표적이 갑자기 돌아서, 길가로 가더니 단호하게 길을 건넜다는 점이었다.

알베르토는 그가 주차장으로 갈 것으로 생각했다. 하지만 알베르토는, 평생 처음 있는 일이긴 했지만, 표적에게도 제 나름의 삶이 있고 그들이 맞은편에 재미있는 것이라도 있다는 듯 길을 건널 수도 있다는 걸 알게 됐다.

그는 조준경으로 정장 입은 남자를 좇으며, 그가 거리 맞은편에 이르러 시야에서 벗어나기 전에 그를 쏘아버릴 최적의 시간을 계산했다.

두 번째로 놀라운 일은, 표적이 거리 한복판에 멈춰 섰다는 점이었다.

잠깐은 그가 돌아가려는 것처럼 보였다. 알베르토는 대체 무엇에 정신이 팔려야 길 한가운데에 멈춰서 생각에 잠길 수 있는지 전혀 알 수 없었다. 잠시 후, 그는 알아챘다.

사고가 일어나려나보다고, 그는 혼자 생각했다. 훌륭하군. 하지만 그 감탄은 겨우 1.5초 동안만 지속됐다. 그의 표적은 잠시 망설이고 뒤를 돌아보더니, 잠시 더 가만히 있었다. 그 정도면 충분한 시간이었다. 알베르토는 표적의 가슴에 십자표를 겨누고, 들숨과 날숨 사이의 한 지점에 이르러, 라이플을 단발

모드로 변경하고, 방아쇠에 손을 대고…….

그때 세 번째 놀라운 일이 일어났다.

짧게 끼익하는 브레이크 소리가 나더니, 흰 택시 한 대가 그의 표적 앞에 섰다. 짜증이 난 기사가 차창으로 고개를 내밀고 소리쳤다. 정장을 입은 남자는 미안하다는 듯 두 손을 들더니 천천히 조준경 바깥으로, 길 건너편으로 걸어갔다.

알베르토는 여전히 방아쇠에 손을 대고 있었다. 숨이 막힐 것만 같았다.

아무 일도 없었다. 아무 일도 일어나지 않았다. 그는 이 순간이 바로 그 일이 일어났어야만 하는 순간이라는 걸 잘 알고 있었다. 그는 그 얼얼한 느낌, 자신감과 뒤섞인 강한 욕망, 약간 버거운 호흡을 느꼈다. 그 모두가 과거에는 이런 순간을 나타내는 표지였다.

그러나 이번에 그 순간은 그냥 왔다가 갔다. 아무 일도 일어나지 않았다.

이제 마음을 가다듬고 남아 있는 2.5초 안에 표적을 죽이지 않는다면, 표적은 죽지 않을 것이다.

모든 것이 슬로 모션으로 움직였다.

생각에 잠긴 채 길 건너편으로 걸어가는 표적.

표적을 쫓다가 그에게 다가가는 조준경.

이제는 사람을 죽여야—진짜로 죽여야 한다는 명백한 깨달음. 그가 저절로 죽기를 기다리는 것이 아니다. 죽이는 것이다.

정확한 자리를 겨누고 있는 십자표.

방아쇠에 닿은 손가락. 쏘겠다는 결정. 뇌에서 손가락에 보낸 명령. 그것이 목 뒤쪽을 타고 흘러내려, 날갯죽지쯤에서 오른쪽으로 방향을 틀어 어깨를 가로지른 다음, 검은 기름처럼 그의 팔로 흘러가 손가락에 닿고, 그런 다음에는, 그런 다음에는, 그다음엔…….

그다음엔, 반항하는 손가락이 명령을 실행하기를 거부했다.

표적은 보이지 않는 곳으로 사라졌다.

알베르토 브라운에게는 사실 사람을 죽일 능력이 없었다.

그가 비행기에 앉아 있을 때, 활주로가 옆의 창문 너머로 흘러가기 시작했을 때, 그는 기분이 좋지 않으며 겁이 난다는 걸 깨달았다. 다만 그는 한편으로 엄청난 안도감을 느꼈다. 그는 진정한 시험 하나를 버텨냈다. 단 하나의 간단한 선택. 그 이후에는 '북반구에서 가장 조용하고 능력 있는 암살자'가 그냥 '햄스터를 데리고 다니는 남자'가 되었다. 그냥 사람이 됐다.

이제는 숨어 살아야 할 사람, 신분을 바꿔야 할 사람, 어쩌면 한 공간에 아주 오래 머물지는 못할 사람. 좌절감과 두려움과 행복감이 벅차게 느껴지는 바람에 출국장 전광판 맨 위의 목적지로 가는 비행기 표를 산 사람. 총알이 든 라이플을 건물 옥상에 두고 온 사람.

하지만 그는 그냥 사람이었다.

마이클은 아무도 깨우지 않으려고 조심하는 것처럼 조용히 문을 닫고 들어왔다. 그녀가—이 집의 유일한 사람이—침대에 누워 있기는 해도 자고 있지는 않으리라는 걸 알았는데도.

늦은 시간이었다. 그는 퇴근 후 곧장 집으로 오지 않았다.

거리를 건너 맞은편 가게로 가서 작은 물건을 샀을 때, 마이클은 뭔가 다른 것, 새로운 것을 느꼈다. 바깥 공기는 시원했고, 가게를 나서면서 들이쉰 첫 숨은 마치 갓난아기의 첫 숨처럼 놀라웠다. 이제야 숨 쉬는 방법을 떠올린 것처럼, 죽었다가 삶으로 돌아온 것처럼. 그런 다음 마이클은 고개를 젓고 손에 들린 작은 가방을 보며 하마터면 소리를 내어 물을 뻔했다. 이것이 뭔가를 바꿀 수 있다는 생각은 도대체 어디서 왔는지.

그는 서류 가방을 조심스럽게 문에 기대놓고, 열쇠를 현관 옆 탁자에 가만히 내려놓았다. 한 손이 넥타이를 풀려고 자동으로 목으로 향했다. 그는 두 다리와 생각에 이끌려 거리를 걷다가 이미 넥타이를 풀었다는 걸 떠올렸다. 그는 몇 시간이나 헤매고 돌아다니며, 대체 자신이 뭘 하고 있는 건지, 왜 이런 시도가 실패한 나머지 다른 시도와는 달리 성공할 거라고 생각하는지 반복적으로 자문했다.

주방에는 불이 켜져 있었다. 마이클은 안으로 들어가 찬물 한 잔을 따랐다. 두 다리가 빠르게, 단호하게 신발을 걷어차 벗어버리고 양말 너머로 바닥의 서늘함을 흡족하게 받아들였다. 그는 주방에 서서 조금씩 홀짝이며 물을 마셨다. 1~2초에 한 번씩은 멈추어 숨을 쉬어가면서. 그는 자신이 실제로 흥분하고 있다는 게 놀라웠다.

한 시간도 채 안 된 그때만 해도, 이 일은 다 끝난 것처럼 보였다. 못 견딜 만큼 무거운 가방을 손에 든 채, 찰랑찰랑 넘칠 것 같은 과장된 기대감을 품고 사무실 주차장으로 돌아왔을 때는. 그는 자동차 트렁크를 열고 혐오 가까운 감정을 담아 그 물건을 집어넣은 다음, 순진한 자신을 욕하고 그의 내면에 환상을 심어준 중간 존을 욕했으며 온 세상을 욕했다.

집으로 가면서, 마이클은 천천히 자신으로 되돌아오는 듯한 기분이 들었다. 너무 익숙해져 습관처럼 되어버린, 압박하는 느낌이 돌아왔다. 이게 네 인생이야. 넌 이런 사람이야—이제 받아들여. 트렁크에 놓인 책은 그저 사랑을 해보려는 또 한 번의 처절한 노력일 뿐이었다. 그러나 이번에는 희망을 싹부터 잘라버렸다. 그냥 시간 낭비가 될 것이다. 그의 시간과, 그녀의 시간을 낭비하는 짓.

그는 자동차를 타고 저녁이면 늘 막히는 도로에 서서 익숙한 냄새가 실린 에어컨 공기를 들이마셨다.

라디오에서는 방송 진행자가 "약간의 혼동이 있었습니다……."라느니 뭐라느니 중얼거렸고, 노래가 시작됐다.

마이클은 물을 다 마시고 잔을 싱크대에 넣었다.

날 미쳤다고 생각했을 게 틀림없어. 그는 그렇게 생각하고, 감히 미소 지었다. 나라도 그러지.

막히는 자동차들 한가운데에서, 정장을 입은 키 큰 남자가 자동차 문을 열고 나와 라디오 소리에 맞춰 춤을 추고 눈물을 흘리는 걸 보면 사람들은 미쳤다는 거 말고 또 무슨 생각을 할까? 감정의 트로이 목마가 되어버린 이 노래에 대해 다들 뭘 얼마나 알고 있을까? 이 노래를 스테레오에 틀어놓고 그에게 "이제 나랑 춤을 추게 될 거야. 거절은 거절할게!"라고 말했던 그녀의 눈에 떠올랐던 표정을 그들이 알기나 할까?

아무튼, 사람들이 본 것은 자동차가 흔들릴 만큼 크게 스피커를 틀어놓고, 한 남자가 길거리 한복판에 그냥 서 있는 모습

뿐이었다. 그는 머저리처럼 빙빙 돌고 있었다. 당시에는 그렇게 춤을 춰어야 한다고 생각했으니까, 그게 그녀를 웃게 했을 테니까. 사람들이 어떻게 그걸 이해할 수 있겠는가?

사람들은 경적을 울리지 않았고, 차창을 열지도 않았으며, 고함을 치지도 않았다. 아니, 그렇게 했을지도 몰랐다. 알 게 뭐람. 그는 사실 그곳에 없었다. 그는 계속해서 춤을 추고 또 추었을 뿐이다. 최근 몇 년 동안 그가 스스로를 감싸왔던 그 모든 층이, 그 모든 층이 말라버린 꺼풀처럼 벗겨졌다. 진흙 같은 그 절망이 쪼개지고 흩어지고 떨어져 내렸다. 눈을 감고 손을 펄럭이며, 그는 질서 잡힌 모든 생각을 버렸고, 노래가 끝나고 펄쩍펄쩍 뛰기를 멈춘 다음에는 자동차에 올라 문을 닫고 라디오를 껐다. 그리고 "하지만 그건 불가능해……."라는 말로 시작하는 모든 생각이 들어오도록 내버려두었던 머릿속 대문도 닫아걸었다.

그리고 집에 도착할 때쯤, 트렁크의 책은 다시 한번 뭔가 두근거리는 것, 실제적인 것이 되었다. 맥박이 느려지고 차분해졌는데도. 마이클은 일부러 눈물을 닦는 대신, 눈물이 얼굴에서 말라붙어 투명하고 소금기 어린 침전물을 남기도록 내버려두었다. 뺨에 남은 전투의 흉터처럼, 그가 영혼을 위한 전쟁에 참여했고 최소 한 번의 전투에서는 승리를 거두었다는 증거로.

그는 천천히 계단을 올라 조용히 침실에 들어갔다.

그녀는 그를 등지고 그곳에 누워 있었다.

그는 기대를 품고 이곳에 오고 싶지는 않았다.

마이클은 그녀를 고쳐주거나 바꾸려고, 혹은 그녀를 해방시키려고 여기에 온 것이 아니었다.

변화가 필요한 사람은 그였다. 그는 자신에 대한 노력을 기울일 것이다.

그는 아까 노래가 시작된 그 순간 이 점을 깨달았다.

마이클은 벽에 등을 기댄 채 침대에 앉았다. 두 손에 책을 들고 있었다.

"이건 한 번도 안 읽어봤지?" 그는 미카에게 물었던 일이 떠올랐다.

그때 그녀는 어깨를 으쓱했었다. "유죄를 인정합니다." 그녀가 고백했다. "늘 읽겠다고 나 자신한테 약속해왔고 꼭 읽어야 한다는 걸 알고 있으면서도 왠지 이상한 우연 때문에 그 책에 손을 댄 적이 한 번도 없네요."

"언젠가는 읽어야 돼."

"꼭 읽을게." 당시에 그녀는 고개를 끄덕였었다.

어쩌면 지금 그녀는 잠들어 있을지도 몰랐다. 아닐지도 모르고.

어쩌면 그의 말을 들을지도 몰랐다. 아닐지도 모르고.

상관없었다. 그는 기적이나 극적인 변화를 기대하지 않았다. 그는 작은 단계들을 밟아나갈 각오를 다졌다. 그는 책을 펼쳤다.

"여기 에드워드 베어가 있어요. 쿵쿵쿵 뒤통수를 계단에 부딪치며 크리스토퍼 로빈을 따라 내려오네요." 그는 큰 소리로 읽기 시작했다.

그는 끝까지, 아니면 잠이 올 때까지 계속 읽을 생각이었다.

그는 그녀의 호흡이 조금씩 바뀌는 것을 보았다. 그녀가 귀 기울이고 있다는 걸 알았다. 그가 책을 다 읽었을 때쯤, 그날의 첫 번째 빛줄기가 방에 들어와 점점이 박힌 먼지들을 천천히 움직이는 별들로 바꿔놓았다. 그리고 그는 침대 옆에 책을 내려놓고, 한두 시간의 잠을 자신에게 허락했다. 몇 달 후, 그는 이 순간 그녀가 깊이 잠들어 있었고 그녀의 안색은 여전히 창백했지만, 그를 향해 얼굴을 돌리고 있었다는 걸 떠올리게 된다.

26

첫 100미터를 달리는 동안은 여전히 분노한 상태였다. 그다음 100미터를 달릴 때는 공포와 급박함이 찾아왔다. 이제 그는 단지 옳은 일을 하려고 서두르고 있을 뿐이었다.

가이는 거리를 전력 질주했다. 가슴이 빠르게 오르내렸고, 발걸음은 성큼성큼 빨랐으며, 머리로는 경로를 계산하고 있었다.

그는 이 도시를 알았다. 잘 알고 있었다. 지금은 벽에 아무것도 그릴 필요가 없었다. 머릿속에서 그는 이 도시 전체를 위에서 내려다보고 있었다. 차량이 복잡한 패턴을 그리며 흐르고 멈추는 방식, 거리를 서둘러 움직이는 사람들, 도시가 호흡하는 그 방식을. 누군가가 렌즈를 약간 돌려놓은 것 같았다, 보라, 세상이 선명하고 밝아지지 않았나.

그는 오랫동안 이 도시를 잘 알고 있었다. 하지만 지금은 머릿속으로 사실상 모든 계산을 할 수 있다는 걸 깨달았다. 공책도, 벽도, 아무것도 필요하지 않았다. 그는 거리를 달리면서 보행자들이 언제 눈앞에 나타나 어디로 갈지를 알 수 있었다. 그는 버스가 진행할 경로를 알고, 그 버스가 버스 정류장에 정차할 확률도, 그 버스가 우유부단한 마이클의 몸을 얼마나 빠른 속도로 칠지도 정확히 알 수 있었다. 그는 더 이상 2급 우연 제작자가 아니었다. 그 점은 분명했다. 그에게는 도시 전체의 모습이 보였다.

그리고 그도 그 도시의 일부, 방정식의 일부였다.

그는 너무 오래 관찰자로 지냈다.

끼어들고 탐색하는 관찰자, 지켜보고 확인하고 측정하고 대상을 오른쪽으로나 왼쪽으로 손가락 한 마디쯤 옮겨놓되, 늘 그저 관찰자로만 머무는 관찰자. 자신이 설치하지 않은 중심점의 힘으로 산을 움직이는, 하찮고 잘 훈련된 병사.

탁자에서 떨어지는 커피 잔처럼, 그는 좌고우면하지 않는 도구에 불과했다. 그는 자신만의 의견이 생기는 걸 두려워했으니까. 그는 가끔 급브레이크를 밟는 사람, 길가에 차를 대고 "혹시……?" 하는 고민을 하는 사람이 되는 게 두려웠다.

그는 버스를 멈출 것이다. 자신만의 새로운 우연을 만들 것이다. 더 나은 우연, 더 올바른 우연. 그는 도살자가 아니라 외과 의사가 될 것이다. 지금까지는, 우연을 만들어내고 있다고 생각할 때마다 단지 사슬의 또 다른 연결고리였을 뿐이지만.

방금, 버스에 타기 직전에 피에르의 눈에 떠올랐던 경멸을 다시 생각하자 분노가 돌아와 그의 내면이 확 타올랐다. 하지만 그 개자식 말이 맞았다. 가이는 늘 수동적으로 사는 편을 택했다. 가장 적극적인 일을 할 때조차, 그 일은 그의 것이 아니었다. 그의 행동이 주변에 에너지를 가득 채운 것은 사실이지만, 그 자신은 수동적이었다.

그리고 이제, 그는 행동하고 있었다.

이번만큼은 잃을 것도 적었다.

예전에도 딱 한 번 이런 일이 일어난 적이 있었다.

기억이 났다. 그는 좁고 숨 막히는 독방에 갇힌, 어느 절망에 빠진 죄수의 상상 속 친구였다. 그는 어두운 감방에, 그 죄수 옆에 앉아 있었다. 대부분은 침묵을 지켰고, 가끔은 그에게 노래를 흥얼거려주었다. 그는 죄수가 고약한 냄새가 나는 음식을 조용히 먹는 모습을 보았다. 죄수는 구석에 누워 추위에 몸을 떨었다. 자기 토사물 속에 무릎을 꿇고 제정신을 되찾으려고 애썼다. 하지만 가이는 상상하는 자가 원하지 않는 행동은 하나도 할 수 없었다. 가끔 쥐 한 마리가 감방에 들어와 코를 킁킁거리고 돌아다니다가 사라졌는데, 가이는 죄수가 자신에 대한 상상을 멈추고 대신 모든 관심과 사랑을 쥐에게로 돌리려는 걸 느꼈다. 가끔은 멀리서 자동차 경적이 들렸고, 가끔은 목 쉰 새 소리도 들렸다. 이 모든 것들이 상상하는 자가 가이를 버리고, 바깥에 존재하는 것에 처절하게 매달리도록 만들기에 충분했다.

"그 사람, 미쳐가는 것 같아." 가이는 커샌드라와의 마지막 대화에서 그렇게 말했다. "포기하려나 봐."

"어떻게 알아?" 그녀가 물었다.

"더는 내가 노래 흥얼거리는 모습을 상상하지 않아. 그냥 습관적으로 상상할 뿐이야. 내가 거기 있는 걸 별로 원하지 않더라고. 그냥 내가 원해서 그 자리에 존재하고, 그 사람은 내버려두기만 하는 것 같아."

죄수가 다음번에 그를 상상했을 때는 그가 죽기 일보 직전이었다.

죄수는 더러운 매트리스를 덮고 있던 천을 잘라내 튼튼한 올가미를 만들었다. 가이는 그의 눈앞에 나타나, 그가 구석 변기 위에 서서 이미 목에 줄을 걸고 있는 모습을 보았다.

"끝났어." 죄수가 말했다. "더는 힘이 없어. 그녀에게 갈 거야. 최소한 거기에, 그녀와 함께 있으면 혼자는 아닐 테니까."

가이는 "평화롭게 떠나. 그녀도 널 기다리고 있어."라고 말해야 했다.

그렇게 말하기로 되어 있었다.

죄수의 상상 속에서 그가 할 말은 그것이었다.

하지만 가이는 이렇게 말했다. "안 돼." 그리고 놀란 죄수의 눈이 풀어지는 것을 보았다.

자신이 미쳤다고 생각한 죄수가 공포 때문에 가이를 상상 속에서 지워버리기로 결정할 때까지, 가이가 행동할 시간은 몇 초밖에 없었다. 그는 뛰어올라 그를 상상하는 자의 머리 위로 올가미를 빼냈다. 죄수의 뇌는 본능적으로 가이를 부정했고 가이는 희미해졌다. 그러기 직전에, 가이는 죄수에게 속삭일 수 있었다. "아직도 살아야 할 이유는 많아." 그런 다음 그는 사라졌다.

재판도, 징계도 기억나지 않았으나 가이는 몇 년 동안 존재할 자격을 박탈당했다. 몇 년 동안이었는지조차 알 수 없었다.

그가 상상 속 친구라는 역할로 돌아왔을 때, 커샌드라 곁의 벤치에 앉아 있는 가이의 모습을 상상해주었던 소년은 어른이 되어 있었다. 가이는 커샌드라를 다시 만나지 못했다. 그녀에게 미리 말하지 못하고 떠난 것을 걱정할 시간조차 없었다. 그에게는 커샌드라가 매번 그 여자아이와 함께 앉아, 그가 더는 찾아오지 않는다는 걸 알게 되었으리라는 점을 생각할 시간도 거의 없었다. 그는 다른 상상 속 친구가 자신의 자리를 차지했을지 모른다는 가능성을 생각하기가 두려웠다.

가이가 존재하는 내내 감히 용기를 냈던 건, 능동적으로 행동했던 건 그때가 유일했다. 우연 제작자로서 그가 단 한 번도 도구 이상의 뭔가가 될 기회를 잡았던 적이 없다는 게 조금이라도 놀라운 일이긴 할까?

가이는 재빨리 오른쪽으로 방향을 꺾었다.

여기에, 그가 돌아와 있었다.

그가. 그의 신체적 모습이나 직업, 생각 없는 행위가 아니라 그가. 그가 다시 이곳에 있었다.

그는 여기에서 다음 모퉁이를 돌자마자, 커다란 자동차가 마이클을 치게 되어 있는 곳에서 세 블록 전에 버스를 멈출 생각이었다. 그는 피에르가 계산한 시간표를 망가뜨리고, 알베르토가 꼭 누구를 죽이지 않고도 바람직한 자리에 다다를 수 있게 만들 새로운 우연을 준비할 것이다. 할 수 있다.

가이의 머릿속에 현재 버스의 위치가 떠올랐다. 버스는 가이가 달려온 길보다 약간 더 오래 걸리는 길을 거쳐서 올 것이다. 가이는 도시의 버스 노선을 모두 외우고 있었는데, 이 버스는 노선이 꽤 길었다.

그는 거리로 뛰어들며, 자신이 신체적으로 얼마나 건강하지 않은지 문득 깨달았다. 아까의 달리기가 예상치 못하게 방해가 됐다. 그때, 그는 계획에 따라 정확히 도착한 버스 바퀴 앞에 뛰어들었다. 그때, 그는 손을 흔들며 "멈춰!"라고 소리치려 했지만, 숨이 너무 차서 그 고함 소리가 거의 들리지 않았다는 것도 깨달았다.

버스는 속도를 늦추지 않았다. 기사를 한번 보니 그가 도로를 보고 있지도 않다는 걸 알 수 있었다. 기사는 방금, 정확히 1초 전에 뭔가 물어본 사람을 힐끗 돌아보고 있었다.

그리고 여기에서, 그 사람의 정체를 알아본 순간 가이의 마음속에는 작고 짧은 공포가 맺혔다. 그 사람은 기사를 마주 보고 있지 않았으며, 대답을 듣겠다고 질문을 던진 것도 아니었다. 그는 앞을, 가이를, 가이의 눈을 똑바로 바라보고 있었다. 그리고 버스는 앞으로 나아가 가이의 몸을 들이받았다.

27

비행기 편을 알리는 정보가 전광판에서 반짝였다.

그중 셋은 몇 분 뒤면 출발할 예정이었지만, 그가 아무리 노력해도 거기에 뭐라고 적혀 있는지, 목적지가 어디인지는 알 수 없었다.

가이는 공항 한복판의 금속제 벤치에 앉았다. 그는 다른 사람들도 거기 있을 거라고 확신했다. 어쨌거나, 소란스러운 소리를 들었고 좌우로 지나가는 사람들을 보았으니까. 그렇지만 마음속에서는 왠지 그 사람들이 그냥 배경의 일부일 뿐이며, 그는 사실상 혼자라는 생각이 들었다.

죽음을 생각한 모든 순간에 그는 한 번도 면세점을 떠올린 적이 없었다. 하지만 알고 보니 현실은 다른 모양이었다.

맞은편, 로비 저쪽 끝에는 체크인 창구가 늘어서 있었다. 창구는 텅 비어 있었고, 한 곳만이 예외였다. 통통하고, 벗어진 머리가 네온 불빛에 약간씩 반짝이고 있는 승무원이 연필을 씹으면서 그 자리에 앉아 있었다. 십자말풀이를 하고 있는 모양이었다. 가이가 보기에, 여행 가방의 개념적 모습을 그려둔 것이라고밖에 표현할 수 없는 물체를 손에 들고 그의 주변을 돌아다니는 사람 중 체크인 창구에 다가가는 사람은 한 명도 없었다. 통통한 승무원은 그 자리에 앉아 십자말풀이를 하는데 완전히 몰두해 있었다.

가이는 자기 몸을 살펴보았다. 아니, 그는 딱히 자동차에 부딪힌 것처럼 보이지는 않았다. 꽤 멀쩡해 보였다. 산산조각 난 그의 몸은 거리에 남겨놓고 온 듯했다. 이 사실이 이렇게까지 태연하게 느껴지는 게 괜찮은 건가?

그리고 하필 왜 공항일까? 실컷 큰 소리로 울라고?

이상했다. 그는 언제나 모든 것이 끝나고 나면 실존적 질문들은 해결될 거라고 생각했다. 새로운 질문이 문 앞에 놓이는 게 아니고 말이다. 알고 보니, 삶은 놀라움으로 가득했다. 죽음도 마찬가지였다. 작은 밤색 여행 가방이 그의 발치에 놓여 있었다. 그는 가방을 들고 무게를 가늠해본 다음, 그 무게가 늘 같지 않으며 무거워졌다가, 가벼워졌다가 한다는 걸 알고 놀랐다. 그는 넓적다리 위에 가방을 놓고 열어보았다.

안에는 그의 인생이 들어 있었다.

어찌 된 일인지 여행 가방에는 가이가 들어갈 수 있겠다고 생각했던 것보다 훨씬 많은 것들이 들어 있었다. 어느 순간, 그는 자신이 팔을 어깨까지 넣은 채 가방 속을 뒤지고 있다는 걸 알게 됐다. 분명 물리적인 문제가 있을 텐데. 그는 그렇게 생각했다. 하지만 사실, 문제가 있으면 또 어떤가……. 그는 가방을 뒤지며 물건, 편지, 사진을 꺼내 빠르게 살펴보았다.

그를 상상했던 첫 번째 아이의 얼굴, 가장 좋아하는 치즈케이크의 맛, 처음으로 잠들었던, 잠든다는 선택지가 존재한다는 걸 처음으로 알게 됐던 때, 에릭의 짧고 짜증스러운 웃음, 발밑에서 바스락거리는 나뭇잎 소리, 근육이 결릴 때의 날카로운 통증, 거울에서 그를 바라보며 변해가던 중간 존의 얼굴. 웃고 있는 커샌드라.

그는 여행 가방 더 깊이 손을 집어넣었다. 그의 평생이 그 안에 정리되어 있다면, 그 순간도 여기 있을 게 틀림없었다. 어디 있을까?

마침내 그는 한구석에서, 첫 아침 조깅에 대한 기억 밑에서 그 기억을 찾아냈다. 둥글고 반짝이는 기억. 그는 그 기억을 불빛에 비춰, 투명한 그 안을 들여다보았다.

겨울, 눈보라, 모진 추위. 그는 황량하고 무시무시한 낭떠러지 가장자리에, 얼음으로 이루어진 사막 어딘가에 서 있었다.

코에서 5센티미터 이상 떨어진 건 아무것도 보이지 않았다. 손가락 끝에서는 촉각이 없어져갔고, 두 발에 신은 신발은 단열이 잘 안 됐다. 등 뒤에서는 그들 두 사람을 보며 으르렁거리는 늑대들의 소리가 들렸다. 늑대들의 검은 실루엣이 보였다. 커샌드라는 그에게서 한 발쯤 떨어져 있었지만, 그는 그녀가 똑똑히 보이지 않았다. 절벽 가장자리의 땅이 불안정해지기 시작했고 그녀가 말하는 소리가 들렸다. "그래, 이젠 돌아가야겠어."

그는 그녀를 상상했고, 그녀는 그를 상상했다. 그들은 다시 공원에 있었고, 그녀는 어떤 문장을 말하고 있었다.

그는 그 기억을 온전히, 선명하게 느껴보려고 빛을 향해 더 들어올렸다.

"그럼, 사람들 말이 사실인가 보네. 딱 맞는 사람이 곁에 있으면, 어딘가에 소속되어 있다는 기분이 든다더니."

그는 그 자리에 앉아 자기 인생을 구성했던 기억들을 살펴본 끝에, 문득 뭔가 이상한 일이 주위에서 일어나고 있다는 걸 눈치챘다. 눈을 들자 그 이유를 알 수 있었다. 그는 혼자였다. 명백한 침묵이 텅 빈 공항을 가득 채웠고, 움직이는 것이라고는 저쪽 끝에 앉아 있는 승무원의 머리뿐이었다. 그는 여행 가방에서 꺼냈던 모든 것을 다시 넣고 가방을 닫았다. 여기에서 무슨 일이 벌어지는 건지 알아볼 때였다.

"잠시만요." 가이가 앞에 와서, 두 다리 사이에 여행 가방을 세워놓고 서자 승무원이 말했다.

승무원은 계속 연필을 씹다가 가이를 올려다보았다.

"어쩌면 손님이 도와주실 수도 있겠네요." 그가 말했다. "제가 손님께 뭘 드려야 할까요? 여덟 글자예요. E로 시작합니다."

"네?" 가이가 물었다.

"제가 손님에게 뭘 드려야 해요." 승무원이 머리를 긁적였다. "하지만 저는 때가 되기 전에 뭘 떠올리는 걸 잘 못하거든요. 제 존재가 그냥 누군가의 생각에 불과할 때는 미리 계획하는 일 자체가 잘 통하지 않아요. '지금' 이상을 생각하기가 어려워서요." 그가 말했다.

"당신이 그냥 누군가의 생각 속 인물일 뿐이라는 거예요?" 가이가 물었다.

"그럼요." 승무원이 말했다. "죽음이 정말 공항 모양일 거라고 생각하시는 건 아니죠? 저는 당신이 지금 이 순간 만들어내고 있는 존재랍니다."

"그래요?" 가이가 삐딱하게 그를 바라보며 말했다.

"네, 정말이에요. 다들 저를 그런 표정으로 보시더군요. 그리고 그럴 때마다 전 다시 설명해야 하죠." 승무원이 말했다.

"죄송하지만 저도 지금 처음 죽어본 거라서요." 가이가 말했다. "저한테는 아직 아무것도 설명해주지 않으셨어요."

"아니, 손님 말고요." 승무원이 말했다. "여길 지나가는 모든 사람 말이에요. 그리고 손님은 정말로 죽은 게 아니에요."

"그래요?"

"네. 최소한 비행기에 타기 전까지는 그렇죠. 공식적으로는 죽지 않았어요."

"세상 모든 것에 절차가 있다, 이 말인가요?" 가이가 입 밖으로 의구심을 드러내고 말았다.

"그런 식으로 말씀하시니까 꼭 나쁜 일처럼 들리네요." 승무원이 그렇게 말하고 덧붙였다. "봉투."

"네?" 가이가 물었다.

"E로 시작하는 여덟 글자. 봉투envelope. 기억이 났어요." 승무원이 그렇게 말하고, 길고 흰 봉투를 꺼냈다. "제가 지금 손님한테 이걸 드리기로 되어 있었나 봐요."

가이가 그의 손에서 봉투를 받아들었다.

"죽음 사용설명서 같은 건가요?" 그가 물었다.

"아뇨, 아니에요." 승무원이 말했다. "얼마 전에 여기 다녀가신 분이 손님한테 드리라고 맡겼어요."

가이가 놀라서 고개를 갸웃했다. "저한테요?"

"네." 승무원이 미소 지으며, 연필을 여전히 입에 문 채 말했다. "원하신다면 여기 앉아서 읽으셔도 돼요. 그런 다음, 저희가 손님의 여행 가방을 받고 손님을 비행기로 데려다드리죠."

"이 여행 가방은……." 가이가 말했다.

"손님의 모든 기억이에요." 승무원이 말했다.

"이걸 제가 가져가나요?" 가이가 물었다.

"정확히 말하면 그건 아니고요." 승무원이 말했다. "당연히 저한테 맡기셔야 해요."

"그런 다음에는요?"

"그런 다음에는 저희가 그걸 잃어버리죠."

"잃어버린다고요?"

"네."

"그러니까, 일부러요?"

"당연히 아니죠! 실수로 잃어버리는 거예요. 하지만 늘 그런 일이 일어나요. 그것도 포함되는 거죠."

"뭐에 포함돼요?"

"삶을 시작하는 일이요."

가이는 약간 혼란스러웠다.

"비행기에 타면 죽는다면서요."

"하지만 나중에 비행기에서 내릴 테니까요." 승무원은 뻔한 소리를 한다는 듯 말했다.

"그럼……?"

"비행기에 탑승하시면, 우연 제작자로서의 인생은 마무리하게 되죠. 비행기에서 내리시면 사람으로서의 삶이 시작되는 거고요."

"사람이요?" 가이는 긴장해서 물었다.

"네, 사람이요." 승무원이 말했다.

"인간, 필멸의 존재, 우연의 고객, 그 모든 말로 정의되는 진짜 사람 말인가요?"

"네, 그럼요." 승무원은 여전히 엄청난 인내심을 발휘하며 말했다.

"모든 우연 제작자가 이 공항을 거친 다음 인간으로 태어나나요?"

"그 부분은 좀 기술적인 설명이 필요한 문제인데요." 승무원이 등을 긁으며 말했다. "일반적으로 말하면, 그렇기도 하고 아니기도 해요."

"그게 무슨 뜻이에요?"

"모든 우연 제작자가 다 공항을 지나가는 건 아니에요. 그건 손님뿐이죠. 손님이 이런 방식으로 경험하기를 선택하셨으니까요. 하지만 네, 우연 제작자가 되는 것의 다음 단계는 사람이 되는 것입니다."

"그럼 사람이 되는 것 다음에는요?" 가이가 물었다.

"너무 앞서나가지 마세요." 승무원이 그에게 말했다. "달리 표현하면, 저는 전혀 모릅니다."

"알겠습니다." 뭔가가 가이의 내면을 새로운 희망으로 가득 채웠다. "그럼, 저는 여행 가방을 가지고 비행기에 탈게요."

"봉투는……." 승무원이 그에게 다시 알려주었다. "내용을 먼저 읽어보셔야 할 것 같아요."

"비행기에서 읽으면 되죠." 가이가 말했다.

"아뇨, 아뇨, 아뇨." 승무원이 그에게 말했다. "비행기에는 아무것도 가지고 타실 수 없어요. 다른 기억들이랑 같이 그 봉투도 여행 가방에 넣으셔야 해요. 그 편지도 잃어버리도록 말이죠."

"하지만 방금 받은 건데요." 가이는 항변했다. "그리고 딱히 내 인생의 기억도 아니잖아요."

"절차상의 관점에서 보면 기억이 맞아요." 승무원은 그렇게 말하며 손짓했다. "저기 앉아서 읽으시면 돼요. 손님 없이 비행기가 출발하지는 않을 테니 걱정하지 마시고요."

"알겠습니다." 가이는 그렇게 말하고, 돌아서 걸어갔다.

"그리고 혹시라도 '입속에 느껴지는 맛', 여섯 글자가 생각나시면 말해주세요." 승무원이 소리쳤다.

가이는 자기 자리로 돌아가 여행 가방을 옆에 놓고 앉았다.

그는 기대치 못한 무언가를, 엄청난 평온함을 느꼈다. 인간이 된다. 그건 확실히 괜찮은 일 같았다. 그런 거라면, 모든 기억을 포기할 수 있었다.

그는 봉투에 들어 있는 다음 절차에 대해 읽고, 몸가짐을 가다듬고, 어쩌면 뭔가를 마신 다음에(상상 속에서 공항을 만들어낼 수 있다면, 자판기도 만들어낼 수 있을 것이다) 새로운 인생으로 나아갈 터였다. 세 번째 삶. 전반적으로, 그는 발전하고 있지 않은가? 이번에는 더 나은 선택을 할 것이다.

흰 봉투에는 우표도, 주소도 없었다. 그저 작은 글자로 적힌 그의 이름뿐.

봉투를 열고 종이 뭉치를 꺼내면서, 그는 거기 적혀 있는 것이 그가 아는 손 글씨라는 걸 깨닫고 놀랐다. 그리고 내용을 읽자 마음이 무너져 내리는 것을 느꼈다.

28

가이에게.

어디서부터 시작해야 할까?

세상에는 두 종류의 사람이 있는 게 틀림없어.

한편에는 그냥 그 순간에 무얼 해야 할지에 집중하면서 자기 인생을 살아가는 유형이 있어. 사랑이 찾아오면, 그 사람은 그냥 그 사랑에 미소 지으며 사랑이 들어오도록 허락해주지만 사실 짜릿해하지는 않아. 그 사랑이 없어도 잘 지냈을 테니까. 하지만 사랑이 찾아왔다는 건 괜찮은 일이지.

그리고 두 번째 유형이 있어. 나 같은 사람은 평생 아직 만나지 못한 누군가를 열망하고, 그 열망이 멈추고 누군가가 문으로 들어올 순간을 계속해서 기다려. 우리는 작은 몸짓 하나하나에서 의미를 찾아. 문 두드리는 소리, 교차로에서 지나친 처음 본 사람, 미소 짓는 웨이터—모든 게 징표고, 모든 게 확인해봐야 할 선택지야. 누가 알겠어? 어쩌면 갑자기 누군가가 다가와, 우리 가슴에 난 구멍에 정확히 들어맞을지. 어린 아이가 삼각형 블록은 삼각형 구멍에, 네모난 블록은 네모난 구멍에 끼워 넣는 것처럼 말이야.

그래서 그때, 수업이 시작되던 날 공원에 있을 때 말이야. 우리가 겨우 방금 만난 그 순간에도, 네가 예전에 상상 속 친구였다고 말한 것만으로도 내 머릿속에서는 경보음이 울리기 시작했어. 2주가 더 흐르고, 몇 번 질문을 던지고, 몇 가지를 확인하고 나자 확실해졌지. 과거에 대한 네 이야기, 네가 쓰는 말, 모든 게 들어맞았어. 그리고 네가 처음으로 '커샌드라' 이야기를 꺼냈을 때가 결정적이었어. 둥근 블록이 둥근 구멍에 들어간 거야.

그렇지만 나는 침묵을 지켜야 했어.

오랫동안 나는 나 자신에게 질문을 던져봤어. 내가 너랑 사랑에 빠졌다는 걸 깨달은 게 구체적으로 언제일까? 누군가를 좋아하다가 그 누군가가 내 우주의 중심이 되는 그 전환점은 어디일까?

이건 꼭 잠에 빠져든 그 순간이 언제인지 포착하려는 것 같아. 침대에 누워 눈을 뜨고 있으면서, 너무 똑바로 정신을 차리고 있지는 않으려고 하지. 언제 꿈결로 들어가는지 그 순간을 의식하려고 말이야. 하지만 그러다가, 너무 늦은 뒤에야 이미 꿈을 꾸고 있다는 걸 알게 돼.

왜 이런 일이 일어났고, 언제 일어났는지 난 전혀 모르겠어.

하지만 최소한 지금은, 그 순간이 그냥 지나가지 않으리라는 걸 알아. 지금 나는 네가 내 문밖에 갇혀 있고 절대로 이 안으로 들어오지 않으리라는 걸, 보이지 않는 가시 울타리가 우리 사이를, 현재 내가 느끼는 너에 대한 사랑과 네 상상 속 사랑 사이를 가로막고 있다는 걸 알아. 세상에는 일어나지 않는 일도 있다는 걸 말이야. 진작 알았어야 했는데.

그래 알아, 내가 횡설수설하지? 처음부터 시작하자.

내 처음 기억은 푹신한 소파에 앉아 있었던 거야. 초록색 눈을 가진 여덟 살짜리 여자아이가 내 어깨에 기대고서, 내가 자기 머리를 쓰다듬어주기를 기다리고 있었어. 나는 이름도 달랐고 모습도 달랐지만, 이미 완전한 나였어. 그러고 나서, 나는 며칠 동안 매일 그 애 머리를 쓰다듬어줬어.

나는 그 애 머리숱이 점점 적어질 때도 그 머리를 쓰다듬어 주었고, 머리카락이 다 사라진 다음에는 그 애의 벗어진 머리를 쓰다듬었어. 아이가 건강을 되찾고 머리카락이 다시 나기 시작하자, 그 멋지고 뾰족뾰족한 짧은 머리카락을 쓰다듬어주었지. 더는 내가 쓰다듬어줄 필요가 없어지고 나자 나는 그 애

인생에서 사라졌어.

너도 그 기분을 알지?

그래, 나도 상상 속 친구였어.

그리고 처음에, 맨 처음에 나는 상상 속 친구로 사는 모든 순간을 사랑했어.

같은 상상 속 친구라도 남자랑 여자는 확실히 차이가 있나 봐. 우리는 훨씬 더 다정하고, 너그럽고, 많은 이해심을 발휘해야 해. 나는 이런 상냥한 베풂이, 다른 누구도 보지 못하는 상처를 치료해줄 수 있는 그 방식이 참 좋았어.

처음에 나는 네가 그랬듯 남자, 여자아이들과 함께 지냈어. 난 그 애들에게 힘을 주고 그 애들을 응원해줬고, 딱 맞는 말들을 해줬지. 나중에는 놀랍게도 조금 다른 단계가 시작됐어.

여러 해가 흐르자 나는 10대들, 청소년들이 점점 더 자주 나를 상상한다는 걸 알게 됐어. 어른 남자들도 그렇고. 그 사람들은 더 이상 내가 머리만 쓰다듬어주는 걸 바라지 않았어. 더 많은 걸 원했지. 그중 몇 명은 인간적인 온기를 찾고 있었고, 몇몇은 권력을 느끼고 싶어 했고, 누구는 다정한 걸, 누구는 배배 꼬이고 추한 걸 원했어. 그들 모두가 현실에서는 이런 걸 얻지 못했기에 대신 나를 상상한 거야.

시간이 지나면서 나는 점점 더 이용당하는 기분이 들었어.

나는 나와 친구가 되고 싶어 하던 아이들을 안아주었고, 나를 상대로 첫사랑을 연습해보던 10대들을 위로해주었지만, 내가 환상으로서 상상당하는 순간은 빠르게 흘려보내고 싶었어.

너도 알겠지만, 이 모든 일을 시작했을 때 나한테는 거창한 계획이 있었어. 나는 내 안의 모든 힘을 써서 변화를 일으키고 사람들을 응원해줄 생각이었고, 나를 필요로 하는 누군가의 곁에 있어주기로 마음먹었어. 하지만 시간이 지나면서, 나는 그중 대다수가 정작 날 원하지도 않는다는 걸 알게 됐어. 그 사람들은 그냥 나를 플라스틱 인형으로 여겼어. 내 얼굴에 억지로 마스크를 씌워놓고 내가 그 인형을 움직여주기를 원했을 뿐이야.

변화? 응원? 아니야. 그 사람들은 내게 아름다워지라고, 자기들이 원하는 대로 날 상상하게 해달라고 했어. 아무도 나를 있는 내 모습 그대로 상상하고 싶어 하지 않았고, 난 그 이유를 몰랐어. 나로는 부족하다는 건가?

이런 식으로 상상당하면 세상이 다르게 돌아간다는 걸 알게 돼. 세상은 '난 더 많은 걸 가져야 해'라는 시스템에 맞춰 돌아가지, '나한텐 정확히 이게 필요해'라는 시스템으로 돌아가지는 않아. 내가 주려는 걸 아무도 받으려 하지 않았어.

세상에서 가장 다정하고 외로운 남자들조차도 나를 인간으로 상상하지는 않았어. 그저 자신을 움직이는 데 도움을 줄 무언가로 상상했을 뿐이지. 그 사람들 대부분은 나를 이름으로 부르지조차 않더라. 그냥 내게, 잡지에서 본 모델의 모습을 입혔을 뿐이야. 어떤 사람들은 나한테 자기가 본 영화에 나온 저속한 이름을 붙이기도 했어. 오직 아이들만 가끔 내게 자기소개를 할 기회를 주고, 나를 내 이름으로 불러줬을 뿐이야.

그럴 때면, 나는 커샌드라라고 나를 소개했어.

그들은, 그 남자들은 한 번도 나를 사랑하지 않았어.

성적으로 탐했을 수는 있어. 욕망한 건 분명했지. 필요로 했던 것도 틀림없고. 하지만 그게 다였어. 내가 원하는 대로 행동하고 말하는 사람을, 내 모든 속마음을 이해하는 사람을 사랑하는 것은 불가능해. 난 그냥 그 사람들의 확장된 분신이었어. 그게 무슨 사랑이야? 사랑은 두 사람 간의 마찰에서 나와. 성냥처럼, 스케이트처럼, 공기를 긁을 때 빛을 내는 별똥별처럼, 삶에 무슨 일이 일어나려면 우리에게는 마찰이 필요해.

난 규칙의 빈틈을 찾아보려 했어. 내가 하는 일을 덜 공허하게 만들 수 있도록, 상상 속 친구 이상이 될 수 있도록, 텅 빈 눈을 가진 인형과는 덜 닮아가게 해줄 작은 구멍들 말이야. 나는 상상 속 친구의 세계와 관련된 모든 규칙과 규제를 연구했어. 예를 들어, 나는 상상하는 자의 의지에 전적으로 반대되는 내용만 아니라면, 그가 직접적으로 상상하지 않은 것을 말하거나 행동하는 건 허용된다는 걸 알아냈어. 알고 보니, 아주 특별한 상황에는 상상하는 자가 아니라 내가 원하는 대로 '만남'을 끝낼 수 있었어. 하긴, 그래 봐야 별 상관은 없었지. "싫어." 라고 말하고 사라지는 건 거의 불가능했으니까.

나는 나랑 큰 연관이 없어 보이는 사소한 규칙들도 발견했어. 예를 들어, 모든 상상 속 친구는 특정한 상상하는 자의 '영원한 친구'가 되기 위한 신청서를 제출하고, 오직 한 사람의 상상 속 친구가 될 수 있었어. 하지만 나한테는 그런 요청을 하고 싶어질 만한 사람이 아무도 없었어.

그러다가 널 만난 거야.

쓰레기 더미에서 반짝이는 다이아몬드 같은, 상상 속 친구.

그럴 확률이 얼마나 될까? 네가 말해봐. 얼마나 될 것 같아?

나는 첫 만남 이후로, 네가 떠난 다음에, 거의 15분 동안 그 자리에 남아 있었던 게 기억나. 작고 귀여운 우리 내털리가 내 옆에 앉아서 대강 나를 상상하고 있었고, 나는 온몸이 떨렸어.

대화할 수 있는 사람, 내가 경험하는 것을 이해할 수 있는 사람, 내가 뭔가 이야기하고, 기대고, 똑같은 집단에 속한 입장에서 같은 언어를 나눌 수 있는 사람. 장밋빛으로 가득한 꿈에서조차 나는 다른 상상 속 친구를, 친구가 될 수 있는 누군가를 만나게 될 거라곤 생각 못 했어.

그러다 결국에는 네가 친구일 뿐 아니라, 친구를 훨씬 넘어서는 존재라는 걸 알게 됐지.

어쩌다 그런 일이 일어났을까? 난 뭐에 사로잡혔던 걸까? 전혀 모르겠어.

네가 잘 모르는 이야기를 하기 전에 한쪽 눈썹을 치켜 올리는, 그런 약점이 드러나는 순간들도 그렇고. 네가 한편으로는 아주 단호한데 한편으로는 상대의 호감을 얻고 싶어서 아주 열심히 노력한다는 사실도 그렇고. 잡힐 듯 말듯 겸손한 네 향기. 네가 너를 상상하는 아이에게 말하는 방식. 마주친 모든 것에서 의미를 찾으려는 너의 그 열정.

드물게 짓는 너의 미소, 약간은 너무 단조롭지만 왠지 마음을 사로잡는 그 미소.

그리고 네 웃음.

내가 한 말에 네가 웃기 시작할 때 네 온몸이 깨어나던 모습. 그때에야 살게 되었다는 듯, 그전까지는 모든 게 리허설일 뿐인 듯. 작게, 너도 모르게 들썩하다가는 당황해 기침으로 바뀌고, 진지한 표정을 유지하려는 아무 가망 없는 노력으로 바뀌었다가, 달콤한 내면의 천둥으로 변해 너한테서 터져 나오던 그 웃음. 그럴 때면 너는 내 눈앞에서 곧장 아이로 바뀌곤 했어.

그 웃음을 내가 얼마나 사랑했는지.

네가 아무 노력도 기울이지 않고 나를 사로잡은 건 그 웃음 때문이었던 게 틀림없어.

어쩌면, 네가 마음속 서랍 하나를 나를 위해 비워줬기 때문일지도 몰라.

내게 자신감을 심어주겠다고 한 걸음 뒤로 물러서는 사람, 자기가 내 편이라는 걸 볼 수 있게 해주고, 아무 말 없이 이리 와, 여기 너를 위해 작은 공간을 비워뒀어, 네 모습 그대로 오면 돼, 와서 네가 원하는 건 뭐든 여기에 넣어둬, 라고 이야기하는 사람이 있다니. 그러다가 문득, 나는 더 이상 익숙한 곳에 있지 않았어. 더는 거리감이 느껴지지 않았어. 플라스틱 껍데기도, 번들거리는 가면도 더는 없었어.

너와 만날 때마다 나는 그게 마지막일 거라고 확신했어.

나를 상상한 내털리는 더 이상 나와 별로 말을 하지 않았고, 함께하는 우리 시간은 거의 끝나가는 걸로 보였어. 다음 날, 아니면 그다음 날에 다시 공원에 가봐야 한다고 내털리를 설득하느라 내가 얼마나 애썼는지 넌 모를 거야.

그리고 내털리와 함께 벤치로 가서 네가 거기 있는 걸 볼 때마다, 나는 수줍음을 타면서도 열정으로 달아오르는 기분이 들었어. 그렇게 상반되는 감정들을 한데 묶을 수 있을 거라는 생각은 한 번도 안 해봤는데도 그렇게 되더라. 참 바보 같지?

우리가 서로를 상상하기 시작하면서부터는 분명해졌어. 나는 사랑이라는 세계에 깊이 빠져들었던 거야.

너만이 나를 상상할 수 있게 해달라는 신청서를 제출했을 때만큼 내가 확신에 차 있었던 적은 한 번도 없어. 그때가 바로 사랑에 빠지는 시점일까? 누군가를 선택하되, 그 사람을 이미 만들어진 모습 그대로 받아들이는 데서만 그치지 않고 그 사람을 위해서 내 안의 무언가를 바꾸기까지 할 때 말이야. 아마 그런 거겠지.

너무 간단했어. 어느 순간에 우리는 그 벤치에 앉아 이야기를 나누고 있었고, 다음 순간, 네가 숨 막힐 듯 웃다 말고 다른 상상하는 자의 호출을 받아 사라졌을 때였어. 내가 인생에서 너 아닌 사람은 누구도 원하지 않는다는 게 분명해졌지. 그 일을 해내려면 방법은 한 가지뿐이었어.

나는 신청서를 제출했고, 받아들여졌어. 그때 이후로 내털리는 더 이상 나를 상상하지 않았어. 오직 너만이 상상했지.

르네상스처럼 짧고도 행복한 시간. 네가, 네 곁에 앉아 있는 나를 상상하기로 선택했을 때 터져 나오던 행복감. 네가 나를 이용하지 않고, 내 입에 할 말을 넣어주지 않고, 나 자신이 되는 것 외에 무슨 일을 하라고 강요하지도 않고, 그냥 내가 어떻게 너의 현실이 되는지 보려고 기다리는 것. 상상 속 친구 중 그런 자유를 가진 존재로 상상당하는 사람이 몇 명이나 되겠어?

그 시기는 참 짧았어. 네가 규칙을 깨고 너를 상상한 자에게 금지된 말을 했을 때, 너는 내 인생에서 사라졌어. 우리 둘 다 서로를 기다렸지. 각자가 비존재의 상태인 채로 말이야. 아무도 너를 상상하지 않았기에 아무도 나를 상상하지 않았어. 시간이 멈췄어. 하지만 돌아온 너는 내가 너를 기다렸다는 사실을 믿지 않았어. 더는 나를 상상하지 않았어. 넌 포기해버렸어. 너무도 빠르게. 이 게으름뱅이.

너한테 일어난 일에 관한 이야기 조각을 모으고 난 지금은 나도 이런 사실을 알고 있어. 하지만 당시에 내가 알았던 건, 정신을 차리고 보니 내가 상상 속 친구로서의 역할을 마친 뒤 벤치에 앉아 있었고, 내가 이제는 새로운 역할을 시작하게 되었다는 것뿐이었어.

너도 그런 기분을 상상할 수 있을 거야. 모든 걸 잃었으니 새로운 길을 닦아야 한다고 생각했는데, 잠시 후 자기가 상상 속 친구였다고 말하는 사람을 만나다니.

네가 그 말을 한 순간, 나는 나도 그랬다고 소리치려 했지만 그럴 수 없었어. 목구멍에 그 말이 탁 걸려버리더라. 먼지처럼 희미하게. 난 그 이유를 알 수 없었어.

나중에야 이해되기 시작했지. 같은 자리에 벼락이 두 번 떨어진 셈이었던 거야. 너는 내가 이미 사로잡혀 있는 그 사람과 같은 사람이었어. 수업 첫날에, 내 평생 한 번 있을까 말까 한 우연이 발생했지만 나는 그 우연에 대해 아무것도 할 수 없었어.

너도 알겠지만, 네가 내 공식적인 상상하는 자였기 때문에 나는 네게 내 정체를 드러낼 수 없었어. 너무 답답한 일이었지. 네 정체를 천천히 깨닫고, 내가 이미 알고 있는 과거 이야기를 하는 걸 듣고, 너만의 '커샌드라'에 대해 네가 하는 이야기를 듣고, 내 과거에 대한 네 질문들을 피해야 하다니.

다시 너와 사랑에 빠지고는 너에게 실망해야 하다니.

문의를 해봤어. 공식적인 요청도 했어. 나는 너한테 내 정체를 말하도록 특별히 허락해달라고 했어.

그런 신청서를 세 번 제출했어. 밤이면 이 상황이 얼마나 불합리한지 설명하려고 기나긴 서류를 채워 넣었어. 대장은 작은 흰 봉투에 담긴 답장을 전해줬고. 대장이 감정을 드러낸 걸 본 건 그때뿐이야.

"미안하네." 대장은 그렇게 말했어.

당연히 허가는 떨어지지 않았어. 공식적으로 나는 네가 상상한 사람으로 간주됐지만, 너는 내가 상상한 사람으로 간주되지 않았어. 그게 끝이었어.

하지만 나는 다른 방법도 써봤어. 그러면 될 거라고 진심으로 생각했어. 우리는 이미 한 번 연결되었잖아. 넌 이미 나를 사랑했잖아. 네가 날 다시 사랑할 수도 있겠지?

어쨌거나, 우리는 한때 이 관계를 쌓았었잖아. 한 조각, 한 조각씩 차곡차곡, 신뢰를 쌓았었잖아. 우리에겐 다시 그런 일이 일어나야 했어. 그게 자연스럽잖아.

하지만 알고 보니 그게 아니었던 거야. 이제는 이해해. 네가 나를 상상하도록 해줬을 때, 나는 너로부터, 또 나로부터 현실에서 함께할 모든 가능성을 빼앗아 왔던 거야. 너는 더 이상 나를 찾고 있는 게 아니었으니까. 너는 심지어 더 이상 사랑을 찾지도 않았어. 너는 그냥 기억에만, 더 이상 존재하지 않는 내 일부를 가지고 모래성을 쌓는 일에만 골몰했어.

사실, 내가 어느 날 일어나서 "내가 커샌드라야."라고 말했다면—그럴 수는 없었지만, 그렇게 했다고 해보자—어떤 식으로든 나에 대한 네 느낌이 바뀌었을까? 바뀌었다면, 그 감정 자체가 한때 나였던 존재에 대한 기억에서 나오는 자기 설득에 불과하다는 뜻은 아닐까?

이 모든 일에서 **난** 대체 어디에 있었던 걸까?

하지만 넌 한때 나를 사랑했어—나를, 나를, 나를. 왜 나로는 더 이상 충분하지 않았던 거야? 내가 상상 속 존재가 아니었기 때문에? 왜 너는 내가 도망쳐 온 모든 존재들이 그랬듯 '딱 맞는' 것이 아니라 '더 많은' 것을 원하는 사람이 된 거니? 내가 현실이었기 때문에? 적절한 순간에만 네 인생에 똑똑 떨어지는 물방울이 아니라 언제나 그 자리에 있는 존재였기 때문에?

어쩌다 이런 일이 일어난 걸까?

너는 내가 도망친 뒤 향했던 탈출구였어. 나 같은 상상 속 친구, 언제나 다른 사람이 되어야 한다는 것의 공허함과 매력을 이해하는 사람.

그런데, 내가 현실이 되니까 네가 더 이상 나를 원하지 않는다니?

난 어떤 느낌을 받았어야 하는 걸까?

말해줄게. 나는 모든 게 거짓말이라고 느꼈어. 그때처럼 오늘도 나에게는 있는 그대로의 나를 사랑해줄 사람과 함께할 자격이 없다고 말이야.

어제 저녁에, 나는 모든 걸 이해했어. 마침내.

너는 여기에 없어. 나와 함께 있는 게 아니야.

너는 상상 속 여자와 사랑에 빠져 있고, 차마 실제로 존재하는 사람을 위해 그 여자를 포기할 수는 없는 거야. 그 두 여자가 같은 사람이라 하더라도.

오늘이 오기 전까지 나는 거의 매일 밤 너를 꿈꿨어.

나는 낯선 곳에 있곤 했고, 한 자리에 못 박힌 채 서서 네가 내 뒤에 있는 걸 느꼈어. 사막 한가운데나 구름 위에, 긴 터널 안에, 수천 가지 서로 다른 곳에서. 나는 언제나 네가 내 뒤에 있다는 걸 느꼈고 네가 그 자리에 있다는 걸 알고 있었어. 그리고 매번 나는 천천히 네게로 돌아섰어. 아주 아주 힘들었지만 말이야. 마치 한 무리의 말이 나를 멈추려 하는 것 같았어. 그리고 결국은, 네가 여전히 나를 등지고 서 있다는 걸 알게 됐어.

그리고 내가 널 부르려고 하면 넌 사라지곤 했지.

꿈에서는 그랬어. 그리고 솔직히 말하면, 현실에서도 그랬지.

어젯밤에는 네 꿈을 꾸지 않았어. 널 놓아줄 거야.

뭔지는 모르지만, 나는 다음 역할로 계속 나아갈 거야.

네가 기억과 상상 속에서 행복하길 바라. 그리고 언젠가는 누군가가, 네가 너 자신에게 건 주문을 깨뜨려주었으면 해. 너를 위해서야.

지금도 같은 느낌으로,

언제나,

아니 어쩌면 지금까지만,

너의,

에밀리가.

29

에릭은 가이가 누워 있는 침대 옆에 앉았다.

아주 오래 기다릴 필요는 없었다. 가이가 어떤 환승역을 골랐을지 궁금해졌다. 기차역? 버스 정류장? 영화관을 통해 환승하는 사람들도 있다고 들었다. 이런 일을 예상하기란 무척 어려웠다.

침대 옆 장치가 가이의 심박을 기록하고 있었고, 에릭은 그 장치를 골똘히 바라보았다. 그는 작은 모니터에 떠오른 들쭉날쭉한 선에 집중하며, 마지막 심박까지 남은 시간을 조용히 카운트다운하기 시작했다.

멋진 장치였다. 거의 시적이었다. 상승도, 하강도 없으면 더는 살아 있는 게 아니라는 단순한 선언만을 전하는 단 하나의 선.

알고 보니, 주변에 이런 장치가 많이 있으면 훨씬 편했다. 에밀리의 경우에는 그녀의 심장이 더 이상 뛰지 않는 구체적 순간을 결정하는 일이 훨씬 더 어려웠다. 하지만 여기에서는 부드러운 삐-삐- 소리가 에릭의 일을 절반이나 대신 해주었다. 가엾은 에밀리. 그가 문간에 서 있는 걸 보았을 때, 쓰러지기 직전에, 그가 그녀에게 달려들어 그녀의 심장으로 손을 뻗기 직전에 에밀리는 얼마나 겁이 났을까.

"의사들은 네가 죽을 거라는 걸 몰라." 그가 가이에게 속삭였다. "그 사람들은 아직 내상을 발견하지 못했거든. 36시간 동안 잠을 못 잔 의사가 환자를 보면 그런 일이 벌어져."

가이는 움직이지 않았다.

"있잖아, 난 이런 일이 얼마나 쉬운지 알게 될 때마다 항상 놀라." 에릭이 말했다. "이건 전부 얼마나 많은 시간을 기꺼이 투자할 수 있느냐, 얼마나 큰 인내심을 발휘할 수 있느냐의 문제거든. 사람들은 인과관계를 뭔가 즉각적인 것으로 보는 데 익숙해져 있어. 정신적인 도약을 통해 인과관계가 아주 오랜 시간에 걸쳐 일어난다는 걸 깨닫는 순간, 인과관계를 이해하기가 훨씬 쉬워지는데도."

장치는 계속해서 에릭의 말에 동의한다는 듯한 신호음을 내고 있었다.

"널 알게 돼서 즐거웠어." 에릭이 말했다. "네가 원할 때면, 넌 꽤 웃긴 녀석이 된다는 걸 알았으면 좋겠다."

그는 잠시 조용해져 생각에 잠겼다.

"네가 원했을 때는." 그가 다시 말했다.

에릭은 조금 몸을 숙이고 더 편안하게 앉았다. 그의 팔꿈치가 무릎에 놓여 있고, 양 손가락 끝은 서로 닿아 있었다.

"네가 화를 내지 않았으면 좋겠어. 다 알게 됐을 때 말이야. 혹시 알게 된다면." 그는 고개를 기울이고 생각했다. "솔직히 말해 그런 일이 일어날 거라는 생각은 거의 안 들지만 말이야. 그런데, 이런 말이 무슨 의미나 있을지는 몰라도 난 네가 진짜 마음에 들어. 넌 내가 가장 좋아한 녀석들 중 하나야. 나는 말이지, 자신감이 부족하면서도 자기가 자신감이 부족하다는 사실을 모르고 있는 녀석들을 좋아하거든. 자기가 아름답다는 걸 모르는 여자랑 비슷하다고 해야 하나. 자신에 대한 맹점이 있다는 게 널 더 흥미로운 사람으로 만드는 거야."

잠시 후면 그는 딱 맞는 순간에 손을 뻗을 태세를 갖추어야 했다.

"간호사한테는 내가 네 형이라고 했어." 그가 말했다. "네가 너무 싫어하지는 않았으면 좋겠다. 왜 간호사가 그 말을 믿었는지는 전혀 모르겠어. 우린 전혀 닮지 않았으니까. 결국, 사람들은 보고 싶은 걸 보는 거야. 충분히 걱정하는 표정을 지으니까, 사람들은 네가 나랑 별로 안 닮았는데도 우리가 가족이라고 생각하더라.

한편으로는 너를 위해 내 외모를 꽤 바꿔야 했어. 다 떠나서, 넌 내가 콧수염을 얼마나 싫어하는지 알잖아. 콧수염은 가렵고 얼굴을 못생겨 보이게 해. 난 옛날부터 콧수염은 거울이 없어서 면도하는 걸 잊어버린 사람이 발명한 거라고 생각했어. 하지만 피에르 같은 이름을 붙이려고 하면, 가느다란 콧수염은 거의 도덕적 의무 사항 같은 거 아니겠냐?"

가이는 아무 말이 없었다.

"즐거운 여행이 되었으면 좋겠다, 친구." 에릭은 다정하게 말했다. "어떤 여행 방법을 골랐든지 말이야."

가이의 마지막 심박이 모니터에 나타났고, 에릭은 손을 뻗었다.

정확히 같은 장소에서, 하지만 그곳으로부터 무한히 떨어진 곳에서 가이는 편지를 접고 축 늘어진 채, 두 팔을 앞으로 늘어뜨리고 앉아 있었다.

그는 다시 눈을 들었다. 공항은 완전히 비어 있었다. 대머리 승무원만이 로비 저쪽에 앉아 궁금한 듯 그를 보고 있었다.

가이는 눈길을 내려, 그를 기다리고 있는 작은 여행 가방을 보았다. 여행 가방은 사실상 희망이 가득한 눈으로 그를 응시하고 있었다.

편지를 읽기 시작했을 때는 기운이 있었을지 모르지만, 지금은 전혀 남아 있지 않았다. 모두 엿이나 먹으라지.

그는 천천히 일어섰다. 봉투와 접힌 편지를 한 손에 들고, 다른 손에는 여행 가방을 든 채였다. 그는 체크인 장소로 걸어갔다. 승무원의 눈이 여전히 그에게 붙박여 있었다.

전에는 아주 빠르게 이동했던 그 거리가 지금은 무한하게만 보였다. 그는 천천히 움직였다. 어떻든 상관없었다. 마침내, 그는 도착해 여행 가방을 내려놓았다.

"한 장이요." 그가 감정 없는 목소리로 말했다.

승무원은 깊은 잠에서 깨어난 듯했다. "그럼요, 그럼요." 그가 말했다. 그는 앞에 놓인 화면을 내려다보며 빠르게 타자를 쳤다. "제 질문에 대해서는 생각해보셨나요?" 그가 희망을 담아 물었다.

"네?" 가이가 말했다.

"입속에 느껴지는 맛이요." 승무원이 계속 입력하며 말했다. "여섯 글자."

"전혀 모르겠네요, 미안합니다." 가이가 말했다.

"괜찮아요." 승무원이 말했다.

그는 계속 빠른 속도로 타자를 쳤다.

가이는 잠시 생각했다. "씁쓸하다bitter."

승무원은 아리송하다는 눈으로 그를 잠시 보더니, 즐거워하며 눈썹을 치켜 올렸다. "맞아요! 맞네! 그러면 세로 12번의 'B'와도 맞아요." 그가 말했다. "잘하셨어요!"

"도움이 됐다니 다행이네요." 가이가 부루퉁하게 말했다.

승무원은 눈치채지 못했다. "여행 가방은 여기, 컨베이어 벨트에 놓아주세요." 그가 말했다.

가이는 시키는 대로 했다.

"편지가 담긴 봉투도요." 승무원이 덧붙였다.

"저는…… 이건 제가 갖고 싶은데요, 가능하다면요." 가이가 말했다.

승무원은 슬픈 듯 고개를 저었다. "불행히도 그건 불가능합니다."

"저한테 남은 건 이게 전부……."

"이전 삶의 기억을 가져갈 수는 없어요." 승무원이 말했다. "2번 규칙입니다. 1번 규칙은 공공장소에서 소변을 보면 안 된다는 거고, 2번 규칙은 예전 삶의 기억을 가져가서는 안 된다는 거예요."

가이는 불만이 가득한 얼굴로 그를 바라보았다.

"음, 제가 농담을 잘 못하나 보네요." 승무원이 말했다. "죄송합니다." 그는 여행 가방을 가리켰다. "거기, 그 안에 넣으세요."

가이는 여행 가방을 열고 마지막으로 안을 보았다.

몇몇 기억이 이제는 서로 가까워져 있었다. 커샌드라에 대한 기억과 에밀리에 대한 기억이 나란히 북적거리고 있었다. 서로를 다시 만난 먼 친척들처럼…….

"확인해볼 게 있습니다." 가이가 말했다.

그는 섞여 들어가는 기억들을 뒤진 끝에 찾던 것을 발견했다. 그는 천천히 일어서, 한 손에 하나씩 두 개의 기억을 들고 여행 가방을 내려다보았다. 커샌드라의 웃음과 에밀리의 웃음.

그는 한 손에 하나씩 든 두 기억을 빛에 비추어 자세히 살펴봤고, 두 웃음은 그의 양손에서 구르고 반짝이며 빙글빙글 돌았다. 빛이 그 기억들을 지나 그의 얼굴에 떨어졌다. 두 기억은 정확히 같았다. 어떻게, 대체 어떻게 눈치채지 못했을까?

그는 두 기억을 여행 가방에 넣었고, 그 웃음의 기억들은 서둘러 더 가까이 붙었다. 끌어안으며, 키득거리며.

잠시 그는 아무 말 없이 손에 든 봉투를 바라보았다. 그는 승무원을 보았고, 승무원은 편지를 가방 안에 넣어야 한다고 다시 손짓했다.

그는 허리를 숙여 봉투를 여행 가방에 넣었다. 그 봉투가 에밀리와 커샌드라에 대한 기억 몇 가지를 덮었다. 그런 다음, 그는 여행 가방을 닫고 다시 잠갔다.

"그렇게 어렵지는 않았죠?" 승무원이 미소 지으며 표를 건넸다.

컨베이어 벨트가 움직이기 시작했고, 여행 가방은 저 멀리 희미해져가다가 마침내 뒤쪽 끝의 작은 구멍으로 사라졌다.

"이렇게 해서." 가이가 조용히 말했다. "우연 제작자로서의 제 인생은 끝나고 사람으로서의 인생이 시작되는 거군요."

승무원이 건성으로 키보드를 두드렸다. "뭐, 그렇죠. 하지만 그것도 딱히 사실은 아니에요." 그가 말했다.

"네?" 가이가 말했다.

"모든 우연 제작자가 사람인 건 아닐지 몰라도, 모든 사람은 우연 제작자기도 하거든요." 승무원이 말했다. "수업 시간에 배우지 않았어요?"

"수업 시간에 가르쳐주지 않은 게 많은 것 같네요." 가이가 미소 지었다.

"아, 웃는군요!" 승무원이 기뻐했다. "절대 미소 짓지 않을 거라고 생각했어요." 그가 가이에게 마주 미소 지었다. "1번 게

이트입니다." 그는 그렇게 말하며 손가락질을 했다. "즐거운 여행 되세요."

"감사합니다."

가이는 돌아서서 그쪽으로 걸어갔다. 여전히 혼자 미소 짓고 있었지만, 승무원이 생각하는 이유 때문은 아니었다.

그의 여행 가방은 분실되기 위한 길을 얼마쯤 나아가고 있었다. 그의 이름이 적힌 흰 봉투를 포함해 지금까지 일어난 모든 일을 담은 채.

하지만 편지는—편지 자체는 그의 셔츠 아래, 심장 근처에 들어 있었다.

"약간은 마술사랑 비슷한 거지. 사람들이 다른 방향을 보게 하면서, 이쪽에서 뭔가를 하니까."

봉투를 가방에 넣으려고 허리를 구부렸을 때—승무원 앞에서 일부러 봉투를 휙 보여주었다—그는 접힌 종이 꾸러미를 옷 안에 조심스럽게 넣고 있기도 했다. 그게 아마 가이가 흐릿한 삶을 살면서 했던 가장 재빠르고 매끄럽고 결정적인 동작이었을 것이다. 그는 다른 모든 일이 그저 준비였을 뿐이라는 기분이 들었다. 다시 일어서 승무원을 봤을 때, 가이는 자신이 성공했다는 걸 깨달았다. 승무원은 눈치채지 못했다.

그리하여 가이는 에밀리의 편지가 몸에 닿아 있는 채로, 온전한 의미가 아직 이해되지는 않은 작은 미소를 입술에 걸고서, 허리를 쭉 펴고 손에 비행기 표를 쥐고 1번 게이트로 들어갔다. 자신의 조그만 반항에, 옛 삶의 마지막 반항에 흥분하면서.

"어느 날 길을 걷고 있는데 흰색 그랜드피아노가 머리 위로 떨어져 기억을 잃게 된다 해도, 너희들이 기억해야 할 한 가지 중요한 점이 있다." 대장이 말했다. "너희는 너희 이름도, 태양계 행성의 이름도, 마가린의 성분도 잊어도 된다. 그러나 이것만은 기억해주기 바란다. 세상에는 두 종류의 사람이 있다. 모든 선택에서 뭔가를 얻을 가능성을 보는 사람과, 모든 선택에서 뭘 양보해야 하는지 보는 사람이다.

인간은 자유롭지만, 자신이 자유롭다는 사실을 늘 잊는다. 인간은 다양한 방식으로 희망을 가지며, 다양한 방식으로 겁을 먹는다. 세상에는 X를 하면 Y 같은 일이 일어날 거라고 자신에게 경고하는 사람들이 있고, Y가 X를 자제할 만한 좋은 이유라는 점을 자신에게 설명하는 사람들이 있다. 겉보기에는 둘이 같은 것이다. 같은 결정이지. 하지만 가능성이 얼마나 있는지 생각해보는 것과 어떤 장애물이 있는지 떠올려보는 것 사이에는 차이가 있다. 용기는 정말로 중요하다. 사람들은 용기를 구성하는 것이 정말 무엇인지 모르고 있어. 모든 선택에는 포기가 따르고, 그 희생을 치르는 데 필요한 용기는 무언가를 얼마나 얻고 싶어 하느냐에 달려 있다. 궁극적으로는, 언제나 올바른 선택을 할 수는 없기 때문이다. 가끔은 일을 망치게 되겠지. 꼭 가끔인 것도 아닐 테고.

두 행동의 차이는 단순하다. 행복한 사람들은 자기 인생을 볼 때 줄줄이 이어지는 선택을 본다. 불행한 사람들은 줄줄이 이어지는 희생만을 볼 뿐이지. 우연을 만들 때, 모든 행동을 하기 전에 너희는 어떤 종류의 사람에게 작업을 하고 있는 것인지 반드시 확인해야 한다—희망을 품은 사람인지, 겁을 먹은 사람인지 말이다. 둘은 비슷해 보인다. 보기에만 그렇다."

에릭은 병원을 나와 조용히 거리를 걸었다.

위층에서는 의사 중 한 명이 가이에게 사망 선고를 내렸다.

에릭은 필요한 것을 얻었다.

그의 주머니에는, 따뜻하게 반짝이는 가이의 마지막 심장 박동이 들어 있었다. 그는 건널목에 이르기 전에 빠르게 커피를 한 잔 마실 시간이 있겠다고 생각했다.

어쩌면 케이크 한 조각도.

그건 가서 정할 생각이었다.

약간의 즉흥성이랄까?

30

모든 시작에는 그 시작 이전의 시작이 있다.

그게 첫 번째 규칙이다.

그 말은 물론, 이 규칙에도 그 이전의 규칙이 있다는 뜻이다. 하지만 그건 다른 얘기다.

삶은 언제 시작하는가?

아기의 머리가 세상에 나오는 그 순간인가? 아니면 그 아이의 온몸이 나오는 순간?

아니면 그보다 더 뒤에, 아기가 첫 번째 단어를 말하고 자기가 보기에도 인간이 되었을 때일까?

혹은 그보다 훨씬 먼저, 정자와 난자가 만나 서로를 알게 되는 순간일지도 모르겠다.

모든 시작에는 그 시작 이전의 시작이 있다. 삶은 특정한 사건이 아니라 연속이다.

하지만 이 맥락에는 약간 문제적인 지점이 있다.

첫 번째 심장 박동.

첫 번째 심장 박동이 두 번째 심장 박동을, 두 번째 심장 박동이 세 번째 심장 박동을 만들어내지만, 첫 번째 심장 박동을 만들어내는 것은 무엇인가?

의사들은 첫 번째 심장 박동이 임신 5주차의 어느 순간에 시작된다고 한다. 이 일이 어떻게 벌어지는지에 관해서는 다양하고 잡다한 설명이 있지만, 이런 설명은 사실 심장 박동 자체에 관해서는 별로 해명해주는 바가 없다. 심장 박동에는 여전히 심장 박동을 시작할 무언가가 필요하다.

그러므로, 첫 번째 규칙에 선행하는 규칙에 따라, 또 다른 종류의 인간이 세상을 떠돌아다니게 된다. 그들은 상상 속 친구처럼 눈에 안 보이지는 않으나, 우연 제작자처럼 존재하는 것도 아니다. 그들은 보이기도, 보이지 않기도 하며, 존재하기도, 존재하지 않기도 하고, 상상 속 존재이자 또 그만큼 현실적인 존재다. 그리고 그들은 우리 사이를 떠돌아다닌다.

가끔 그들은 임신한 여자의 곁에 서서 비밀스럽게, 은밀히 손을 뻗어, 정확한 순간에, 두 손가락 사이에 새로 생긴 작은 심장을 잡고 그것을 살짝 누른다. 그게 전부다.

그들이 바로 점화사다.

조용하고, 은밀하고, 매우 부드러운 손길을 가진(세상에 임신 5주차 태아의 심장만큼 약한 것은 별로 없다) 그들은 보통 우연 제작자가 되기로 결정하면, 그 분야의 최고가 된다.

에릭은 건널목에 선다. 빨간불은 5초 동안 켜져 있다가 시간의 흐름에 굴복해 파란불로 바뀌었고, 양쪽에 서 있던 사람들이 차도로 흘러들기 시작했다.

눈 깜짝할 사이에 벌어질 일이니까, 집중해.

여기에 초록 눈의 여자가 있고, 이쪽에는 에릭이 있다.

그는 천천히, 집중하며 걸어가고 있다. 여자는 그의 맞은편에서 길을 건너오고 있다. 자세가 곧고, 깊은 생각에 잠겨 있다.

이 순간, 그들은 서로에게 다가가고 있다.

지금 세상의 흐름을 약간 늦출 것이다. 집중.

이 순간, 에릭은 손을 주머니에 넣어 가이의 마지막 심장 박동을 꺼내고 있다.

이 순간, 그들은 점점 가까워지고 있다.

그리고 지금은 정확히 서로의 곁에 서 있다.

이 순간, 그는 옆으로 손을 뻗고 있다. 새들조차 눈치채지 못하는 사이 그는 초록 눈 여자의 몸속에서 기다리고 있는 작은 심장에 심장 박동을 집어넣는다. 눌러줄 필요는 없다. 마지막 심장 박동이 매끄러운 동작으로 들어가 첫 번째 심장 박동이 된다.

그리고 이 순간, 그들은 서로 멀어져가고 있다.

에릭은 혼자 미소 지었다. 에밀리의 마지막 심장 박동보다 간단한 일이었다고, 그는 생각했다. 그는 그 심장 박동도 활동을 열망하는 작은 심장 안에 심어두었다. 너무 간단했다. 자전거 타기와도 같았다. 한번 익히면 잊지 않는다.

한번 점화사는 영원한 점화사인 거라고, 그는 혼자 생각했다.

거리 반대편에서 생명이 시작되고 있었다.

《우연학 개론》 1부에서 발췌

시간의 선을 보라.

물론, 그 선은 환상일 뿐이다. 시간은 공간이지 선이 아니다.

그러나 편의상 시간을 선으로 보도록 하자.

그 선을 지켜보라. 그 선상의 모든 사건이 어떻게 원인이자 결과로 작용하는지 살펴보라. 그 시작점을 찾아보라.

물론 그런 시도는 성공하지 못할 것이다.

모든 현재에는 과거가 있다.

아마 이것이 우연 제작자가 마주하게 될 가장 주요한 문제일 것이다. (가장 눈에 띄는 문제는 아닐지라도.)

그러므로 이론과 실제, 공식과 통계를 공부하기 전에, 우연을 제작하기 전에, 아주 간단한 연습부터 시작하자.

다시 시간의 선을 보라.

알맞은 지점을 찾아 손가락으로 짚고, 그냥 이렇게 결정하는 것이다. "여기가 시작점이야."

1

공책에 작은 'v'로 체크 표시를 하기 세 시간 전에, 한때 자신을 에릭이라 불렀고 아주 오래전에 더 이상 자신을 피에르라고 부르지 않게 된 남자는 카페에 앉아, 일부러 천천히 음료를 홀짝이고 있었다.

언제나 그렇듯 여기서도 타이밍이 모든 것을 좌우했지만, 그에게는 시간이 좀 더 있었고 사실 사건이 알아서 일어나게 놔둘 여유도 있었다. 이것이 정확한 준비의 힘이었다. 그는 이미 비둘기에게 밥을 주고, 하수구를 막고, 어제 통계학 선생의 접시에 상한 생선이 올라가도록 준비하기까지 했다. 그냥, 확실히 해두려고.

그는 기다란 몸을, 탁자에서 약간 뒤쪽으로 기울이고 머릿속으로 다시 사건들을 돌아보았다. 작은 커피 잔은 부드럽게 손에 쥐고 있었다. 곁눈으로, 그는 계산대 위에 걸려 있는 시계의 초침 움직임을 지켜보았다. 늘 그렇듯, 실행의 마지막 순간에 그는 머릿속으로 사건들이 이루는 전체 그림을 검토하는 걸 즐겼다. 혹시라도 그 안에 균열이 있는지 확인하기 위해서였다.

"더 간단할 줄 알았어요." 바로 여기, 이 카페에 함께 앉아 있을 때 그가 바움에게 말했다.

"내가 그랬잖아." 바움은 그렇게 말했었다. "우연 제작자 다섯 명이 이 임무를 마치지 못하고 반납한 데는 이유가 있다고. 목표는 그 둘이 만나게 하는 게 아니라, 둘의 연결이 지속되도록 하는 거야."

그들은 앉아서 함께 맥주를 마셨다. 그가 바움의 개인 조수였던 시절의 일이었다. 모든 시대를 통틀어 가장 위대한 우연 제작자로 거론되는 사람 곁에서 몇 년 동안 일하다 보니, 마침내 그로부터 독립했을 때도 사태를 훨씬 선명하게 보는 데 도움이 됐다. 하지만 이 임무는 아주 복잡하고, 거의 불가능하게까지 보였다.

"이 문제에 관해서는 상상 속 친구에 관한 규정이 아주 엄격해." 바움이 그에게 말했다. "처음부터, 나는 왜 네가 이 임무를 받아들였는지 모르겠던데. 상상 속 친구와 관련된 우연에 손대지 말라는 건 모두가 아는 사실이야. 그러다 보면 늘 문제가 복잡해지니까."

"오랫동안 누군가의 상상 속 친구로 남아 있는 데는 아무 문제가 없을 줄 알았어요." 그가 말했다.

"맞아." 바움이 말했다. "하지만 그러려면, 둘 중 하나가 다른 하나를 상상해야 해. 그건 '둘을 엮어주는' 거라고 할 수 없어. 사랑의 첫 번째 규칙은, 각자의 상상 속에서만 존재할 수는 없다는 거라고."

"알아요." 에릭은 그의 무거운 한숨을 떠올렸다. "전 둘을 끝장내야 하죠."

"상상 속 친구로서의 존재를 끝장내는 건 불가능해." 바움이 바로 지적했다. "상상 속 친구를 그만두려면 해고당하거나, 공식적인 발령 요청이 있어야 해. 그리고 이런 일이 두 사람에게 동시에 일어나야 하지. 그러지 않으면, 다음 직업에서 둘 사이에 엄청난 나이 차이가 생길 테니까. 그리고 둘이 해고당하게 만든다 해도 둘의 다음 직업이 뭘지 누가 알겠어? 잊어버려. 임무를 반납해."

"하지만 벌써 손을 쓰기 시작했는데요."

"소급적 취소 신청서를 제출해."

"전 임무 반납 안 해요." 그가 말했다. "칼을 뽑았으면 무라도 썰어야죠."

바움은 고개를 저었다. "좋을 대로. 난 원칙을 존중하는 사람이니까."

"그럼 어떻게 해야 돼요?"

바움이 잠시 생각했다. "좋은 질문이야." 그는 맥주를 한 모금 더 홀짝이고 말했다. "솔직히 말해서, 나도 전혀 모르겠거든."

바움이 이 말을 한 순간, 에릭은 스스로 그 방법을 찾아야 한다는 걸 분명히 깨달았다.

그는 바움조차 해결책을 모르는 문제를 풀 것이다. 그는 해결책을 찾을 것이고, 그래야만 했다.

그 해결책은 상상 속에서만 일어나는 일이어서는 안 되며, 진실하고 자연스러운 것이어야 했다. 규칙을 어겨서는 안 되고. 윽—정말이지, 이 세 번째 규칙은 참을 수가 없었다.

그는 바움에게 전화를 걸어 이렇게 말했었다. "도움이 필요해요."

그리고 물론, 바움은 이렇게 말했다. "알아."

"우연 제작자 과정을 만들어야 해요. 제 고객 둘을 전직시켜 달라는 신청서를 제출하죠."

"그래, 그래."

"수업을 듣는 사람은 소수일 거예요, 딱 세 명만."

"안다고 했잖아."

"사람들이 말하기 전에 그들이 뭘 말할지 미리 아는 게 즐거

우신가 보네요?"

"넌 상상도 못 할 만큼."

그리고 지금, 그는 우연이라는 교향곡의 마지막 화음을 목격하려는 참이었다.

아니면 첫 화음이거나—그건 관점에 따라 달라지는 문제였다.

그는 의자에서 일어나, 웨이트리스에게 빈 잔 밑에 팁을 접어 남겨두었다는 손짓을 했다. 뙤약볕 아래로 나가며, 그는 심호흡을 했다. 이제는 공원에 갈 시간이었다.

1

집에서 나서는 순간, 그녀는 오늘이 좋은 하루가 될 거라고 느꼈다. 어쩌면 인도에 빛이 쏟아지는 방식 때문인지도 몰랐다. 1층 이웃집의 발코니에서 풍기는 새롭고 묘한 향기 때문인지도 몰랐다. 교대 근무가 다시 취소돼, 최소 하루를 온전히 마음대로 쓰게 되었기 때문일지도 몰랐다. 아무튼, 오늘은 좋은 날이 될 것이다.

뭔가 희고, 액체에 가까우며, 말할 수 없이 역겨운 것이 그녀의 오른쪽 어깨에 떨어졌다. 그녀는 마침맞게 눈을 들어, 재빠르고 무례한 비둘기가 이제는 배 속이 빈 채 휙 날아가는 것을 보았다. 한 마디 말도 없이, 그녀는 돌아가 옷을 갈아입었다.

이번에는 흰 줄무늬가 들어간 빨간 원피스를 입고 다시 집에서 나왔을 때, 그녀는 좋은 날이 시작될 거라고 생각했다. 지. 금.

"책 아직 안 왔는데요." 서점 직원이 그녀에게 말했다.

그는 여드름이 난 무심한 남자로, 세상의 온갖 보물들이 그가 잠시 쉬며 자신을 읽어주기만을 인내심 있게 기다리는 동안 휴대폰으로 게임을 하고 있었다.

"언제 올지는 아세요?" 그녀가 물었다. "이 쿠폰이 내일까지만 쓸 수 있는 거라서요."

"내일은 안 와요." 그가 말했다. "대신 다른 걸 찾아보세요. 구석에 아직 정리 안 해놓은 새 책들이 있으니까요."

그는 머리를 흔들어 작은 가게 구석을 가리키고, 즉시 다시 휴대폰에 집중했다. 그의 우선순위가 그랬다.

이런 일이 일어난 게 지금이 처음도 아니었다. 그녀에게는 이런 상황에 대비한 계획이 있었다.

누가 옆에서 이 모습을 지켜본다면, 꿈꾸는 듯한 학생이 혼자 익숙하지 않은 곡을 흥얼거리며 책장을 살펴보는 모습을 보았을 것이다. 그녀의 관점에서는 이게 복권을 사는 거나 마찬가지였다. 그녀가 노래를 마칠 때 그녀의 눈이 머무는 책이 행운의 책이 되는 뽑기 말이다.

그녀는 직원에게 가서 운명이 선택한 책을 그의 눈앞에 내려놓았다.

그녀는 한 번도 이 시인 얘기를 들어본 적이 없었고, 보통은 소설을 읽었지만, 매일 같은 길만 가다 보면 새로운 곳에는 결코 도착할 수 없으니까.

아파트로 돌아가는 길에, 그녀는 하마터면 열려 있는 맨홀에 빠질 뻔했다. 그럼 그렇지. 좋은 날이면 이런 일이 벌어지곤 한다—길거리 한가운데에 하수도로 통하는 구멍이 열려 있고 말이야.

그녀는 노란 모자를 쓴 인부가 달려와 그녀를 멈춰 세우기 직전에, 펼친 책에서 눈을 들었다.

"공사 중이에요……. 위험……." 그가 헐떡이며 말했다. "돌아서 가세요." 그는 공원 쪽을 가리켰다.

"길을 막아놓거나 해야 하는 거 아니에요?" 그녀가 물었다.

인부는 어깨를 으쓱했다. 우리말을 잘 모르는 듯했다. "위험." 그가 말했다. "돌아서 가요."

읽고 있는 시집의 뭔가가 그녀를 사로잡았다. 그녀는 아무 생각 없이 공원의 작은 벤치에, 호수 맞은편에, 커다란 나무 그늘에 앉았다. 그녀는 시를 읽다가, 책장에 깃든 호기심이 그녀에게 스며드는 것을 느꼈다. 글은 유치하면서도 아주 많은 비밀이 담긴 것처럼 보였기에, 그녀는 세상에게 해답을 달라고 요구하는 대신 조용히 경이감을 느끼며 세상을 경험하는 여유를 누려야 한다는 의무감을 느꼈다.

그녀는 책에서 눈을 떼고 책을 덮었다. 그러자 바람이 다시 좋은 날의 향기를 그녀에게 보내온다고 느껴졌다. 머리 위의 나무가 가볍게 부스럭거리는 소리를 냈다. 그녀는 눈을 떴고, 세상이 그 안으로 들어오게 놔두었다.

공원의 푸르름, 물의 반짝거림, 젊은 남자가 호수 반대편에서 허공으로 던져 올리는 공들의 다채로운 색깔.

오늘은 좋은 날이 될 것이다.

1

아침 이 시간에는 공원에 사람이 별로 없었다.

강의실에 앉아 있는 걸 더 이상 참을 수 없고, 끊임없는 장광설을 더 이상 소화할 수 없게 되면 그는 가끔 이곳에 왔다. 세상에 '학생'이 존재한다는 사실을 무시하는 건 아니지만, 인간의 영혼은 그렇게 오랫동안 교실에 갇혀 있도록 만들어진 게 아니었다. 그에게는 숨 쉴 공간이 필요했다.

그래서 그는 가끔 이곳에 왔다. 보통은 통계학이나 그 비슷한 수업을 빼먹고, 호수 주변을 조금 달리며 자라나는 잔디를 바라보거나 언제나 근처에 있는 조경사를 보았다. 그러면 조경사는 재미있어하는 눈으로 그를 힐끗 마주 보았다. 그는 인생에 대해 생각하거나 저글링을 연습하곤 했다. 오늘 그는 강사가 독감에 걸렸다는 말이 끝나기도 전에 밖으로 나왔다.

오늘도 조경사는 거기에, 공원 저편 작은 언덕에 있었다. 그는 미니 장미 꽃밭에 무릎을 꿇고 앉아 있었다. 그에게서 멀지 않은 곳에는, 생각에 몰두한 채 손에는 공책을 펼쳐 들고 있는 다리가 긴 남자가 앉아 있었다.

그는 공 네 개를 가지고 저글링을 할 참이었다.

저글링을 익히기는 매우 쉬웠다. 매번 떠올리는 것이지만, 가장 중요한 규칙은 손을 보지 않는 것이었다. 공중에 떠 있는 공을 봐야지, 어떻게 잡는지는 보지 않도록 해야 했다.

이상한 일이었지만, 그는 사실 한 번도 저글링을 연습해본 적이 없었다. 이 동작은 처음부터 거의 자연스럽게 흘러나왔다.

그는 공원 한복판의 호숫가에 서서 공을 허공으로 던져 올리기 시작했다. 일정한 박자에 접어들려고 노력하는 중이었다. 그러면 머릿속으로는 다른 곳을 향해하면서 손으로는 계속 저글링을 할 수 있었다.

그녀가 호수 반대편에서 자신을 바라보는 것을 보았을 때, 뭔가가 일어났다.

그의 두 손이 자기도 모르게 멈추어 공이 주변에 떨어져버렸다. 그녀의 시선이(호기심을 느끼는 것 같기도, 재미있어하는 것 같기도 했다) 그의 영혼을 꿰뚫었다.

그녀는 두 손을 책에 얹은 채 앉아 있었다. 그녀의 빨갛고 하얀 원피스가 빨간 머리카락과 박자를 맞추어 바람에 날렸다.

그는 주변에 있는 여자들의 존재에 익숙했다. 그들을 유혹하고, 그들이 자신을 보게 하거나 재치로 그들을 즐겁게 해주는 데에도 익숙했다. 하지만 그 여자들 중 그가—뭐라고 해야 할까?—정말로 신경이 쓰인다고 느끼게 하는 사람은 한 명도 없었다. 그건 일종의 게임이었다. 이유는 모르겠지만, 늘 누군가가 그에게 아직 때가 오지 않았다고 속삭이는 것 같았다.

하지만 호수 반대편에 이 젊은 여자가 있었고, 그는 심장 근처의 무언가가 타오르기 시작하는 것을 느꼈다.

작고 강한 불꽃처럼. 다른 심장이 하나 더 뛰고 있는 것처럼. 방금 깨어나, 그의 살갗 아래에서 한 줄 한 줄 불타오르는 오래된 연애편지처럼. 그녀의 시선 덕분에.

그녀는 입 근처에 손나팔을 만들어 소리쳤다. "왜 그만해요? 정말 아름다웠는데."

그는 애써 자세를 가다듬고 재빨리 공을 집어 들었다.

"뭘 읽고 있어요?" 그가 그녀에게 소리쳤다.

그녀는 그에게 보이도록 책을 들어올렸다. "《인간성학Humanityism》이라는 제목이에요." 그녀가 외쳤다. "에디 레비라는 사람이 쓴 거예요."

"무슨 내용인데요?" 그가 마주 외쳤다.

"뭐 있잖아요, 시라든지……. 나도 방금 읽기 시작해서…….

그쪽을 보느라 바빴거든요. 아직 많이 못 읽었어요."

"잠깐 기다려요." 그는 소리치고, 호수를 돌기 시작했다.

어딘가의 작은 여행 가방 안에서는 몇몇 기억이 자다가 뒤척이는 아이들처럼 굴러다녔다.

그는 절대 이 일을 기억하지 못하겠지만, 정말이지 그 나비를 찾는 일은 쉽지 않았다.

숲까지 그 먼 길을 날아가서, 정해진 나비 종의 서식지를 찾아 일주일 동안 정글을 헤매고 있자니 좀 바보가 된 것 같았다. 그는 모기에 뜯기고 표범에게 잡아먹힐 뻔했으며 사흘 동안 나비 한 마리와 지치도록 협상을 벌여야 했다.

이 시험을 치른 뒤 우등으로 졸업하기는 했지만, 그는 늘 왜 이런 일이 필요했던 건지 궁금했다. 구체적인 순간에 정확하게 일어나야 하는, 날개의 단순한 움직임—대체 뭐 좋은 게 있다고 그런 일을 하라는 거였을까?

그는 작은 행동과 크나큰 여파에 관한 이론을 잘 알고 있었지만, 솔직히 말해 이 나비의 날개가 세계 평화나 기술 혁명을 일으키지는 않을 터였다. 약간의 공기가 움직이고, 기껏해야 많은 공기가 움직이겠지. 그게 그 날갯짓이 미치는 범위 아닐까?

그 나비가 아무리 재능이 있더라도, 그 이상 무슨 일이 일어나지는…….

그가 마침내 그녀에게 다다랐을 때, 떠돌이 산들바람이 그녀의 머리카락을 달싹였다. 그는 이것이야말로 그가 평생 보았던 어떤 그림보다도 아름다운 모습일 거라고 생각하게 됐다.

그녀는 앉아서, 두 손을 여전히 책에 얹어놓은 채 그를 기다렸다. 그리고 그녀의 머리카락을 달싹인 바로 그 바람이 그녀의 콧구멍에 익숙하다시피 한 향기를 전해주었다. 놀란 그녀의 눈썹이 약간 호선을 그렸다.

그 순간, 그의 머릿속에는 너무 많은 말이 떠올랐다. 그의 심장 옆, 피부 밑의 종이들이 거의 열기로 타오르고 있었다.

"안녕." 마침내 더 이상 가이가 아닌 사람이 말했다.

"안녕." 더 이상 에밀리가 아닌 사람이 말했다.

호수 반대편 물가의 키 큰 남자는 공책에 작지만 결정적인 체크 표시를 남겼다.

언덕의 조경사가 손가락으로 섬세한 꽃잎을 어루만졌다.

그리고 네 사람은, 각기 조금씩 다른 이유로 미소 지었다.

옮긴이 강동혁

서울대학교에서 사회학과 영문학을 전공하고, 동대학원에서 영문학 석사학위를 받았다. 대중적으로 널리 읽히면서도 새로운 생각거리를 제공해주는 책들을 쓰거나 소개하겠다는 목표를 갖고 있다. 번역서로는《해리 포터》(1~7권 새번역) 등 다수의 대중소설과 시나리오 등이 있다.

우연 제작자들

첫판 1쇄 펴낸날 2020년 10월 22일
2쇄 펴낸날 2021년 3월 25일

지은이 요아브 블룸 **옮긴이** 강동혁
발행인 김혜경
편집인 김수진
책임편집 유예림
편집기획 이은정 김교석 조한나 이지은 김수연 유승연 임지원
디자인 한승연 한은혜
경영지원국 안정숙
마케팅 문창운 정재연 박소현
회계 임옥희 양여진 김주연

펴낸곳 (주)도서출판 푸른숲
출판등록 2003년 12월 17일 제 406-2003-000032호
주소 경기도 파주시 회동길 57-9, 우편번호 10881
전화 031)955-1400(마케팅부), 031)955-1410(편집부)
팩스 031)955-1406(마케팅부), 031)955-1424(편집부)
홈페이지 www.prunsoop.co.kr
페이스북 www.facebook.com/prunsoop **인스타그램** @prunsoop

©푸른숲, 2020
ISBN 979-11-5675-843-3 (03890)

* 이 책은 저작권법에 의해 한국 내에서 보호를 받는 저작물이므로
무단 전재와 복제를 금합니다. 이 책 내용의 전부 또는 일부를 사용하려면
반드시 저작권자와 (주)도서출판 푸른숲의 동의를 받아야 합니다.
* 잘못된 책은 구입하신 서점에서 바꾸어 드립니다.
* 본서의 반품 기한은 2026년 3월 31일까지입니다.